1

Budapest, 1920

Il aurait fallu un vétérinaire, des médicaments, ou peut-être qu'un quartier de viande fraîche suffirait à arranger les choses. Non, Vilmos n'y croyait plus, et de toute façon il n'était pas question de se procurer de la nourriture pour les fauves alors que personne ne mangeait à sa faim d'un bout à l'autre du pays.

Éteignant avec soin sa cigarette à moitié consumée, Vilmos rangea le mégot dans sa poche. Il s'avança sans crainte, jusqu'à toucher les barreaux de la cage, et posa sa lanterne sur le sol boueux. Dans l'éclairage fantomatique, la lionne respirait par à-coups, ses flancs semblaient battre la mesure. Bien qu'elle ait les yeux presque fermés, une lueur topaze brillait encore entre ses cils. Elle avait évidemment conscience de la présence de l'homme, néanmoins elle n'en attendait rien.

Vilmos ne brutalisait pas ses bêtes. D'ailleurs, son numéro se bornait aux exercices les plus simples, quelques sauts d'un tabouret à l'autre, trois tours de piste et des rugissements sur commande. Vilmos n'avait pas peur, les lionnes non plus.

À présent, il lui fallait trouver le courage d'abattre Elza. Tôt ou tard, il serait contraint de le faire, alors autant s'en débarrasser tant que le jour n'était pas levé. Il lui restait une douzaine de balles, il pouvait bien en sacrifier une.

La perspective de tuer l'animal lui donna soudain une désespérante envie de le toucher. La première fois qu'il avait posé sa main sur le pelage d'un fauve, il n'avait même pas dix ans. Le contact l'avait ravi, c'était resté un éblouissement pour lui malgré toutes les expériences qui avaient suivi. Des ours, des tigres, une vie entière à s'user en vain dans ce cirque devenu miteux à cause de la guerre.

Le cirque Károly… Quelque part dans le bazar de la roulotte devait se trouver la vieille affiche qui les représentait tout jeunes, Margit et lui, sur un tremplin : *Les Károly !* À l'époque, il fallait savoir faire des tas de choses si on voulait survivre. Son propre père l'avait mis au travail très tôt, et Vilmos avait agi de la même manière avec ses trois enfants. Ainsi, ils n'étaient pas morts de faim, eux et Margit, durant tout le temps qu'il avait passé sur le front Est. Foutue guerre !

La lionne poussa un interminable soupir qui fit saillir ses côtes. Dans son état d'épuisement, elle serait incapable d'exécuter le moindre tour si l'occasion s'en présentait. Mais il n'y aurait plus jamais d'occasion de se produire, les gens avaient autre chose à faire que s'amuser au cirque. Vilmos s'était trompé en croyant que les affaires reprendraient vite.

Il s'écarta de la cage avec l'idée d'aller chercher son revolver, une arme de famille dissimulée depuis toujours sous le plancher de la roulotte. Il laissa la lanterne par terre et se repéra dans l'obscurité, longeant les vieux camions, les deux tracteurs rouillés, les remorques vides. Le cirque Károly était en train de mourir, comme la lionne, et rien que d'y songer lui faisait serrer les poings. Quatre générations de gens du voyage, de *romanis*, de saltimbanques, toute une dynastie que lui, Vilmos, allait enterrer à son corps défendant.

La roulotte où dormait Margit était garée à l'écart contre celle des enfants. L'aînée, Berill, avait voulu très tôt son indépendance, promettant de veiller sur ses petits frères, une tâche dont elle s'était fort bien acquittée jusqu'à ce que ce soient les garçons qui se mettent à veiller sur elle.

Un sourire amer aux lèvres, Vilmos tâtonna du côté de l'essieu et extirpa l'arme de sa cachette. L'aube était encore loin. Pour l'instant chacun ronflait sous ses édredons de plumes et personne ne viendrait le déranger. Il s'éloigna sans bruit, concentrant ses idées sur ses enfants pour ne pas penser à la lionne. Berill pouvait facilement monter un numéro d'acrobate, elle était souple, gracieuse et ne rechignait pas au travail. Quant à Arno et Mathias, ils savaient à peu près tout faire, clowns ou jongleurs, funambules ou prestidigitateurs. Au trapèze, ils étaient moins habiles, surtout Arno, mais avec un bon entraînement Mathias arriverait peut-être à devenir un porteur assez sûr pour Berill.

« Arrête de rêver ! C'est fini, et tu le sais. À moins d'aller tenter ta chance ailleurs… »

Où ça ? L'Amérique, dont on parlait tant, était vraiment trop loin pour les Károly, et l'Europe entière peinait à relever ses ruines. En Hongrie, la révolution avait succédé à la débâcle de la guerre, la république proclamée avait fait sécession d'avec l'Autriche, puis les communistes s'étaient emparés à leur tour du pouvoir pour quelques mois d'une dictature sanglante. À présent la royauté était rétablie, mais sans les Habsbourg, avec pour régent un ancien aide de camp de François-Joseph !

Vilmos ne s'intéressait pas à la politique, il avait été trop longtemps un marginal, et les autorités hongroises ne lui avaient accordé la nationalité que pour l'envoyer se battre contre les Russes. Il n'en avait tiré aucun bénéfice, aucune reconnaissance. Sa seule idée, désormais, était de reprendre la route, de chercher des cieux plus cléments, mais il ne savait quelle direction suivre.

Il refit le trajet jusqu'à la cage devant laquelle brillait toujours la lanterne. Très vite, il introduisit deux balles dans le barillet, n'hésita pas à passer le bras à travers les barreaux et prit juste le temps de bien viser entre les deux yeux avant de tirer. En même temps que la détonation, assourdissante, la tête du fauve fut projetée en arrière. Tuée net, la lionne n'eut même pas un soubresaut. Maintenant, elle était tranquille, au paradis des lions.

Retirant la seconde balle, devenue inutile, il la mit dans sa poche où il sentit le mégot. C'était le moment de fumer ces dernières bouffées de mauvais tabac. Il se pencha vers la lanterne pour avoir du feu, se redressa en inspirant profondément. Une fois, son père avait été obligé d'abattre un ours, trop malade pour être soigné, et il l'avait fait de la même manière, efficace et rapide. Ne pas s'apitoyer. Ni sur le sort des animaux ni sur le sien. Un homme ne pleure pas, c'est un privilège réservé aux femmes ou aux enfants. Alors, bien qu'Elza ait été une très bonne bête, affectueuse lorsqu'elle était lionceau, facile à dresser, et quasiment jamais menaçante en piste, Vilmos ne voulait pas verser une larme.

— Tu pleures ? dit la voix de Margit dans l'ombre.

Sa voix douce, sa voix d'amante, de mère. Elle se

glissa près de lui, souleva la lanterne et considéra longuement Elza.

— Ne te tourmente pas, Vil, tu as bien fait...

Comme lui une minute plus tôt, elle passa la main à travers les barreaux et prodigua une ultime caresse à la dépouille du fauve. Voir les doigts de sa femme se perdre dans le pelage blond fit craquer Vilmos. Il la prit par les épaules, l'obligea à reculer et la serra contre lui en silence, ravalant son chagrin.

— Il n'y a plus rien, souffla-t-il au bout d'un moment. On va essayer de vendre ce qui reste et quitter Budapest.

Un sanglot sec le fit tousser, il enfouit son visage dans le cou de Margit.

— Mon amour, murmura-t-il seulement.

La seule chose tangible de son existence était ce lien puissant qui l'attachait à Margit. Avec elle, il avait pu tout affronter et se contenter de si peu de choses ! Mais ce peu-là leur étant désormais refusé, il fallait survivre.

— Le bruit n'a pas réveillé les enfants ? s'inquiéta-t-il.

— Non, grâce à Dieu. Débarrasse-toi d'Elza avant que Berill ne la voie. Va chercher l'équarrisseur.

Leur fille possédait un caractère d'acier trempé, sauf en ce qui concernait les animaux. Personne ne savait d'où lui venait cette faiblesse, ces excès d'attendrissement qui l'avaient fait se disputer, toute gamine, avec des gardiens de ménagerie ou des dompteurs à qui elle était capable d'arracher leur fouet.

— Je le ramène ici, promit-il en lui mettant le revolver dans la main. Range ça.

Le bras le long de la jambe, elle pointait le canon vers le sol.

— Tu as encore des balles ?

— Quelques-unes. Mais il est vide à présent, n'aie pas peur.

— Oh, ce ne sont pas des armes dont j'ai peur ! C'est de l'avenir. Tous ces jours devant nous. Manger... Est-ce qu'on va s'en sortir, Vil ?

Une lueur pâle perçait déjà à l'est. Vilmos resserra son étreinte autour de sa femme. Il aurait voulu rester contre elle sans bouger, attendre avec elle que le ciel s'éclaire tout à fait, lui dire des mots rassurants auxquels il ne croyait plus.

— On y arrivera, je te le jure ! affirma-t-il soudain avec une force qui l'étonna lui-même.

Puis, sans la regarder, il s'arracha d'elle et s'éloigna en hâte dans la grisaille incertaine du petit jour.

Berill avait entendu le coup de feu et s'était mis la tête sous son oreiller pour étouffer un long gémissement. Elle ne voulait pas réveiller ses frères qui ne comprendraient rien à sa révolte, à sa douleur. Au bout d'un moment, les battements de son cœur se calmèrent, elle se remit à respirer normalement. Son père n'avait pas d'autre solution, elle le savait. Chaque nuit, depuis une semaine, elle s'était préparée à ce bruit sourd qui déchirerait le silence et la ferait tressaillir. Sa seule consolation était que désormais Elza ne souffrirait plus de la faim, de la solitude, de l'enfermement.

Elle arrangea l'oreiller, remonta son édredon. À travers la petite vitre, au-dessus de sa couchette, elle voyait les premières lueurs de l'aube. Encore une journée à tourner en rond. Les garçons iraient dans le bois proche chercher des champignons, peut-être un lapin, mais ils n'en trouvaient plus guère malgré l'habileté d'Arno à les piéger dans leurs terriers. À moins... à moins que ce jour ne soit différent des autres, justement parce que leur père avait pris la décision d'abattre Elza. Allaient-ils se décider à partir ? Il n'y avait plus ni travail ni nourriture, rien à espérer de cet endroit. Prête à n'importe quelle besogne, Berill était allée proposer partout ses services, mais les gens n'avaient pas d'argent et, de surcroît, ils se méfiaient d'elle à cause de son allure de *romani*, de grande fille sauvage, trop belle et trop délurée, avec cet éclat inquiétant au fond de ses yeux couleur d'améthyste.

« Ton regard violet fera fuir les hommes… ou les enchaînera ! » Élevée dans un cirque, Berill ne croyait évidemment pas les diseuses de bonne aventure, mais elle voyait bien l'effet qu'elle produisait. Dieu merci, ses frères la couvaient, ils n'étaient jamais très loin d'elle et lui servaient de gardes du corps. Un corps souple et musclé, parfaitement épanoui malgré les privations endurées durant ces quatre années de guerre suivies de deux années de troubles.

Berill s'étira puis commença à s'agiter. Elle mourait d'envie de quitter sa couchette, mais elle devait laisser du temps à son père. Il ferait d'abord disparaître Elza, puis sans doute viendrait-il s'asseoir sur le marchepied de la roulotte. En attendant sa fille, il se roulerait une de ses horribles cigarettes dont elle tirait parfois une bouffée pour le faire rire. Mais, depuis son retour, il ne riait plus que rarement, son expérience de soldat l'avait changé.

Contrairement à lui, Berill suivait avec attention tous les événements qui secouaient la Hongrie à l'agonie. La fuite des bolcheviques, l'amiral Horthy prenant le pouvoir, les Roumains entrant dans Budapest : les choses changeaient trop vite et la menace était partout. Berill lisait des journaux qu'elle ramassait par terre, elle prêtait aussi l'oreille aux conversations de la rue. Lorsque, pour subsister, sa mère avait eu l'idée de donner des séances de cinéma muet sous le chapiteau, Berill s'était mêlée chaque soir aux spectateurs, avide d'entendre les nouvelles, se forgeant peu à peu une opinion, des convictions. La Hongrie n'allait plus tarder à plier sous le poids des prétentions exorbitantes des vainqueurs et de ses propres déchirements. Les Károly devaient partir, quitter ce pays condamné et gagner l'Amérique. Là-bas, tout deviendrait possible.

Berill avait une ambition féroce, chevillée au corps : elle voulait sortir de la misère. Appartenir au camp des vaincus la hérissait d'autant plus qu'elle ne se sentait pas vraiment hongroise, mais plutôt apatride. Du plus loin qu'elle se souvienne, sa famille avait sillonné l'Europe de l'Est, de la Roumanie à la Bulgarie, de la Yougoslavie à l'Autriche. Berill aimait cette impression de voyage sans fin, de paysages toujours renouvelés. Son enfance avait été une succession de rencontres insolites, de découvertes, et elle en conservait un caractère aventurier. À cette époque-là, elle savait déjà marcher sur un fil avec une ombrelle et exécutait un petit numéro de funambule très réussi. Par la suite, son père lui avait appris des exercices d'acrobatie au sol, puis initiée au trapèze. Sans la guerre, elle serait devenue une artiste de cirque accomplie.

Heureusement, elle était capable de s'adapter à n'importe quelle situation, elle en avait donné la preuve durant ces six dernières années de sédentarisme forcé où elle s'était retrouvée clouée dans la banlieue de Budapest. En l'absence de son père, elle avait fait tout ce qu'elle pouvait pour aider sa mère, pour surveiller ses frères, pour gagner de l'argent. À peine adolescente, elle s'était retrouvée dans un rôle d'adulte qu'elle avait endossé sans broncher. Durant les séances de cinéma, à défaut d'un pianiste qu'il était impossible de payer, Berill faisait tourner un vieux phonographe ou bien improvisait des commentaires elle-même, de sa voix fluette qui amusait les spectateurs. Inventive, volontaire, débrouillarde, elle s'était également pliée un temps à la discipline de l'école où sa mère avait fini par les inscrire, ses frères et elle. Ses lacunes faisaient d'elle une mauvaise élève, cependant elle avait acquis quelques rudiments et s'était intéressée à la géographie, à l'histoire. Dès qu'elle s'était jugée suffisamment savante, elle avait déserté, emportant avec elle ses manuels scolaires qu'elle avait cachés sous sa couchette.

Pour l'heure, sa principale préoccupation était d'arriver à convaincre son père. Il voulait partir vers l'ouest, songeait vaguement à la Suisse, mais Berill s'accrochait à son idée d'Amérique, persuadée qu'il s'agissait d'un pays de cocagne. Là-bas, ils pourraient trouver un investisseur, monter un grand cirque, devenir riches… Elle y pensait depuis longtemps et, dans cette perspective, essayait d'apprendre l'anglais. Sandor, le vieux garçon de piste qui ne s'était jamais résigné à quitter la famille Károly, avait vécu une dizaine d'années à Londres dans sa jeunesse. Chaque matin, Berill allait le retrouver dans sa roulotte, à l'autre bout du campement, et passait un moment à travailler avec lui. Elle retenait des mots, des phrases ou des expressions qu'elle se répétait cent fois avant de s'endormir. Le jour où elle mettrait enfin le pied en Amérique, elle voulait être prête à se faire comprendre.

Un rayon de soleil lui fit rouvrir les yeux. Elle se leva et s'habilla sans bruit, pour ne pas réveiller ses frères, puis ouvrit doucement la porte. Comme prévu, son père était là, assis sur le marchepied, la tête levée vers elle. Ils échangèrent un long regard triste, et il comprit qu'elle savait déjà.

— Je ne l'ai pas fait de gaieté de cœur, dit-il d'une voix rauque. Il le fallait, c'est tout.

Pour ne pas l'accabler davantage, elle scruta le ciel en se bornant à murmurer :

— Et maintenant ?

— Il faut trouver preneur pour le matériel. Les tracteurs, les remorques, les cages, le chapiteau... Peut-être que ça demandera un peu de temps mais on liquide tout, on ne garde que les trois roulottes.

— Trois ?

— Sandor vient avec nous, soupira-t-il.

Il semblait si désabusé qu'elle s'assit à côté de lui, serrant sa longue jupe autour de ses genoux. Ce qu'ils avaient à vendre ne valait pas cher, et leurs économies ne les mèneraient pas loin.

— Où irons-nous ?

— En Suisse. Peut-être en Italie, après. Ta mère voudrait du soleil.

— Pas toi, papa ?

Elle était en train de chercher comment elle pouvait aborder le sujet de l'Amérique lorsqu'il répondit, d'un ton las :

— Moi ? Pour l'instant, je m'en moque éperdument... Là ou ailleurs, c'est pareil.

Jamais elle ne l'avait vu renoncer, ni même céder au découragement. Bien sûr, en six ans ils avaient tout perdu, et si à l'âge de Berill on pouvait repartir de zéro d'un cœur léger, pour ses parents ce serait beaucoup plus difficile.

— Pourquoi pas les États-Unis, alors ? risqua-t-elle.

Il la dévisagea d'un air grave et finit par esquisser un geste fataliste.

— Berill, même en vendant jusqu'au dernier clou de ce cirque, on ne pourrait pas se payer un si long voyage. En Europe, j'ai encore quelques amis, peut-être que tout le monde n'a pas sombré et qu'on pourra se faire engager. On verra bien.

Lui posant la main sur l'épaule, il se leva, décidé à mettre fin à leur conversation. Elle le suivit des yeux tandis qu'il s'éloignait entre les camions rouillés. Il marchait droit, la tête haute, et pourtant il y avait quelque chose de changé dans sa silhouette, dans son allure. Depuis sa démobilisation, il faisait des cauchemars, et pas uniquement à cause du manque d'argent. Portait-il la culpabilité de ces Russes qu'il avait été obligé de tuer sans même savoir pourquoi ?

Berill baissa la tête pour ne plus le voir. Elle ne voulait pas déceler chez lui la moindre faille, elle avait besoin de continuer à croire en lui, elle n'était pas encore prête à voler de ses propres ailes.

Tout vendre leur prit du temps. Vilmos négociait pied à pied, essayait de tirer parti du moindre objet, et Berill rongeait son frein, voyant leur départ sans cesse retardé.

Au mois de juin, la nouvelle du traité de Trianon signé en France, au palais du grand Trianon à Versailles, mit le pays en état de choc. Les puissances victorieuses contraignaient en effet la Hongrie à renoncer aux deux tiers de son territoire, et sa population passait ainsi de vingt millions à huit… Le prix de la défaite était exorbitant ! Considérée comme responsable du déclenchement de la guerre, la Hongrie devait céder la Transylvanie à la Roumanie, la Croatie à la Yougoslavie, le Burgenland à l'Autriche, et ainsi de suite. Des conditions d'une incroyable dureté, aux conséquences dramatiques.

Berill expliqua à son père qu'il n'était plus possible de traîner, il y avait désormais urgence à passer les frontières. Début juillet, ils quittèrent Budapest et prirent la route de Vienne. Leurs papiers étaient en règle, leurs roulottes assez misérables pour qu'ils n'aient rien à craindre.

Reprendre le voyage redonna un peu d'énergie à Vilmos. Même s'il se sentait usé, il avait beaucoup de chemin à parcourir pour mettre sa famille à l'abri, et ce but ultime lui procurait le courage de se battre contre le destin. En quarante-cinq ans de vie, il avait connu un certain nombre de hauts et de bas, il voulait rebondir encore, au moins une dernière fois. Il écoutait Berill avec attention et intérêt, épaté qu'elle en sache aussi long sur les implications politiques de ce traité de Trianon qui ulcérait tout le monde. Pour sa part, il estimait simplement que, n'importe où dans le monde, les gens auraient toujours besoin de se distraire de leurs malheurs et finiraient par retourner au cirque.

Passer en Autriche fut relativement aisé, puis de là en Italie où les Károly arrivèrent en plein hiver. Dans la région de Gênes, Vilmos retrouva des saltimbanques qu'il connaissait depuis longtemps et qui lui proposèrent de se joindre à eux. Ils voyagèrent ensemble, à l'écart des grandes routes, cherchant les foires de village où se produire tout en se dirigeant vers la France. Sous la direction de leur père, Arno et Mathias avaient mis au point un numéro de clown blanc et de contre-pitre vraiment désopilant, agrémenté par divers instruments de musique dont ils savaient bien se servir : grelots, harmonica, trompette. De son côté, Berill exécutait une danse acrobatique sans grand intérêt mais très appréciée du public parce qu'elle était d'une rare beauté, moulée dans un costume de satin rouge que lui avait confectionné sa mère. Enfin, Sandor remplissait son rôle d'homme à tout faire, de mécanicien, et passait dans le public pour ramasser des piécettes.

Vilmos, lui, se désespérait. Il supportait mal que ses enfants le fassent vivre, mais que pouvait montrer un dompteur privé de tout animal ? Il n'aurait même pas eu les moyens d'acheter deux caniches, aussi passait-il le plus clair de son temps à rédiger des courriers qu'il envoyait en France et en Espagne. Il avait pour sa famille d'autres projets que cette troupe ambulante avec laquelle il se sentait peu d'affinités, hormis une solidarité de miséreux. C'était à Berill seule qu'il se confiait, qu'il exposait ses espoirs, trouvant auprès de sa fille aînée une qualité d'écoute et de repartie que Margit, découragée, ne possédait plus. Berill était comme lui, elle avait à la fois des idées et des prétentions, toujours prête à soulever des montagnes.

Il leur fallut presque une année pour traverser tout le midi de la France, passer en Espagne et arriver en vue de Madrid où, pour les Károly, ce fut momentanément la fin du voyage. À force d'obstination – et grâce à ses lettres, ses télégrammes, ses appels téléphoniques lorsqu'il trouvait un bureau de poste –, Vilmos avait tout de même réussi à établir un certain nombre de contacts. Il fut finalement reçu par le responsable d'un grand cirque madrilène, installé à demeure dans la capitale. En quelques jours, deux engagements furent signés, l'un pour Arno et Mathias, l'autre pour Vilmos lui-même en tant que dompteur, avec Berill à ses côtés. Le numéro qu'il projetait exigeait des fauves bien dressés, capables de rester placides tandis que la jeune fille danserait au milieu de la cage. L'idée était neuve, séduisante, et rien qu'à voir Berill on imaginait que les spectateurs allaient évidemment trembler pour elle. À vingt et un ans, elle était d'une beauté à couper le souffle. Mince, gracieuse, avec ses longs cheveux noirs à peine bouclés, son teint mat et ses grands yeux violets, elle attirait tous les regards. Vilmos le savait, elle le savait, et le directeur du cirque de Madrid le savait aussi. En conséquence, peu importerait la prestation des lions ou des tigres, l'attraction résiderait dans le frisson du danger pour la jeune fille. De toute façon, même si Vilmos Károly commençait à être un peu âgé, il avait un sérieux passé de dompteur, et avec lui Berill ne risquerait rien. En tout cas c'est ce qu'elle affirmait, un sourire insouciant aux lèvres.

Les Károly abandonnèrent leurs trois roulottes hors d'âge à la petite troupe itinérante dont ils avaient partagé le quotidien depuis Gênes. Ils rejoignirent le grand cirque où on mit à leur disposition une caravane qui leur parut luxueuse, ainsi que la possibilité de prendre leurs repas sous la grande tente qui servait de réfectoire à tout le personnel. Sandor avait été engagé lui aussi pour la première saison et logé dans le dortoir des hommes de piste. Si les répétitions commencèrent tout de suite pour Arno et Mathias, Vilmos dut patienter deux semaines avant l'arrivée des six tigres achetés par la direction aux frères Hagenbeck, dont le parc zoologique de Hambourg était alors le meilleur marché de fauves. Des bêtes splendides, déjà dressées, et qui avaient l'habitude de travailler ensemble. Vilmos aurait préféré des lions, plus fiables selon son expérience, mais Berill tomba immédiatement en extase.

— Je vais les adorer ! s'exclama-t-elle avec un enthousiasme inquiétant.

— Vraiment ? Eh bien, dis-toi que ça ne les empêchera pas de te sauter dessus au premier faux pas.

— Je n'en ferai pas !

Venant d'une autre, il aurait jugé la réponse idiote, mais il connaissait la volonté sans faille de sa fille et il se contenta de hocher la tête.

— Très bien, je compte sur toi. La première étape

sera d'entrer dans la cage. Tu resteras juste derrière moi, tu mettras tes pas dans les miens. Pour l'instant, je veux qu'ils s'habituent à ta présence autant qu'à la mienne.

Ils disposaient d'un mois pour mettre au point leur numéro, et Vilmos était plus anxieux qu'il ne voulait l'admettre. Comment les tigres allaient-ils réagir lorsque Berill se mettrait à danser, seule en pleine lumière au centre de la piste ? Pour qu'elle soit bien visible de tous les gradins, il pensait la faire évoluer sur un plateau circulaire un peu surélevé. Si l'un des tigres se montrait vraiment doué, il tenterait peut-être de le faire sauter au-dessus d'elle et, pour le salut final, il essaierait de les faire tous coucher autour d'elle. Rien de très difficile, en somme, sauf qu'elle était sa fille et qu'il risquait d'avoir peur pour elle. Or la peur était vraiment la dernière chose dont un dompteur avait besoin.

Pour l'heure, les fauves étaient allongés dans les cages de la ménagerie, digérant paresseusement leur repas, tandis que Vilmos et Berill continuaient de faire les cent pas devant les barreaux.

— Avant tout, expliqua-t-il, il faut que tu mémorises le nom de chacun. Regarde bien leurs têtes, les différences de rayures, la couleur des yeux, l'expression. C'est à leur nom qu'ils répondent, alors si tu dois l'utiliser en cas de pépin, tu n'as pas le droit de te tromper.

Le regard débordant d'amour que sa fille posait sur chacun des tigres faillit le décourager. Ne s'était-il pas lancé dans une aventure très au-dessus de ses moyens ? Le prix à payer pour sortir de la misère était-il de courir à l'accident ? Arrêtée devant l'une des cages, Berill répétait à mi-voix :

— Melchior, Melchior…

Elle fit soudain volte-face, se tournant vers son père d'un mouvement souple qui enroula ses longs cheveux sur ses épaules.

— Tout ira bien, papa, ce sera un numéro magnifique !

Sa beauté allait devenir légendaire, de ça il ne doutait pas, et il espéra que ce serait la seule raison de leur future célébrité.

Margit n'avait pas voulu assister au spectacle depuis les gradins, elle était restée à se tordre les mains en coulisses. Durant la première partie, Arno et Mathias avaient obtenu un bon succès en déclenchant des cascades de rires puis des applaudissements enthousiastes. Margit les avait félicités presque distraitement, à coups de petites tapes dans le dos, tandis que les garçons de piste profitaient de l'entracte pour monter la cage des fauves, surmontée d'un filet de protection

Afin de ne pas troubler son mari – et surtout sa fille –, Margit se tenait à l'écart, près du « tunnel » d'où allaient arriver les tigres. Dans sa jeunesse, lorsqu'elle présentait avec Vilmos leur numéro d'acrobates, elle avait connu un certain nombre de grands cirques, avant qu'ils ne se décident à monter le leur. Elle en aimait l'ambiance survoltée, l'odeur de sciure et de sueur, les projecteurs et les paillettes, les musiques de l'orchestre, la parade finale de toute la troupe, néanmoins, à compter du jour où Vilmos était devenu dompteur, la peur s'était insinuée en elle. Et ce soir, Berill serait avec lui, à *l'intérieur* de la cage. Sublime dans son costume blanc, fait sur mesure par les ateliers du cirque, éblouissante grâce à cette chorégraphie inventée pour elle et répétée jusqu'à la perfection, mais complètement à la merci de six félins de deux cent cinquante kilos chacun !

Quand Margit aperçut Vilmos, vêtu d'un dolman bleu roi à brandebourgs, son cœur se serra. De loin, il était aussi beau qu'à vingt ans, aussi grand et svelte, avec ses boucles brunes de gitan auxquelles se mêlaient désormais des mèches blanches. Du temps où il était soldat, ses cheveux rasés lui donnaient l'air malade. À présent, il était redevenu le séduisant Vilmos Károly qui l'avait conquise toute jeune fille.

Reculant encore, elle continua à l'observer tandis qu'il donnait ses instructions aux monteurs pour la stricte disposition des *requisits*, lourds tabourets, plateaux et arceaux où évolueraient les fauves. Pour avoir suivi les répétitions, elle savait que tout se passerait bien, cependant l'angoisse était en train de la submerger. Comme Vilmos, elle aurait préféré des lions, moins imprévisibles, moins coléreux et moins rapides. L'espace d'un instant, elle songea à Elza, abattue dans la banlieue de Budapest l'année précédente. Depuis lors, les Károly avaient parcouru un sacré chemin, et se retrouver à Madrid, dans un cirque de cette importance, était presque inespéré. La saison débutait avec son nouveau programme pour l'année, la presse était là, sous cet immense chapiteau planté à demeure, et de ce qu'allaient tenter Vilmos et Berill dépendait l'avenir de la famille. Se refaire un nom, se remettre en piste...

Les premiers accords la prirent par surprise et elle enfonça ses ongles dans ses paumes. L'éclairage se modifia brusquement, plongeant les coulisses dans l'ombre hormis les rangées de veilleuses. Des ordres brefs furent échangés, en allemand et en espagnol, une grille se rabattit bruyamment. Margit entrevit les silhouettes des tigres ondulant derrière les barreaux du tunnel et elle ferma les yeux. Elle entendit l'annonce au micro, l'orchestre se mettre en sourdine, le fouet de Vilmos claquer. Il ne l'utilisait jamais sur les bêtes – pour se défendre il gardait une pique dans l'autre main – mais il le maniait admirablement.

Margit bougea sans bruit, attirée malgré elle vers le rideau où s'étaient agglutinés certains des artistes de la troupe. Immobile derrière les autres, elle retint son souffle en se mettant sur la pointe des pieds. Berill était sur son plateau, au centre, mince comme une liane, belle à damner un saint, prise dans le faisceau d'un projecteur qui suivait chacun de ses gestes gracieux. Sans la présence des fauves, Margit aurait été émue de voir ce qu'était devenue sa fille aînée.

Non loin d'eux, un tigre passa d'un tabouret à l'autre, se ramassa tout au bord, fouaillant de la queue, et s'élança d'un coup. Son saut le fit passer juste au-dessus de Berill, qui venait de se renverser souplement en arrière. Un murmure apeuré montant des gradins avait accompagné leur mouvement, mais la synchronisation était parfaite entre la musique, la danse, et les bonds des tigres qui frôlaient la jeune fille sans jamais la toucher. Vilmos avait promis qu'il ne prendrait aucun risque et c'était faux ! Berill avait affirmé qu'elle ne craignait rien et c'était impossible ! Une main sur la bouche, Margit avait envie de crier, de pleurer. Elle entendit la voix de Mathias qui chuchotait à son oreille :

— Ils vont faire un triomphe, c'est fantastique !

Son fils la prit par la taille, comme pour la soutenir. Lui aussi était venu voir sa sœur, après avoir juré ses grands dieux qu'il n'assisterait pas au numéro, par superstition, mais la curiosité avait été la plus forte.

L'un des fauves devait avoir un problème car Vilmos lança soudain une série d'ordres, au milieu de rugissements furieux. Avec insistance, il répéta le même nom plusieurs fois, d'une voix impérieuse. Par l'entrebâillement du rideau, Margit vit que Sandor posait la main sur la porte de la cage, prêt à intervenir. Elle eut l'impression que son cœur ratait un battement, tandis que le bras de Mathias la serrait à la faire crier. De nouveau, elle ferma les yeux, pour ne les rouvrir qu'en entendant un tonnerre d'applaudissements. Deux secondes plus tard, les grilles claquèrent et les tigres s'engouffrèrent dans le tunnel, défilant devant eux au galop. Au milieu du brouhaha qui suivit, Margit éclata en sanglots nerveux.

Vilmos avait obtenu ce qu'il voulait : la considération du directeur du cirque, des articles élogieux, un contrat d'ores et déjà renouvelé pour l'année suivante. Le revers de la médaille était ce regard réprobateur dont Margit le gratifiait en permanence. Pourtant, elle aurait dû comprendre, elle qui connaissait par cœur les difficultés de leur métier et savait mieux que personne à quel point la misère était dure à supporter. Mais Margit, qui allait aborder la cinquantaine, se trouvait reléguée sans rôle précis dans la famille, n'ayant plus de numéro à exécuter, ni d'enfants à élever, ni même de repas à préparer, et peut-être cela expliquait-il ses angoisses. Toutefois, elle n'accusait pas seulement Vilmos de mettre leur fille en danger, elle prétendait qu'il flattait chez elle une ambition démesurée. Berill aurait voulu aller plus loin, c'était évident, elle était tellement à l'aise avec ces fichus tigres qu'elle aurait volontiers mis sa tête dans leurs gueules pour obtenir encore davantage de succès.

Mathias et Arno se gardaient bien d'intervenir dans la querelle, même si Arno penchait du côté de sa mère tandis que Mathias donnait raison à son père. D'ailleurs, depuis quelque temps, Mathias regardait sa sœur d'un œil neuf. Pas pour sa prestation dans la cage, mais pour ces longues conversations qu'elle tenait avec Vilmos avant d'aller se coucher, lorsqu'ils s'attardaient à fumer des cigarettes dehors, dans l'air tiède de la nuit. Elle s'intéressait toujours à la politique, continuait à lire des journaux et à écouter les gens. Décidément douée pour les langues étrangères, elle possédait déjà de bons rudiments d'espagnol, appris sur le tas depuis leur arrivée à Madrid, mais n'en oubliait pas pour autant ses leçons d'anglais avec Sandor.

Impressionnés par les connaissances de Berill, Mathias et Vilmos l'écoutaient, bouche bée. Comme la plupart des gens du cirque, ils avaient tendance à vivre en vase clos, peu concernés par le monde extérieur. À l'inverse, Berill voulait tout savoir, tout comprendre. Elle arpentait chaque matin les faubourgs de la capitale, achetait des quotidiens qu'elle déchiffrait dans les cafés, liait conversation avec n'importe qui tout en dévorant des tapas au comptoir. Presque toujours, Mathias l'escortait, conscient des ravages provoqués autant par l'allure de sa sœur que par les propos véhéments qu'elle tenait parfois. Elle continuait à rêver de l'Amérique, mais la prohibition qui régnait là-bas en faisait déjà moins le pays de toutes les libertés. L'Espagne, pour sa part, venait de subir le putsch du général Primo de Rivera, encouragé par le roi Alphonse XIII. Une dictature militaire de plus, à croire qu'aucun État d'Europe n'était épargné par les convulsions.

Pourtant, ainsi que Vilmos l'avait prédit, les gens continuaient malgré tout d'aller au cirque. Le besoin de rire, d'applaudir l'exploit, d'ouvrir des yeux ébahis devant des animaux exotiques, ou simplement de s'évader du quotidien : tout concourait à la réussite des grands spectacles qui se jouaient à guichets fermés.

Ce fut un jeudi soir, après la représentation, que Berill rencontra l'homme qui allait bouleverser son destin. Il l'attendait devant la tente où se changeaient les artistes, un gros bouquet de fleurs à la main, et se présenta sous le nom de Tomas Blaque-Belair. Irlandais, il n'avait pas les cheveux roux et ne portait pas la barbe, c'était un grand blond large d'épaules, au regard bleu délavé et aux traits volontaires, comme taillés à coups de serpe. Berill ne le trouva ni beau ni sympathique, mais très intéressant. La plupart du temps, elle n'accordait aucune attention à ses admirateurs – trop nombreux et trop empressés –, sachant qu'elle n'avait pas grand-chose à attendre d'eux. Elle les avait fait rêver en piste, leur avait coupé le souffle quand Melchior ou Sultan l'avaient frôlée, avait provoqué leur désir parce que son maillot blanc ne cachait rien de ses formes parfaites, mais, en dehors d'une invitation à dîner, que pouvait-elle espérer ? Assez intelligente pour admettre qu'elle n'était qu'une romanichelle et qu'aucun garçon bien né ne la présenterait jamais à sa famille, elle repoussait les avances en riant. Presque chaque jour elle offrait à sa mère les fleurs qu'elle recevait et jetait les cartes de visite sans même y penser.

Tomas Blaque-Belair semblait différent. Durant leur brève conversation devant la tente, il posa des questions pertinentes sur les difficultés du numéro, le caractère des tigres. Il s'exprimait en anglais, parlant lentement pour être sûr de se faire comprendre, scrutant Berill d'un regard indéchiffrable. Il prit congé en déclarant qu'il reviendrait le lendemain, puis s'enquit de ce qui serait susceptible de lui faire plaisir. En manière de plaisanterie, Berill répondit qu'au lieu de fleurs elle préférerait une friandise pour ses fauves, par exemple un beau morceau de bœuf.

Le vendredi soir, après la représentation, l'Irlandais se présenta à la porte de la tente, avec à ses pieds une caisse estampillée d'une boucherie en gros. Désarçonnée, Berill dévisagea une seconde Tomas Blaque-Belair, puis elle souleva le couvercle et constata qu'il s'agissait effectivement de viande fraîche d'excellente qualité. Elle partit d'un grand éclat de rire en cascade, avant de proposer à Tomas de l'accompagner jusqu'à la ménagerie où se reposaient les fauves. Appelant chaque tigre par son nom, elle distribua le bœuf sans hésiter à passer ses bras à travers les barreaux, octroyant çà et là caresses et mots doux.

Tomas l'observait, un peu en retrait. Elle sentait son regard sur elle, devinant toutes les questions qu'il devait se poser à son sujet.

— C'était très gentil de me prendre au mot, dit-elle en anglais avec son accent slave. Ils sont contents, moi aussi...

— Vous les aimez pour de bon ou ce sont juste des camarades de travail ?

La question était si incongrue qu'elle se remit à rire, rejeta ses cheveux en arrière, puis vint prendre Tomas par la main.

— Allez, ne restons pas là, c'est interdit à toute personne étrangère au cirque.

Elle s'attendait qu'il l'invite à souper, après tous les efforts qu'il avait fait pour gagner ses bonnes grâces, et elle se demandait déjà comment refuser aimablement. Mais il la prit de vitesse.

— Pourrais-je vous convier à déjeuner, le jour de votre choix, avec monsieur votre père ?

— Mon père ?

Se troublant, il désigna le programme qui dépassait de la poche de sa veste.

— « Vilmos Károly et sa fille Berill... » Un mensonge publicitaire ?

— Non, c'est la vérité, Vilmos est mon père.

L'espace d'un instant, elle hésita entre accepter ou refuser sa proposition, sans savoir que ce choix allait modifier toute sa vie. L'Irlandais ne lui plaisait pas mais l'intriguait. La curiosité fut la plus forte.

— D'accord, dit-elle simplement, venez demain vers midi.

Elle le planta là et rejoignit sa caravane, pas vraiment contente d'elle-même. Son père n'allait pas apprécier. D'abord, il ne parlait pas un mot d'anglais, ensuite, il ne comprendrait pas pourquoi sa fille les faisait déjeuner avec un inconnu. En guise de chaperon, mieux valait emmener Mathias, l'aventure l'amuserait davantage.

Tomas avait regagné son hôtel dans un état euphorique. Que Berill ait accepté de le revoir lui semblait trop beau pour être vrai, il n'en revenait pas.

Il appela le room-service pour se faire monter un repas froid accompagné d'une carafe de vin, puis il ôta sa veste, son gilet et sa cravate. Sur la commode, il déposa son quatrième billet de cirque, à côté des trois autres. Il était allé voir le spectacle quasiment tous les soirs de la semaine ! Mardi, il avait ressenti un véritable éblouissement lorsque le projecteur s'était allumé sur cette fabuleuse jeune femme aux cheveux noirs. Une apparition improbable qui l'avait cloué dans son fauteuil du troisième rang pendant tout le numéro. Mercredi, il y était retourné en se disant qu'il serait déçu, or son enthousiasme avait redoublé. Jeudi, il avait prévu des fleurs sans savoir s'il aurait la possibilité – ou même le culot – de les lui offrir. Enfin, aujourd'hui, elle lui avait présenté ses tigres, et demain il déjeunerait avec elle... Incroyable !

Tout en dînant, il compulsa le guide de Madrid qu'il avait emporté dans ses valises mais dont il ne s'était pas servi jusqu'à présent. Dans quel genre de restaurant emmener une femme comme elle ? Un établissement élégant mais pas trop guindé, où ils pourraient déguster à leur aise la véritable cuisine espagnole et les bons crus de Rioja. Il repéra le Lhardy, situé non loin de la Plaza Mayor, dont on disait qu'il était le rendez-vous du monde des arts et de la politique.

Les yeux dans le vague, il eut une pensée reconnaissante pour Felipe, le fils du banquier chez lequel il était en stage. « Va donc au cirque, toi qui aimes ça, le nouveau spectacle est époustouflant, avec une fille superbe qui danse au milieu des tigres et qui te fera succomber... » Felipe n'imaginerait jamais à quel point sa prédiction se révélait juste, encore que *succomber* fut un faible mot.

« Tu es un parfait crétin », Tomas, se morigéna-t-il à mi-voix.

Il était censé être sérieux. Un très sérieux jeune homme en voyage d'études, expédié par son père successivement à Genève, à Berlin puis à Madrid pour y apprendre le métier de banquier. Pas pour tomber amoureux fou d'une gitane !

« Pourquoi gitane ? Elle vient de Hongrie, c'est marqué dans le programme. »

Il le récupéra dans la poche de sa veste, le défroissa. Les dessins qui l'ornaient étaient assez naïfs, trop colorés, barrés de légendes racoleuses à l'excès, mais Vilmos, Berill et les tigres y figuraient en bonne place.

Songeur, Tomas se mit à arpenter sa chambre. Il était à Madrid pour trois semaines encore, ensuite il rentrerait à Dublin où on l'attendait avec impatience. Son père, d'abord, qui commençait à se faire vieux et souhaitait lui confier la direction de l'affaire familiale le plus vite possible, sa mère et ses sœurs, bien sûr, et puis sa fiancée, Ellen, qui lui avait écrit de longues lettres presque chaque jour.

Il s'immobilisa, soudain glacé d'appréhension. Son coup de foudre pour une danseuse de cirque ne le dégageait pas de ses obligations envers Ellen. Certes, il n'y avait pas eu à proprement parler de fiançailles, cependant les deux familles semblaient tenir pour acquis le futur mariage des jeunes gens. Ellen était une fille adorable, une chic et même assez jolie fille, mais à présent Tomas savait qu'il ne l'aimait pas. Quant à passer toute sa vie avec elle, il n'en était plus question.

Retournant s'asseoir, il se prit la tête entre les mains et considéra d'un air morne les reliefs de son dîner. Cette histoire était ridicule, à croire que le soleil castillan l'avait rendu fou. Une fois rentré chez lui, sans doute verrait-il les choses différemment, reléguant la vision de la sublime Hongroise aux yeux violets dans ses souvenirs de voyage. Un jour prochain, il allait devenir banquier, une profession honorable qui exigeait qu'on s'habille de costumes sombres et de chapeaux mous sans jamais céder à la fantaisie ou à la futilité. Alors, le cirque...

Sauf que Tomas était un Irlandais, donc têtu et batailleur, et qu'en plus coulait dans ses veines le sang des Blaque-Belair, plus têtus et batailleurs que tous les autres. De surcroît, Tomas était très frustré d'avoir été expédié aux quatre coins de l'Europe pendant les deux années de guerre civile que venait de connaître l'Irlande. Il aurait voulu lutter lui aussi pour l'indépendance, crier sa haine des Anglais, bref, en découdre sur le terrain plutôt qu'assister à la faillite du mark du fond de la Reichsbank de Berlin. Il en avait assez d'être un jeune homme bien élevé, assez de se plier à tout ce qu'on exigeait de lui. La finance le passionnait moins que le rugby, les filles l'amusaient davantage que les cours de la Bourse, et cette Berill Károly, qui venait de faire une entrée si fracassante dans sa vie, lui était évidemment prédestinée, malgré les apparences.

— Berill, Berill, répéta-t-il à mi-voix, essayant tous les accents.

Elle s'était exprimée dans un anglais approximatif, peut-être serait-elle plus à l'aise en espagnol ? Tomas ne parlait pas le magyar, la langue hongroise, mais au besoin il l'apprendrait !

— Pour quoi faire ? Pour demander sa main au dompteur ?

L'idée le fit d'abord sourire, puis soupirer. Il était temps de redescendre sur terre, d'abandonner cette chimère. Même si « à un Blaque-Belair rien d'impossible », ainsi que son grand-père et son père aimaient à le répéter en choquant leurs bocks de bière rousse dans les pubs, Tomas n'avait guère de chances d'arriver à ses fins.

Il acheva de se déshabiller en jetant ses vêtements aux quatre coins de la chambre. Ce soir, il avait envie d'être bohème, pour un peu il aurait été dormir sur le balcon, à la belle étoile.

— Un contrat en or, ma belle ! répéta le gros bonhomme.

Sa main aux doigts boudinés s'accrochait à l'épaule de Berill, qui se dégagea d'un mouvement brusque. Du coin de l'œil, elle vit que Mathias s'approchait et elle se sentit soulagée.

— Parlez-en à mon père, dit-elle posément.

— Tu es majeure, non ? s'énerva l'impresario. Il n'est pas question de Vilmos mais de toi. Avec un dompteur plus jeune, on peut monter un numéro fabuleux et je te fais faire le tour du monde !

Gêné par la présence de Mathias, qui s'était arrêté à trois pas d'eux, il baissa la voix pour conclure :

— C'est la chance de ta vie, tu ne comprends pas ? Tu ne seras pas toujours aussi jeune et aussi belle, mais, dans les dix ans qui viennent, si tu te débrouilles bien, tu deviendras riche et célèbre.

Elle oublia une seconde la violente antipathie qu'il lui inspirait. « Riche » était un mot magique, l'antidote d'une misère qu'elle ne voulait plus jamais subir. Néanmoins, une valeur restait bien au-dessus de toute autre considération, c'était sa famille et elle était sacrée.

— Un dompteur plus jeune, ricana-t-elle, et donc moins expérimenté ? Merci bien, je ne tiens pas à me faire dévorer !

— Oh, ne joue pas à la mijaurée avec moi ! lâcha l'impresario d'un ton exaspéré.

Depuis le début de leur conversation, il la déshabillait du regard sans vergogne et, dix fois de suite, il avait posé la main sur elle d'un geste faussement bienveillant. Elle décida qu'elle en avait assez, de celui-là comme des autres, tous ceux qui l'abordaient pour lui faire des propositions plus ou moins honnêtes.

— De toute façon, dit-elle en se redressant de toute sa taille pour mieux le toiser, les Károly traitent directement avec les cirques, nous n'avons pas besoin d'intermédiaire.

Il parut stupéfait de son arrogance et leva les yeux au ciel.

— Tu es trop bête à la fin…

— Et vous trop familier !

Vexé, il dut deviner qu'il avait perdu la partie, car il maugréa :

— Au bout du compte, je t'aurais fait signer chez Barnum, tant pis pour toi !

Voyant Mathias s'avancer encore, il battit en retraite. Berill le suivit du regard avant de se tourner vers son frère.

— Tu crois qu'il disait vrai pour Barnum, pour… l'Amérique ?

Sa voix avait tremblé sur le dernier mot. Peut-être venait-elle de commettre une erreur en décourageant cet homme.

— Non, répondit Mathias, catégorique. Ce qu'il voulait, c'est te prendre en exclusivité et te vendre au plus offrant, quitte à mettre des hyènes ou des dragons dans la cage. N'écoute pas tous ces types...

— Je ne l'ai pas écouté ! s'insurgea-t-elle.

Elle abandonnait à son père le soin de négocier leurs contrats et le savait en pourparlers avec les grands cirques parisiens, Bouglione, Pinder et Médrano. Mais la France la faisait moins rêver que l'Amérique.

— Voilà ton soupirant, annonça Mathias en la prenant par le coude.

Tomas Blaque-Belair se dirigeait vers eux, escorté par Sandor, qui avait été chargé de l'attendre à l'entrée de l'enceinte.

— Bon sang, quelle matinée..., bougonna Berill.

Le déjeuner avec l'Irlandais ne l'amusait plus qu'à moitié mais elle se força à sourire.

— Vous êtes ponctuel, bravo ! Voici mon frère, Mathias, qui va nous accompagner.

Les deux hommes se serrèrent la main en se dévisageant avec curiosité.

— Vous êtes l'un des clowns, non ? s'enquit Tomas.

Il avait parlé en anglais et Berill suggéra l'espagnol, que Mathias commençait à comprendre. Un taxi les attendait dehors et les conduisit jusqu'au restaurant Lhardy où Tomas avait réservé une table. Surprise par l'élégance du cadre et l'empressement des serveurs, Berill se sentit impressionnée mais décida de ne pas le laisser paraître. Ce Blaque-Belair n'obtiendrait rien en contrepartie du déjeuner, si somptueux soit-il, hormis le plaisir de sa compagnie pour deux heures. Elle se mit à bavarder gaiement, posant des questions parfois indiscrètes auxquelles Tomas répondait sans hésiter. Elle apprit ainsi qu'il était fils de banquier, qu'il se destinait lui-même à la finance, qu'il aimait le rugby, les chiens de chasse, les voyages et la politique. Ce dernier point enchanta Berill. Dans le petit monde du cirque, tout comme dans sa famille, personne ne se sentait vraiment concerné et elle restait sur sa faim. Tomas était son premier interlocuteur valable, elle en fut éblouie. Ignorant les tentatives qu'il faisait pour l'interroger sur sa vie d'artiste ou sur les fauves, elle se mit à parler très vite, sans plus se soucier de Mathias qui ne comprenait plus grand-chose à leur conversation. Volubile, enthousiaste, elle voyait bien que sa curiosité insatiable semblait subjuguer Tomas. S'attendait-il à déjeuner avec une écervelée ? Elle lui parla du démembrement de la Hongrie, qu'elle avait si mal vécu, de leur long voyage vers l'Ouest et vers le soleil, de ses rêves de gloire et de l'Amérique, son eldorado.

— Vous êtes stupéfiante, miss Károly, déclara-t-il au moment du dessert.

La réflexion présentait une différence notable avec tous les « vous êtes très belle » dont la gratifiaient ses admirateurs. Berill se mit à rire et Mathias en profita pour se lever et s'absenter quelques instants.

— Miss Károly..., murmura Tomas après un bref silence. Je n'ai que trois semaines devant moi et aucune mauvaise intention. Accepteriez-vous que je vous fasse la cour ?

— La cour ? répéta-t-elle, éberluée.

Il avait l'air perdu, soudain, presque attendrissant, mais Berill ne voulut pas se laisser émouvoir.

— Vous savez bien que non, dit-elle d'une voix claire. Vous êtes banquier, je suis une artiste de cirque. À ne pas confondre avec une danseuse de music-hall, n'est-ce pas ?

— Non ! Je ne...

— Attendez, Tomas. Je peux vous appeler Tomas ? Eh bien, j'ignore ce que vous espériez de moi, mais de toute façon, c'est impossible. Je me fais bien comprendre ?

— Très bien. Je n'ai pas été assez clair, je suis désolé. Je ne souhaite que votre amitié, que mieux faire connaissance.

— Dans quel but ? railla-t-elle.

Il secoua la tête en cherchant ses mots. Puis il vit Mathias qui traversait la salle du restaurant et il lâcha, d'un trait :

— Je ferai tout ce qui est en mon pouvoir pour que vous vous intéressiez un peu à moi. Et même si c'est ridicule à dire, j'adorerais passer le reste de ma vie à vous regarder. En fait, c'est votre main que je veux.

L'éclat de rire spontané qui la secoua fit se retourner certains convives. Mathias reprit sa place, l'air interrogateur, tandis que Berill, qui s'amusait pour de bon, cherchait son souffle.

— Tomas me racontait une histoire tordante, expliqua-t-elle enfin à son frère. Mais maintenant, il est temps de rentrer...

Beau joueur, Tomas lui adressa un petit sourire crispé, puis il se leva pour aller régler l'addition.

Felipe s'étira paresseusement avant d'allumer l'un des petits cigares noirs qu'il affectionnait.

— Je crois n'avoir jamais rien entendu d'aussi extravagant, laissa-t-il tomber. Et encore, ici, sous le soleil, avec notre amour immodéré des Gitanes, tu aurais peut-être droit à un soupçon d'indulgence...

Mais quand tu seras rentré chez toi, à Dublin, tu imagines la tête de ton père ? Allons, Tomas, tu n'es pas sérieux !

— Si, tout à fait. D'ailleurs, mon principal problème ne concerne pas mon père, il s'agit d'abord de la convaincre, elle.

— De quoi, grands dieux ? De te suivre sur ton île ? J'espère pour toi qu'elle a deux sous de jugeote et qu'elle te rira au nez. Tu viens de m'expliquer qu'elle est une sorte de vedette, qu'elle gagne bien sa vie, qu'elle s'apprête à faire le tour du monde. Pourquoi veux-tu lui retirer tout ça ?

Désemparé, Tomas s'aperçut qu'il n'avait pas réfléchi à cet aspect de la question. Il laissa errer son regard sur les pelouses du jardin botanique où ils étaient venus se reposer un moment après leur longue visite du Prado, Felipe se faisant un devoir de traîner Tomas dans tous les musées madrilènes.

— C'est toi qui m'avais prédit le coup de foudre, Felipe, et voilà, il a eu lieu !

— Je plaisantais.

— Pas moi. Je sais que je te parais dément, ou stupide, ou...

— Follement romantique ?

— Je ne l'ai jamais été. J'aime les femmes, je me suis parfois cru amoureux sans pour autant me mettre à écrire des poèmes, mais ce qui vient de m'arriver est si différent, si extraordinaire !

— Peut-être, seulement je te rappelle que tu pars dans huit jours.

Tomas hocha la tête et se tut. Quoi qu'il puisse dire, son ami ne le comprendrait pas. Ces deux dernières semaines, il s'était rendu presque chaque soir au cirque. Il regardait le numéro des fauves, ensuite il allait attendre Berill devant la tente des artistes, les gardiens ayant fini par prendre l'habitude de le voir planté là. Deux fois, la jeune femme avait accepté de souper avec lui, toujours en compagnie de son frère qui ne disait pas un mot. Berill parlait pour deux, avec une spontanéité et une intelligence qui laissaient Tomas pantois. Oh, non, elle n'avait rien de comparable à une vulgaire danseuse de music-hall, elle était incroyable, unique !

— Ses yeux sont violets, dit-il d'une voix rêveuse.

— Aucun iris n'a cette couleur, persifla gaiement Felipe. Je constate que tu es bon pour l'asile, tu as dû avoir une insolation. Viens, je t'emmène déjeuner au Botin, on va manger castillan pour te remettre, et comme c'est tout près de la cathédrale San Isidro, on pourra faire brûler un cierge à ta guérison.

La bonne humeur de Felipe était généralement communicative, mais Tomas n'avait pas envie de rire. Il allait devoir quitter Madrid sans avoir obtenu la moindre promesse de Berill, et Dieu seul savait quand il la reverrait. Il ne pouvait tout de même pas la poursuivre à travers l'Europe, des fleurs à la main, en attendant qu'elle se lasse de la piste et se décide à le regarder ! À ses timides allusions sentimentales, elle avait systématiquement opposé un rire en cascade. Pire encore, elle lui avait appris deux jours plus tôt que les Károly allaient partir pour Paris. Vilmos signait les contrats à son idée, sa fille approuvait, et dans ce programme établi, il n'existait aucune place pour un Tomas Blaque-Belair.

— Tom ? C'est si grave ?

Felipe lui avait posé la main sur le bras et lui souriait avec une bienveillance vaguement inquiète.

— Je crains que oui. Mais je trouverai une solution, il y en a forcément une.

Sourcils froncés, son ami le considéra un moment en silence.

— Si je peux t'aider, dit-il enfin, compte sur moi.

— Du fond de l'Irlande, j'aurai du mal à suivre sa trace. Je vais lui écrire, bien entendu, à condition de savoir où... Quand les Károly reviendront à Madrid, préviens-moi tout de suite, d'accord ?

— Je le ferai, promit Felipe.

La chaleur commençait à devenir accablante, même à l'ombre des grands arbres. Tomas songea que dans quelques jours il retrouverait les brumes du Nord et les eaux noires de la Liffey, qui séparait Dublin en deux. Là-bas, les combats de la guerre civile étaient terminés, l'État libre d'Irlande avait vu le jour, le gouvernement de William Cosgrave cherchait à relever le pays de ses ruines. « Rentre vite, mon fils, un énorme travail t'attend désormais », avait exigé son père dans un récent courrier. Ses billets de retour étaient prêts, il voyagerait en train jusqu'à Santander, d'où il prendrait un bateau pour la longue traversée qui le ramènerait chez lui. Ces quelques jours de répit allaient lui permettre de relire les nombreux carnets sur lesquels il avait consigné ses observations du monde de la finance depuis deux ans, et, dans la solitude nocturne de sa cabine, de rédiger sa première lettre à Berill.

— Accompagne-moi au cirque ce soir, dit-il d'un ton pressant, je veux que tu fasses sa connaissance.

Il était certain que Felipe l'approuverait et deviendrait son plus fidèle allié en voyant la jeune femme de près.

— Tu vérifieras toi-même la couleur de ses yeux ! ajouta-t-il plus joyeusement.

Malgré tous les obstacles, sa jeunesse lui faisait garder espoir. Il aurait la force d'aller au bout de son rêve, il ne s'appelait pas Blaque-Belair pour rien.

2

Paris, 1925

Berill fut enchantée par Paris. Arrivée au début de l'automne avec le reste de sa famille, elle avait été immédiatement séduite. La guerre ne semblait plus qu'un lointain souvenir dans cette capitale qui s'amusait en allant applaudir Maurice Chevalier à l'Empire, en se pâmant devant l'exposition des Arts décoratifs au Grand Palais, en se pressant au Cirque d'hiver.

Les Bouglione avaient demandé quelques aménagements dans le numéro rebaptisé « La danseuse et les fauves ». Ils possédaient eux-mêmes un groupe de huit tigres du Bengale très bien dressés, desquels Vilmos pourrait obtenir des exercices plus difficiles, comme sauter à travers un cerceau que Berill tiendrait gracieusement au-dessus de sa tête, ou entreprendre une sarabande effrénée autour d'elle. Vilmos s'était fait violence pour accepter ces nouveautés, mais il avait fini par céder malgré les protestations outrées de Margit. On ne les avait pas engagés à Paris pour une prestation médiocre, et le cirque Médrano, principal rival de Sampion Bouglione, offrait un exceptionnel numéro de lions qu'il fallait contrer.

Comme prévu, Berill tomba amoureuse de ses nouveaux partenaires et, en moins de deux semaines, se mit à câliner les tigres en les appelant par leurs noms. Elle se sentait à l'aise parmi eux, prenant un réel plaisir lorsqu'ils la frôlaient en bondissant au-dessus d'elle.

En dehors de la piste, elle arpentait Paris avec enthousiasme, Mathias sur ses talons. À plusieurs reprises, elle essaya d'emmener sa mère dans les parfumeries, chez les modistes ou les petites couturières de quartier qu'elle se faisait indiquer, mais Margit n'appréciait pas particulièrement ce genre de sortie, hésitant à dépenser un argent dont elle avait trop longtemps manqué. Berill, qui gardait les pieds sur terre et ne commettait pas de folies, aimait néanmoins s'habiller. S'il n'était pas question pour elle de se coiffer à la garçonne, elle pouvait en revanche à peu près tout porter. Elle se fit faire à bas prix des robes et des tailleurs inspirés des créations de Coco Chanel ou de Worth dont elle voyait les dessins dans des magazines comme *Vogue.* Avec sa silhouette incomparable, elle faisait de plus en plus de ravages mais continuait d'éconduire ses admirateurs.

— À qui veux-tu plaire ? lui demanda Mathias alors qu'ils sortaient du Bon Marché où elle venait d'acheter deux sautoirs et un éventail.

— À personne en particulier, à moi quand je me vois dans une glace !

Trop élégante pour le monde du cirque, elle n'avait pas non plus l'air d'une bourgeoise à cause de son teint trop mat, de son rire trop bruyant, de sa trop longue chevelure retenue par des peignes en strass, ne portant jamais de maquillage, hormis sous les projecteurs de la piste. Cependant la plupart des hommes se retournaient sur son passage, ébahis par cette splendide fille à l'allure sauvage, impossible à classer dans une catégorie sociale.

— Maman s'inquiète beaucoup, enchaîna Mathias.

— Pour les tigres ? Ce sont de vrais chats, Mat ! Ceux de Madrid étaient plus dangereux... Et puis, papa les a très bien en main, le numéro est parfaitement rôdé, il n'y a rien à craindre.

— Sauf que papa vieillit.

— Quoi ?

Elle s'arrêta net en plein milieu du trottoir, obligeant les passants à la contourner.

— Tu m'as entendu. Il se fait un sang d'encre parce qu'il sait qu'il prend des risques avec toi. Certains soirs, quand il s'habille, il a l'air tellement anxieux ! À son âge, il aurait voulu monter une petite affaire à lui plutôt que tourner avec un numéro vedette qui l'oblige à se surpasser. En ce moment, il reçoit des propositions fabuleuses pour vous deux, mais on lui suggère toujours plus de risques et il s'y refuse, sinon maman deviendra folle.

Face à face, ils se contemplaient sans indulgence, toujours immobiles. Berill finit par lâcher, agressive :

— Et toi, Mat ? Lui as-tu dit que tu répètes en secret avec tes amis trapézistes ?

— J'en ai marre de jouer les clowns, soupira-t-il, ça ne m'amuse plus et je ne suis pas très bon. Arno l'est, il pourra continuer seul ou avec quelqu'un de plus doué que moi.

Elle aurait voulu répliquer mais ne trouvait rien à dire. Ses frères n'avaient été engagés que parce qu'ils n'étaient pas chers et que Vilmos en avait fait une condition expresse à son propre contrat. Arno avait du talent, il pouvait le développer avec un autre partenaire et devenir un formidable auguste, mais Mathias avait-il véritablement sa place dans un grand cirque ? L'ascension des Károly, plutôt fulgurante depuis leur lamentable errance de Budapest à Madrid, ne tenait qu'à Berill, ils en étaient tous conscients, Vilmos le premier, et de façon douloureuse.

— Le trapèze te plaît ? marmonna-t-elle.

— J'aime bien les airs, avoua-t-il sans sourire.

Cette fois, elle le considéra avec curiosité. Était-il sincère ? Des années auparavant, leur père avait affirmé qu'il pourrait être un bon *porteur*. Pas un voltigeur. Toutefois, les cinq Italiens qui se produisaient chez Bouglione avaient volontiers accepté de le faire travailler à leurs moments perdus, et Mat s'entraînait avec eux depuis trois semaines. Simple solidarité des gens du cirque ou les Italiens y voyaient-ils un réel intérêt ? Berill n'imaginait pas la vie sans son frère, elle s'était trop habituée à ce qu'il l'accompagne partout, à leurs conversations nocturnes, à ce partage du quotidien dont elle n'avait jamais imaginé la fin.

— Mathias, dit-elle d'une voix étranglée, je t'aime. Fais ce qui est le mieux pour toi, mais ne te mets pas en danger, s'il te plaît...

Il éclata de rire en la prenant dans ses bras.

— C'est toi qui parles de danger, Berill ?

Tandis qu'il la serrait contre lui, elle constata qu'il s'était considérablement musclé. Sans doute pensait-il depuis longtemps à quitter le sillage de son père, de sa sœur, à tracer sa propre route. Leur jeunesse ne serait pas éternelle, et rien n'était jamais acquis dans le monde du voyage. Un frisson d'angoisse la secoua, comme un mauvais présage.

Vilmos n'aimait pas la vie d'hôtel, même si la pension de famille où il était logé avec les siens abritait également une partie des artistes se produisant cette saison-là chez Bouglione. La chambre qu'il partageait avec Margit l'étouffait, alors qu'il se serait senti à son aise dans une caravane deux fois moins grande. L'après-midi, il descendait dans le petit salon, où certains jouaient aux cartes, et s'installait dans un coin à l'écart, près d'une fenêtre, pour dépouiller son courrier, écrire ses réponses. Les propositions affluaient, il devait parfois demander à Berill de lui traduire les lettres ou d'en rédiger à sa place. Toujours épaté par sa fille, il se demandait de qui elle tenait ce don pour les langues étrangères, car elle commençait à vraiment maîtriser l'anglais, l'espagnol, et même un peu le français. Un atout considérable en ce qui concernait leur avenir international.

Songeur, il regardait les chiffres, faisait des additions. Jusqu'où irait l'engouement des directeurs pour Berill ? Un grand cirque de Londres venait de faire une offre très alléchante, et on les attendait à bras ouverts à Rome. Il y avait aussi l'insistance d'un certain Charles Spiessert, qui venait de racheter le cirque Pinder et comptait entreprendre une tournée triomphale à travers toute la France. Que choisir ? En jonglant avec le calendrier, Vilmos pouvait signer pour les trois ans à venir. Ensuite, il le savait, on le jugerait trop vieux, et de toute façon il n'aurait plus le cœur assez solide pour entrer dans la cage. Car la peur l'étreignait chaque soir au moment de la parade, et cette peur était exactement proportionnelle à l'insouciance de Berill, à son mépris du danger, à son amour insensé pour les fauves. Ce mélange de tendresse et de gaieté qu'elle manifestait au milieu des tigres était sans doute ce qui plaisait le plus au public. Sa manière de rire quand Rex la touchait au passage, la main qu'elle levait affectueusement vers Typhon à l'instant où il franchissait le cerceau au-dessus d'elle, et son habitude de ne pas se soucier d'eux en dansant, même s'ils la serraient de trop près, comme si elle était certaine qu'aucun ne l'attaquerait jamais. Cet excès de confiance envers des bêtes sauvages – et envers son père – la poussait à prendre toujours davantage de risques. Quelle folie ! Et quelle tristesse aussi de devoir admettre que Berill était devenue le gagne-pain de la famille Károly...

Vilmos ne savait que faire, il vivait mal la situation. À coups de mensonges faciles, il parvenait à rassurer Margit puisqu'elle ne venait plus au spectacle. Elle prétendait que le bruit des grilles et l'odeur des fauves la mettaient désormais au bord du malaise. Les dents serrées, elle n'agitait pas le spectre de l'accident, mais elle y pensait jour et nuit tandis que Vilmos la suppliait d'être patiente.

Trois ans... Dans trois ans, ils auraient amassé assez d'argent pour tout arrêter. Alors Berill pourrait se marier, les prétendants ne manqueraient pas, et Vilmos trouverait une petite activité tranquille dans un cirque de moyenne importance, gérant ou directeur de programme par exemple. À moins qu'il n'aille dresser pour d'autres des lionceaux en Allemagne. Il possédait assez d'expérience des animaux sauvages et Margit ne s'y opposerait pas. Ce n'était pas lui qui la faisait trembler mais leur fille. Même le jour où Margit allait apprendre ce que projetait Mathias, elle ne ferait pas tant d'histoires, parce que après tout elle était une *romani*, elle avait aimé la piste à son heure et saurait comprendre l'ambition de leur garçon.

— Vil ?

À force de penser à sa femme, elle venait de se matérialiser devant la petite table, près de la fenêtre, où il avait passé une partie de l'après-midi.

— Il est tard... Tu veux manger quelque chose avant ?

Le soir, après le spectacle, ils dînaient tous

ensemble d'un repas froid que leur laissait la patronne, mais Vilmos n'enfilait jamais son dolman le ventre vide, il grignotait une bricole en fin d'après-midi. Parfois, il emmenait Margit dans un café des Grands Boulevards pour qu'elle profite un peu de la vie parisienne en sirotant une menthe à l'eau et en regardant passer toutes ces femmes si élégantes sur les trottoirs.

Il leva les yeux et détailla Margit, heureux de la trouver toujours aussi à son goût malgré les rides et les années.

— Tiens, remarqua-t-elle, le doigt tendu vers la pile de courrier, encore une lettre de l'Irlandais ?

Il la soupçonnait de regretter cet homme qui avait tant courtisé Berill à Madrid, et son sourire s'accentua. Leur fille n'avait que faire d'un Irlandais, banquier de surcroît ! Elle épouserait un jour le propriétaire d'un grand cirque, et cette fois le destin des Károly serait vraiment en route pour la gloire.

— Je la lui donnerai, affirma-t-il, mais tu la connais, elle se moque bien de tout ça…

Les hommages, les fleurs et les déclarations d'amour la laissaient de marbre. Jusqu'ici elle n'était tombée amoureuse de personne ce qui, à y bien réfléchir, était un peu étrange pour une si belle fille de vingt-cinq ans. Vilmos ne la surveillait pas, il savait qu'elle sortait beaucoup, cependant Mathias était presque toujours avec elle.

Tendant la main, Vilmos prit sa femme par la taille et l'attira à lui.

— Allons manger une glace au Grand Café, tu veux ? Et ensuite, tu devrais venir avec moi, rien que pour voir Arno qui est vraiment à mourir de rire ! Tu pourrais rester dans les loges pendant mon numéro si tu n'as pas envie d'y assister.

Il ne voulait pas qu'elle s'éloigne du cirque, de leur

vie, qu'elle devienne une sorte d'étrangère à leur monde, mais il la vit serrer les lèvres, secouer la tête d'un air buté. Résigné, il se leva, tout en se demandant avec amertume pourquoi il avait dit « mon » numéro. C'était Berill la vedette, ou, à la rigueur, les tigres. Lui n'était plus qu'un figurant.

Dublin, 1926

Une pluie fine et glaciale noyait les contours de la ville. La tête rentrée dans les épaules, Tomas se hâtait de remonter Kildare Street, en direction de Merrion Square, pressé de rentrer chez lui.

Le décès de son père, survenu quelques mois plus tôt, l'avait propulsé au rang de chef de famille, ainsi qu'à celui de chef d'entreprise. Dans ces conditions, Tomas avait dû surmonter rapidement son chagrin et ne s'était pas trop interrogé sur le vide laissé par le défunt. Mais en réalité, dès son retour d'Europe, il s'était trouvé en conflit avec son père sur la plupart des sujets, y compris sur la manière de diriger la banque. Les idées rapportées des capitales étrangères quant à la gestion ou aux investissements s'étaient heurtées au conservatisme de James Blaque-Belair, à croire qu'il avait expédié son fils en voyage uniquement pour l'éloigner de Dublin pendant les tragiques événements de la guerre civile.

Par chance, les actionnaires de la banque semblaient apprécier les initiatives de Tomas et avaient été sensibles au discours prononcé lors de sa prise de fonction. « La banque Blaque-Belair ne pâtira pas du deuil de son président », avait-il promis avant d'exposer ses objectifs et les moyens qu'il comptait utiliser pour les atteindre. À trente ans, Tomas possédait un charisme indiscutable, et il savait s'en servir, tout comme il tirait profit de sa formation éclectique qui lui permettait de connaître le fonctionnement de la plupart des grandes banques européennes.

Sur un plan plus personnel, son père n'avait pas approuvé non plus la rupture de Tomas avec Ellen. Pourquoi abandonner un parti si enviable, une fille si formidable ? Ellen faisait quasiment partie de la famille, James voyait déjà en elle sa bru et il avait été scandalisé par l'attitude de Tomas. Ainsi, père et fils s'étaient-ils affrontés quasiment chaque jour, jusqu'à l'attaque qui avait terrassé James.

Tomas s'arrêta devant sa maison. Il était né dans cette belle habitation georgienne, une demeure vaste et cossue, avec sa double porte colorée, surmontée d'une imposte ajourée et ornée d'un heurtoir de cuivre ciselé. Sa mère et ses sœurs y vivaient paisiblement, tandis qu'il jugulait à grand-peine son envie de partir. Ce désir d'indépendance était encouragé par son grand-père, l'homme qu'il respectait le plus au monde. Douglas Blaque-Belair, pourvu d'un humour grinçant et d'une totale liberté de parole, était quelqu'un d'extraordinaire pour son âge. Fumant la pipe à longueur de journée tout en vidant bock sur bock, il avait paradoxalement survécu à son fils James.

Douglas adorait Tomas depuis sa naissance, certain que le « p'tit gars » était promis à un brillant avenir. En retour, Tomas lui racontait toujours tout. À peine débarqué du bateau en provenance de Santander, il lui avait évidemment parlé de Berill. Égal à lui-même, Douglas avait hurlé de rire en apprenant que Tom s'était entiché d'une dresseuse de fauves aperçue dans un cirque. Mais il avait été le seul à approuver sa rupture avec Ellen, conscient que Tom était vraiment mordu et qu'il ne se marierait pas tant que cette passion ravageuse ne l'aurait pas lâché. Depuis, il trouvait drôle de pousser des rugissements, en guise d'allusion, lorsqu'il voyait son petit-fils crouler sous les soucis et qu'il voulait le dérider. « Tu vas très bien diriger cette banque, p'tit gars, fonce donc, les idées neuves valent de l'or par les temps qui courent ! »

Les finances, Douglas en maîtrisait toutes les ficelles, c'était lui qui avait créé la première maison d'escompte et de dépôt d'où était née la banque Blaque-Belair. C'était également lui qui avait suggéré le périple de Tomas, persuadé que l'avenir passerait par de grands échanges internationaux, et la récente adhésion de l'Irlande à la Société des Nations lui donnait raison.

Tomas frissonna. La pluie commençait à s'insinuer entre son cou et le col relevé de son pardessus. Il escalada les marches du perron, ouvrit la porte avec sa propre clef puis s'engouffra dans le hall. Son premier geste, comme chaque soir, fut de regarder le courrier posé sur la console, mais il n'y vit rien d'intéressant. Avec un petit soupir déçu, il se débarrassa de son chapeau et de son manteau avant d'entrer dans le salon, où un feu était allumé. Il alla embrasser sa mère et l'une de ses sœurs, qui brodaient près de la cheminée. Vêtues de noir, elles étaient condamnées à porter le deuil pour de longs mois encore. Tomas le regrettait surtout pour la cadette, Teresa, une ravissante chipie à qui les couleurs vives seyaient bien mieux.

— Un brandy, Tom ? lança Douglas.

Il se tenait debout près d'une table roulante faisant office de bar, à l'autre bout du salon.

— Volontiers, je suis gelé…

Tomas s'approcha de son grand-père qui affichait un sourire réjoui.

— Voici de quoi te réchauffer, p'tit gars !

Douglas remplit généreusement un verre et le lui tendit, puis il poussa un rugissement sonore, assorti d'une grimace.

— Arrêtez de vous comporter comme un gamin, Douglas, soupira la mère de Tomas sans quitter son ouvrage des yeux.

Entre les mains de son grand-père, Tomas aperçut une enveloppe et il s'arrêta de respirer.

— Viens avec moi dans le fumoir, suggéra Douglas avec un clin d'œil appuyé, je rallumerai ma pipe pendant que tu me parleras un peu de nos affaires.

Il sortit le premier et, dans le hall, remit la lettre à Tomas.

— En provenance de Paris ! fit-il remarquer.

Il savait bien que personne, sous le toit des Blaque-Belair, ne pouvait comprendre l'engouement de son petit-fils pour cette femme, alors que lui-même s'en distrayait, et qu'il valait donc mieux garder le secret. Il regarda Tom déchirer l'enveloppe avant de se détourner discrètement. Les portes du fumoir étaient ouvertes et il alla s'installer dans son fauteuil favori, près d'un guéridon où se trouvaient le journal du jour et sa blague à tabac. Il n'eut pas longtemps à attendre : moins de deux minutes plus tard Tomas vint s'asseoir en face de lui. Son air mitigé prouvait que son histoire n'avançait guère.

— Tu as envie de m'en parler ? risqua Douglas.

— Je préfère que vous lisiez vous-même, mais d'abord regardez ceci.

Une coupure de presse avait été glissée avec la lettre. La légende parlait du triomphe de Berill et Vilmos Károly, dompteurs hongrois, et sur la photo figurait une splendide jeune femme à côté d'un monstrueux tigre du Bengale.

— Ah, oui, voilà la dame… Mes compliments, elle est très belle !

Douglas eut du mal à détacher son regard de la photo, certain de n'avoir pas contemplé une aussi jolie fille depuis des lustres. La lettre, écrite en anglais, le surprit tout autant et il la lut deux fois. Au lieu de déclarations d'amour ou, à la rigueur, d'anecdotes concernant le cirque, Berill Károly évoquait la politique de la France, jugeait le traité de Locarno un peu trop favorable à l'Allemagne et demandait son avis à Tomas. Le ton du courrier était celui de l'amitié, pas du badinage, un ton plutôt brillant si on excluait les innombrables fautes d'orthographe. Pour finir, en guise de formule affectueuse, Berill signalait qu'elle serait bientôt à Londres pour une saison, avant de gagner Rome, où elle resterait sans doute toute une année, et elle semblait très malheureuse de se séparer de ses tigres parisiens.

— Ce n'est pas précisément romantique, se borna à remarquer Douglas.

— Elle ne répond jamais à rien de ce genre, hélas ! J'ai l'impression qu'elle veut juste échanger des idées avec moi et, bien entendu, ce n'est pas ce que je souhaite.

— Au moins, elle fait preuve de beaucoup d'intelligence pour une... artiste.

Douglas souriait, bienveillant, navré que Tomas n'obtienne rien d'autre de sa dulcinée que cette correspondance presque virile.

— Grand-père, vous ne pouvez pas imaginer à quel point elle est curieuse du monde, des gens, de tout ce qu'elle découvre grâce à ses incessants voyages. Les artistes, comme vous dites, ne sont pas forcément futiles, au contraire, ce sont des gens pleins de rigueur et de discipline. Berill est volontaire, franche, elle ne s'embarrasse pas d'hypocrisie et ne s'en laisse pas conter. Je n'ai jamais rencontré une femme comme elle, et je n'en voudrai jamais aucune autre !

Il l'affirmait avec une conviction d'autant plus inquiétante qu'il parlait rarement à la légère.

— Alors, prophétisa Douglas, tu risques de finir vieux garçon, or il n'est pas question que le nom des Blaque-Belair s'éteigne, nous commençons à peine à l'illustrer !

Tomas se raidit dans son fauteuil, visage fermé et mâchoires crispées.

— Regretteriez-vous Ellen, vous aussi ?

— Pas du tout. Ellen est d'une mièvrerie consternante, je te l'accorde, et si j'en crois la photo de ce journal, elle ne peut en aucun cas rivaliser avec ta Berill. Seulement... Ta vie est ici, Tom, tu le comprends ?

Son petit-fils lui lança un regard désespéré. Sans doute savait-il qu'il entretenait une chimère en continuant à rêver de sa Hongroise, mais il était assez têtu pour s'obstiner à chercher le moyen de la revoir.

— Rien ne t'empêchera d'aller passer quelques jours à Londres, Tom, néanmoins je ne crois pas que tu parviennes à la convaincre de te suivre ici et de s'y enterrer.

Désignant la coupure de presse il ajouta, d'un ton plus affectueux :

— C'est assez cruel de vouloir mettre un canari en cage. Imagines-tu cette femme en train de broder au coin du feu avec tes sœurs ? Elle me semble davantage faite pour les projecteurs, les paillettes et les bravos. Sans compter qu'elle te demanderait peut-être d'adopter une panthère ?

Il plaisantait pour éviter de se laisser aller à la confidence qui lui brûlait les lèvres. Lui aussi, dans sa jeunesse, était tombé fou amoureux d'une chanteuse de cabaret, une splendide rousse qu'il n'avait évidemment pas épousée, mais dont le souvenir brûlant ne s'était jamais émoussé. Fallait-il vraiment gâcher sa vie au nom des convenances ? Perplexe, il considéra longuement son petit-fils. Un beau gars, pourvu de solides qualités, qui possédait assez de volonté et de personnalité pour faire la fortune de la famille... ou sa ruine.

L'accident tant redouté par Margit se produisit à Londres, un soir de juin.

Énervés par la chaleur, les neuf lions et lionnes se montrèrent assez ombrageux dès leur entrée dans la cage. Trois semaines de répétition n'avaient pas permis à Vilmos de rôder parfaitement le numéro, et l'un des fauves l'inquiétait en particulier, une femelle de six ans répondant au nom d'Aïcha. Dès le premier jour, Berill l'avait prise en sympathie, lui trouvant une étrange ressemblance avec Elza, la lionne abattue par son père à Budapest six ans auparavant. Mais Aïcha était une bête rétive, que la présence d'une danseuse affolait. À plusieurs reprises, elle avait lancé au passage des coups de patte menaçants, avait même refusé un saut et exécuté le suivant de très mauvaise grâce.

Vilmos sentait qu'il aurait dû faire sortir Aïcha. Il faillit adresser un signe au chef d'orchestre, mais comme la musique réglait minutieusement les évolutions de Berill et le ballet des fauves, il ne voulut pas tout interrompre, au risque de perturber les autres bêtes. Les yeux rivés sur la lionne, il enregistra néanmoins, à la limite de son champ de vision, le mouvement gracieux de Berill qui lui présentait le cerceau. Peut-être un peu trop bas, trop près de sa tête, ce dont il eut à peine conscience sur l'instant, car la lionne rechignait depuis son tabouret. Il répéta son ordre d'une voix plus forte, fit claquer le fouet au sol. Quand la lionne bondit, il sut que c'était sur Berill qu'elle se jetait.

Ensuite, tout alla très vite. Vilmos se précipita, la pique à la main. De sa fille, à terre, il ne voyait que le maillot blanc, déjà plein de sang, et les mains levées dans un geste de défense dérisoire contre le fauve déchaîné au-dessus d'elle. Autour de la cage, la confusion régnait parmi les garçons de piste, mais le fidèle Sandor était déjà entré, muni d'un fouet. Il hurla pour faire ouvrir la porte du tunnel et pousser les autres lions dans cette direction. Six d'entre eux s'y engouffrèrent au galop tandis que les deux derniers se mettaient à tourner comme des fous le long des grilles, surexcités par les rugissements d'Aïcha et les cris des hommes.

La lionne, incontrôlable, continuait à labourer sa proie de ses griffes, insensible aux coups de bâton que lui assénait Vilmos de toutes ses forces.

— Arrière ! Aïcha, arrière !

Sans vraiment le voir, il percevait la présence de Sandor qui était venu se placer derrière lui pour empêcher les deux lions de se joindre à la curée. Les spectateurs s'étaient levés, on entendait des cris partout.

À bout de souffle, en état de choc, Vilmos se détourna et fonça vers la grille à travers laquelle des pompiers lui tendaient une lance. L'un des lions s'engagea enfin dans le tunnel, l'autre bouscula Vilmos au passage, mais sortit à son tour tandis que la pression arrivait dans la toile.

Le puissant jet d'eau glacé surprit la lionne. Abandonnant Berill, elle releva la tête.

— Vise la gueule ! cria Vilmos à Sandor en lui passant la lance.

Il ramassa sa pique et marcha sur la lionne qui commençait à reculer. Vilmos la frappa brutalement jusqu'à ce qu'elle cède du terrain et se détourne, poursuivie par le jet. Quand la porte du tunnel claqua derrière elle, Vilmos trébucha avant de repartir en titubant vers sa fille.

Allongée dans une grande flaque d'eau et de sang, Berill semblait avoir la moitié du visage arraché.

Le tragique accident survenu au cirque Olympia de Bertram Mills avait fait la une des journaux. Pour sa part, Tomas apprit la nouvelle dans les quotidiens du matin, qu'il parcourait chaque jour en arrivant à la banque. Le nom de Berill Károly lui sauta aux yeux, et le récit du carnage le laissa assommé. L'après-midi même, il embarquait pour la traversée de Dublin à Liverpool, d'où il prit un train pour Londres.

Tout le temps du voyage, Tomas fut dévoré d'angoisse. L'article – soigneusement découpé et rangé dans son portefeuille – mentionnait le nom de l'hôpital où se trouvait Berill, mais ne donnait que peu de précisions sur son état jugé « grave ». De prières à Dieu en sermons à lui-même, Tomas se jura qu'il allait faire tout ce qui serait en son pouvoir. Si Berill était vivante, il la ramènerait avec lui en Irlande de gré ou de force, quitte à accueillir toute la famille Károly, à convoquer les sommités médicales, bref, à bouleverser ciel et terre.

Ce ne fut qu'une fois arrivé devant le Charing Cross Hospital qu'il perdit son assurance. Obtiendrait-il le droit d'approcher la jeune femme, et sous quel prétexte ? Il arpenta un moment Fulham Road, la tête pleine de questions sans réponse, alla boire une bière dans un pub pour se donner du courage et, finalement, acheta des fleurs.

Une heure plus tard, son bouquet à la main, il suivait une infirmière le long d'interminables couloirs. La porte qu'on lui désigna était entrouverte ; néanmoins, il frappa avant d'oser pénétrer dans la chambre. Il vit d'abord des vases pleins de roses blanches posés un peu partout, puis une femme entre deux âges assise sur une chaise et, enfin, dans l'unique lit de la pièce, une forme allongée recouverte de draps blancs. Sur l'oreiller, la tête de Berill était en partie dissimulée par des pansements et des bandages.

— Tomas Blaque-Belair, madame, se présenta-t-il sans regarder la femme assise.

Berill bougea un peu tandis qu'il s'approchait, hésitant.

— Tomas ? chuchota-t-elle d'une voix rauque. Vous n'êtes pas à Dublin ?

Ce n'était pas une question et il ne prit pas la peine d'y répondre. Son cœur battait si fort qu'il dut faire un effort pour se maîtriser et parvenir à parler calmement.

— Votre accident a fait beaucoup de bruit, Berill. Je suis venu dès que j'ai su, en supposant que vous pourriez avoir besoin de moi.

Elle attendit un peu avant de se tourner vers lui. Ses cheveux avaient été coupés court, sans doute pour les besoins de la chirurgie, mais ses yeux étaient toujours aussi magnifiques.

— Je n'ai besoin... que de temps, souffla-t-elle.

— Passez-le donc avec moi !

Il avait répondu avec une telle spontanéité qu'il se mordit les lèvres, navré. Dans le silence qui suivit, la femme se leva et parut hésiter.

— Vous connaissez ma mère, Tomas ?

Sans doute l'avait-il aperçue, à Madrid, toutefois il n'en conservait aucun souvenir, ou alors elle avait beaucoup changé. Il s'inclina légèrement devant elle et eut droit à un sourire presque chaleureux avant que Margit Károly ne quitte la chambre.

— Voulez-vous vous asseoir ?

Il contourna le lit et, à la lumière de la fenêtre, vit un peu mieux le visage de Berill, du moins ce qui était apparent : une joue marbrée d'hématomes et la lèvre supérieure fendue.

— Racontez-moi si vous le souhaitez, dit-il tout bas, en approchant la chaise.

Comme il n'avait pas lâché son bouquet, les tiges s'étaient broyées entre ses doigts. Embarrassé, il le posa par terre.

— C'était affreux, bien sûr, soupira Berill. Sur le coup, tout a été beaucoup trop rapide, trop confus, je ne sais plus si j'ai eu peur ou mal... Mais ici, oui.

— Ici ?

— On ne veut pas me donner de miroir. Et puis, c'est assez douloureux.

Elle sortit un bras de sous le drap qu'elle écarta, lui faisant découvrir une longue cicatrice violacée sur son épaule droite.

— Je ne peux pas vous montrer le reste, mais sur ma hanche, c'est pareil. La lionne était folle de rage... Ou de terreur, allez savoir ?

Plantant son regard dans celui de Tomas, elle parvint à ajouter :

— J'aurais préféré qu'elle ne me touche pas au visage, parce qu'il paraît que je vais rester défigurée.

Sa voix s'étrangla, pourtant, il n'y avait pas la moindre larme dans ses yeux. Son courage ravagea Tomas, qui baissa la tête. Il ne voulait pas voir sa réaction pour ce qu'il avait à lui dire, et il fallait qu'il le lui dise tout de suite.

— Berill, quand vous quitterez l'hôpital, je voudrais être à vos côtés. En fait, je voudrais être à vos côtés durant toute ma vie. Je n'ai pu penser à rien d'autre depuis que je suis rentré chez moi, c'est toujours votre main que j'espère.

— Vous plaisantez ? ricana-t-elle avec amertume.

— J'en suis bien incapable. Pas sur ce sujet, du moins.

— Tomas ! Vous ne m'avez pas entendue ? Je suis défigurée pour la vie ! Laide, repoussante !

— Vous avez les plus beaux yeux du monde. Des yeux violets, franchement, je ne croyais pas que ça existait. Pour moi, vous serez toujours la plus sublime des femmes.

— Ne soyez pas stupide ! s'écria-t-elle d'un ton rageur. Ce que vous me dites est pire qu'une injure, sortez donc de ma chambre !

— Non, pas maintenant, laissez-moi finir. Je sais que j'ai l'air de profiter de la situation pour vous arracher votre consentement, mais je vous aime comme un damné et j'ai peur de ne pas avoir d'autre chance de vous convaincre.

— Ni de m'approcher ! Allez vous-en, Tomas.

Il se laissa glisser de sa chaise, mit un genou à terre.

— Faut-il que je vous le demande comme ça ? Il y aura toujours des hommes pour vous courtiser, Berill, et je ne suis ni le plus séduisant ni le plus riche, mais...

— Me courtiser ? Bon sang, Tomas, redescendez sur terre !

Négligeant ses interruptions virulentes, il poursuivit avec la même obstination :

— Je peux vous apporter un certain confort, sinon je ne vous harcèlerais pas de la sorte. L'Irlande est un beau pays, mais si vous ne l'appréciez pas, je vous promets que nous nous installerons ailleurs. Il me semble évident que je ferai exactement ce que vous désirez si j'ai le bonheur de vous épouser. La banque Blaque-Belair est une belle affaire, je la ferai prospérer n'importe où, je pense. Je suis travailleur et j'ai bon caractère, je vais vous mettre sur un piédestal, Berill, faites-moi confiance.

Cette fois, il eut la sensation de l'avoir un peu ébranlée, car elle le contempla un moment en silence.

— Le problème est que je ne vous aime pas, Tom, lâcha-t-elle enfin.

— Rien ne prouve que vous ne changerez pas d'avis avec le temps, et puis je vous trouve trop catégorique. La manière dont vous m'avez demandé si je n'étais pas à Dublin, quand je suis entré tout à l'heure, était plutôt encourageante... Sans parler du fait que vous venez d'utiliser un diminutif très prometteur.

Une ombre de sourire étira la bouche de Berill, et une petite goutte de sang se mit à perler à l'endroit où la lèvre était fendue.

— Deux choses encore, poursuivit-il à voix basse. La première est que je ne vous toucherai jamais si vous ne le voulez pas, je vous le jure solennellement. À défaut, nous pourrons toujours bavarder, vous adorez ça ! La seconde... Eh bien, si vous refusez aujourd'hui, je reviendrai à la charge cent fois de suite, mais je ne me résignerai pas.

Muette, Berill semblait réfléchir, et un espoir fou prit Tomas à la gorge. Il savait qu'il ne devait plus rien ajouter, qu'il avait utilisé tous ses arguments.

À cet instant, la porte se rouvrit et Margit Károly entra dans la chambre. Elle interrogea sa fille du regard, fit quelques pas vers le lit. Berill s'adressa alors à elle en magyar, prononçant des phrases incompréhensibles. Margit eut une expression de stupeur, puis elle prit tout son temps pour se tourner vers Tomas, qu'elle dévisagea.

— Je viens de lui annoncer notre mariage, soupira Berill. À condition que mon père vous agrée, naturellement.

Tomas eut l'impression de recevoir un violent coup de poing dans l'estomac. Puis il dut se mordre la joue pour ne pas hurler de joie comme un gamin.

3

Dublin, 1928

Tomas avait mis les eaux de la Liffey entre lui et sa famille. Se transportant dans le cœur élégant de Dublin, il était allé chercher au bout d'O'Connell Street, du côté de Parnell Square, une superbe demeure de briques rouges avec des balcons en fer forgé. Il y avait installé Berill pour le temps de sa convalescence, à savoir plus d'une année passée à laisser cicatriser ses blessures, pousser ses cheveux, s'habituer à une existence sédentaire. Pour la distraire, il lui avait confié la décoration et l'ameublement de la maison, sans lui imposer ni contrainte ni limitation de budget et, se souvenant des paroles de son grand-père, il lui avait offert un énorme chien de berger.

Fidèle à sa promesse, il avait continué à lui faire la cour tout le temps de leurs fiançailles, puis l'avait épousée sans chercher à consommer le mariage. Finalement, une nuit, c'était elle qui était venue le rejoindre dans sa chambre. À la lumière d'une lampe à gaz, qu'elle ne s'était pas donné la peine d'éteindre, il avait enfin découvert son corps.

Il était fou d'elle, et pour elle il travaillait comme un forcené. Il n'avait pas menti en déclarant qu'elle serait toujours à ses yeux la femme la plus sublime qui soit. Son profil droit était intact, parfait, mais une profonde balafre descendait de la tempe gauche jusqu'au maxillaire. Les mois passant, la cicatrice avait blanchi, néanmoins Berill aurait pu se considérer comme défigurée si son mari ne l'avait pas regardée avec autant d'admiration et de désir.

Pour compenser son handicap, elle continuait à soigner sa silhouette grâce aux deux heures d'exercices quotidiens qu'elle s'imposait. Voyant cela, Tomas avait transformé une pièce en salle de gymnastique, avec des espaliers et de grands miroirs fixés aux murs. Il l'avait également initiée à la pêche à la mouche, où elle s'était révélée habile, et au moindre rayon de soleil il l'emmenait se promener dans les environs de Dublin, soit à Howth, pour son port pittoresque, soit à Bray, pour sa promenade du front de mer. Enfin, il avait pris soin de l'abonner à tous les journaux imaginables, qu'elle lisait et commentait durant leur petit déjeuner.

Tomas n'exigeait – n'espérait – aucune déclaration d'amour. En obtenant la main de Berill, il avait été comblé une fois pour toutes et ne prendrait jamais le risque de mettre en péril leur entente par des propos déplacés. Il lui suffisait amplement de sentir sa femme vibrer entre ses bras lorsqu'il lui faisait l'amour, ou de surprendre parfois chez elle une expression de tendresse éloquente.

Si ce mariage en avait étonné plus d'un, la famille Blaque-Belair, à l'exception de Douglas, s'était montrée carrément réticente, voire hostile. La mère de Tomas, drapée dans sa dignité, consentait à peine à adresser la parole à sa bru, et sur les trois sœurs seule Teresa avait sympathisé avec Berill. En conséquence, elle était la seule à être reçue à Parnell Square où elle avait fait la connaissance des autres membres du clan Károly, qui séjournaient parfois à Dublin entre deux voyages.

Arno, devenu clown vedette, enchaînait les contrats et gagnait très largement sa vie. Vilmos, ainsi qu'il l'avait souhaité, s'était fait engager par le grand cirque de Vienne pour superviser la ménagerie, et il ne se produisait plus. Mathias, lui, avait échoué dans son ambition de trapéziste. Après deux ou trois chutes dans le filet, à l'entraînement, il s'était résigné à abandonner. Même s'il ne l'avouait pas, l'accident de sa sœur lui avait mis la peur au ventre et l'avait dégoûté de la piste. Malheureusement, il ne savait rien faire d'autre.

En souvenir des premiers repas pris à Madrid avec Berill, où Mathias avait été leur chaperon, Tomas éprouvait de la sympathie pour son beau-frère. Sachant à quel point Berill lui était attachée, il lui offrit à la fois l'hospitalité et son amitié, tout en se creusant la tête pour lui trouver un travail.

Au mois de juin 1928, très exactement deux ans après son accident, Berill mit au monde une petite fille prénommée Maureen. L'été suivant, en septembre, naquit Hugh, pour la plus grande joie de Douglas qui voyait ainsi la continuité du nom des Blaque-Belair assurée.

Teresa fit deux tours sur elle-même, ravie. Sa robe ivoire, ceinturée sur les hanches, lui faisait une jolie silhouette longiligne très à la mode, et son petit chapeau cloche de feutre aux bords relevés lui donnait l'air canaille.

— Qu'en penses-tu ? demanda-t-elle avec un sourire désarmant.

— Tu es... irrésistible, affirma Berill.

L'allusion était claire et Teresa rougit aussitôt. Depuis six mois qu'elle déployait des efforts discrets pour séduire Mathias, le but était amplement atteint. À plusieurs reprises, Berill avait failli le lui dire, mais ce n'était pas à elle de parler au nom de son frère ni d'expliquer ses scrupules. Teresa lui plaisait, c'était une évidencc, seulement il attendait, pour se déclarer, d'avoir mis un peu d'argent de côté et, surtout, de maîtriser tout à fait l'anglais. En deux ans, il avait essayé un certain nombre de métiers, et finalement il se retrouvait à donner des cours d'art dramatique à l'Abbey Theatre, enseignant aux jeunes acteurs la manière de bouger sur scène et de capter l'intérêt du public. Pourtant, en secret, il passait pas mal de temps avec Tomas à la banque, fasciné par les arcanes de la finance que son beau-frère lui expliquait peu à peu.

— Nous allons au théâtre ce soir, annonça Teresa, Mat veut voir un de ses élèves à qui il a appris à jongler pour les besoins d'une pièce !

— Alors nous dînerons tôt, car tu dînes avec nous, n'est-ce pas ?

Teresa acquiesça d'un air réjoui. Pour elle, la soirée promettait d'être délicieuse. Une seconde, Berill envia son enthousiasme et sa jeunesse. En ce qui la concernait, avoir deux enfants ne lui permettait plus la même insouciance que par le passé. Elle baissa les yeux vers Lucky, son berger d'Écosse, et d'un geste habituel emmêla ses doigts dans la fourrure soyeuse. À la naissance de Maureen, elle avait redouté la jalousie du chien, mais celui-ci avait tout de suite adopté le bébé et il avait eu la même attitude quand Hugh était arrivé.

— Ce chien a une passion pour toi, fit observer Teresa.

— C'est réciproque.

Son amour des bêtes n'était pas mort sous les coups de griffe de la lionne, Tomas l'avait bien compris en lui offrant Lucky. Mais Tomas la comprenait *toujours*. Il devançait ses moindres désirs, s'était brouillé avec la moitié de la bonne société de Dublin à cause d'elle et la laissait absolument libre de vivre comme elle l'entendait, voyages compris lorsqu'elle désirait aller embrasser ses parents en Autriche ou rendre visite à Arno n'importe où en Europe. Pourtant, elle se sentait parfois asphyxiée par son mari, et à d'autres moments elle éprouvait un désespérant besoin de lui. L'aimait-elle ? La question restait sans réponse, elle refusait de se la poser. Il l'avait révélée en tant que femme car elle était arrivée vierge dans son lit, contrairement à ce qu'il avait dû s'imaginer, et elle éprouvait du plaisir dans ses bras. Il l'avait également sauvée de l'horreur qu'elle aurait pu ressentir en se regardant dans un miroir après son accident. Enfin, il l'avait arrachée à un avenir probablement sombre et misérable. Elle lui était redevable tout en sachant qu'il ne lui demanderait jamais rien en contrepartie. La veille encore, il lui avait redit, avec son immense tendresse : « Tu m'as épousé, tu m'as donné deux beaux enfants, tu es là près de moi ; je ne peux rien désirer de plus ! » Dans ses yeux clairs, elle lisait un amour sans mesure, qui semblait devoir être éternel.

Elle se leva pour resservir du thé et en profita pour ajouter une bûche dans la cheminée. Elle s'amusait de constater à quelle vitesse elle s'était habituée au confort de la maison, à son espace. Le temps où elle vivait dans une caravane avec ses frères était si loin ! Mais elle ne voulait pas songer à cette époque, à son passé, au monde du cirque qui lui manquait parfois de manière aiguë. Quand la nostalgie la prenait, elle filait à Vienne voir Vilmos. Sur son épaule, elle pouvait pleurer, ou même exiger qu'il l'emmène à la ménagerie, qu'il la laisse approcher des fauves...

Le bruit de la porte la fit se retourner. Tomas entrait, apparemment lancé dans une discussion animée avec Mathias, mais dès qu'il vit sa femme il eut un sourire radieux. Il s'approcha d'elle pour l'embrasser dans la nuque, là où quelques petits cheveux s'étaient échappés du chignon.

— De quoi parliez-vous donc avec un tel entrain ? demanda Teresa à Mathias.

— Des cours de la Bourse, répondit-il en la couvant du regard. Vous êtes très élégante, cette robe vous va à ravir.

Berill sentit le bras de Tomas autour de sa taille, son souffle dans son cou.

— As-tu envie que nous les accompagnions au théâtre ? chuchota-t-il.

Même fatigué par des journées de travail qu'il commençait à l'aube, Tomas était toujours prêt à sortir pour distraire sa femme. Il se contentait de très peu de sommeil, accaparé par ses affaires et passionné par son métier. Néanmoins, Berill passait avant tout. Dès le premier jour, il avait craint qu'elle ne s'ennuie, redoutant pour elle la monotonie d'une vie austère. Dublin offrait d'autant moins de distractions que les Blaque-Belair n'étaient pas reçus partout. Le mariage de Tomas avait provoqué un certain nombre de réactions hostiles ou carrément méprisantes. Berill s'en moquait, de toute façon peu encline aux mondanités, mais Tomas avait très mal vécu cette mise à l'écart. Ceux qui l'avaient traité de haut étaient désormais considérés comme indésirables à la banque, et il n'hésitait pas à refuser leur clientèle. Paradoxalement, les exclus en concevaient non pas de la rancune, mais au contraire une irrésistible envie de confier leurs placements à un homme aussi intransigeant. En conséquence, on se bousculait à ses guichets, il était en train de devenir quelqu'un d'important à Dublin.

Berill leva la tête vers lui et leurs regards se croisèrent. Même si elle n'était pas certaine de l'aimer, elle n'aurait pas voulu un autre père que lui pour ses enfants. Il était solide comme un roc, têtu comme un Irlandais et capable de soulever une montagne si elle le lui demandait.

— Oui, acquiesça-t-elle, sortons tous les quatre, c'est une bonne idée.

Aller au théâtre lui donnerait l'occasion d'entendre une foule applaudir, de voir s'allumer des projecteurs et, en fermant les yeux, d'avoir un instant l'illusion d'être au cirque.

Vilmos replia l'affiche avec soin, puis la remit au fond du placard, là où il rangeait les souvenirs destinés à Berill un jour. Margit aurait voulu tout jeter mais il s'y était farouchement opposé. Il connaissait bien leur fille et savait à quoi elle tenait. Les photos, les programmes, les articles, tout ce qui concernait cette brève époque de gloire, ces quelques saisons de triomphes et de bravos qui avaient conduit de capitale en capitale « La danseuse et les fauves » : tout était là, figé sur le papier.

Chaque fois qu'il y pensait, Vilmos se sentait coupable. Aurait-il pu prévenir cet accident ? Aucun dompteur n'y échappait, chaque carrière comportait son lot de drames, même Margit le lui rappelait lorsqu'elle le voyait trop accablé.

Sur le coin de son bureau, la dernière photo envoyée par Tomas trônait. On y voyait Berill et les deux petits, Hugh et Maureen, mais c'était le visage de Berill que Vilmos avait longtemps scruté avec une loupe. La cicatrice était toujours bien visible, comme un terrible reproche.

Il jeta un coup d'œil à la pendulette et enfila son manteau. Avant de rentrer chez lui, il allait accomplir sa tournée rituelle de la ménagerie. Le temps passant, la direction du grand cirque de Vienne lui confiait de plus en plus de responsabilités. Il avait carte blanche pour tous les numéros comportant des animaux : fauves, éléphants, cavalerie ou même chiens savants. Il était bien payé et louait une jolie maison avec jardin dans la banlieue de Vienne. Il aurait presque pu être heureux entre Margit, qu'il aimait toujours autant, et Sandor, qui ne les avait jamais quittés.

Tout était paisible dans les grandes cages où les fauves terminaient leur repas. Vilmos longea l'allée en examinant machinalement chaque animal, et il ne s'arrêta qu'au bout, devant les trois lionceaux arrivés le mois précédent. Déjà de belles bêtes, qui s'accoutumaient bien au travail de leur dresseur. À sa prochaine visite, Berill s'amouracherait d'eux, inéluctablement. Dans ces moments-là, quand elle restait immobile et muette, le front appuyé aux barreaux, Vilmos avait toujours envie de pleurer. C'était sa faute si elle avait dû abandonner la piste, si elle se retrouvait mariée avec cet Irlandais, exilée sur une île, condamnée à jouer à la bourgeoise sédentaire. Ce rôle-là était si loin d'elle, si diamétralement opposé à ses aspirations ! Margit avait beau prétendre le contraire et porter leur gendre aux nues, Vilmos était certain que leur fille se morfondait. Bien sûr, Tomas Blaque-Belair lui assurait tout le confort possible et, certes, il semblait l'adorer, mais qu'est-ce que ce pauvre garçon pouvait comprendre à une fille comme elle ?

Accablé, Vilmos quitta la ménagerie. Il se faisait tard, Margit devait l'attendre en écoutant de la musique à la radio. Avant de monter dans le tramway, il prit le temps de lever la tête pour regarder le ciel étoilé. Il aurait aimé pouvoir revenir en arrière, retrouver sa jeunesse, reprendre le voyage. Parfois, il étouffait.

— Vous êtes la personne que je voulais voir, souffla Douglas avec peine. J'espérais votre visite...

Berill s'approcha de lui, affichant un sourire incertain. Au téléphone, elle avait promis à Tomas qu'elle se rendrait au chevet du vieux monsieur, mais il lui avait fallu pour cela se présenter chez sa belle-mère, une femme qu'elle préférait éviter. Par chance, c'était Teresa qui l'avait accueillie et conduite jusqu'à la chambre de Douglas.

— Tomas est retardé à Cork, expliqua-t-elle. Il ne rentrera que demain ou après-demain et viendra aussitôt vous voir.

— Hélas, je ne crois pas être en mesure de durer jusque-là ! Asseyez-vous donc, il faut que je vous parle.

Tandis qu'elle s'installait dans un cabriolet placé à côté du lit, Douglas fut pris d'une quinte de toux. Lorsqu'il put enfin s'exprimer de nouveau, sa voix était rauque et son souffle court.

— C'est le bout de la route pour moi, constata-t-il sans trace d'amertume. J'en ai bien profité, et fort longtemps, alors inutile de chercher à me réconforter. Approchez-vous encore, soyez gentille, que je vous voie mieux...

Elle se pencha vers lui, subissant son examen sans broncher.

— Vous allez devoir dire au revoir à Tomas pour moi, j'espère que ça ne vous ennuie pas ?

— Non, répondit-elle fermement. Je lui répéterai chacune de vos paroles, c'est promis.

Une lueur d'intérêt fit briller le regard du vieil homme, qui ébaucha un sourire.

— Vous êtes une femme étonnante, Tom avait raison. Et surtout, vous êtes son aiguillon. Ce qu'il a réussi à faire ces dernières années à la banque, je pense qu'il l'a fait pour vous. Pour forcer votre admiration. Il travaille comme un fou et il réussit à merveille, je suis sûr qu'il ira loin, du moins tant que vous resterez à ses côtés. Ne vous occupez pas de sa mère, c'est une sotte aux idées courtes.

Il appuya sa déclaration d'un clin d'œil maladroit qui émut Berill. Ensuite, il y eut un long silence durant lequel Douglas sembla réunir ses idées.

— Écoutez-moi bien, articula-t-il enfin. L'Irlande est un petit pays, trop petit et à moitié indépendant. Tomas doit s'implanter ailleurs tant qu'il est jeune et entreprenant.

Berill réprima sa surprise et resta attentive. Elle savait l'importance que Tomas accordait aux conseils avisés de son grand-père et elle voulait pouvoir lui rapporter fidèlement ses propos. Allait-il suggérer l'Amérique ? À cette idée, elle se sentait déjà excitée, mais le vieil homme la fit déchanter aussitôt.

— Évidemment, pas les États-Unis, qui sont en train de s'enfoncer dans leur panique boursière et leur faillite ! Non, c'est l'Europe qui offre des perspectives intéressantes, à saisir sans attendre parce que... Mais ceci une autre histoire. Pour l'instant, l'économie française est en plein essor. Vous avez vu les résultats du groupe Mercier avec l'électricité ? Même soutenu par les Rothschild, c'est une belle réussite ! Et l'industrie automobile, ou encore l'industrie chimique avec Péchiney et Saint-Gobain : il y a des flux de capitaux vertigineux !

Il s'arrêta pour reprendre sa respiration, puis coula un regard aigu vers Berill.

— Vous savez tout cela, j'en suis certain. Vous êtes une femme de tête et vous avez beaucoup voyagé, votre ambition ne se limite pas à notre île, n'est-ce pas ?

D'un signe de tête, elle l'encouragea à poursuivre.

— À moyen terme, il n'y aura pas de réconciliation franco-allemande, les idées pacifistes d'Aristide Briand sont utopiques ! Néanmoins, en ce moment tout est possible, il faut tenter sa chance. N'ayez pas peur de l'aventure, allez en France, quitte à revenir quand ça se gâtera. J'ai déjà parlé de tout cela à Tomas, mais si vous n'êtes pas d'accord, il ne bougera pas d'ici.

— Bien, je comprends, dit-elle seulement.

Douglas se laissa aller sur ses oreillers et ferma les yeux une seconde.

— Aimez-le un peu, il le mérite, ajouta-t-il tout bas.

Pendant un moment, il n'y eut plus que le bruit de sa respiration saccadée et celui du balancier d'une horloge qui trônait dans un coin de la chambre. Berill pensait à la France, à Paris, au Cirque d'hiver, et une grande nostalgie l'envahit soudain. Oui, Dublin était trop étroit pour elle, pour Tomas, pour leur avenir. Elle se sentait prête à redéployer ses ailes. En quelque sorte, ce serait une manière de reprendre le voyage, de tenter une nouvelle aventure. Bien sûr qu'elle le voulait ! D'autant plus qu'elle avait parfaitement confiance dans les jugements de Douglas, le vieil

Irlandais était un visionnaire, et même à l'agonie il conservait toute sa tête.

Alors qu'elle était en train de se demander s'il était plus convenable de rester à son chevet ou de partir, Berill s'aperçut qu'elle n'entendait plus que le mouvement régulier de l'horloge. Elle se pencha brusquement vers Douglas, dont elle scruta les traits figés par la mort. Réprimant un frisson, elle se leva et le contempla un moment. Tomas allait être désespéré par sa disparition, mais, en perdant son grand-père, il perdait aussi toute raison de s'attarder en Irlande. Berill décida que les dés étaient jetés.

Les Blaque-Belair arrivèrent à Paris au mois de mai 1931, juste après l'élection de Paul Doumer à la présidence. Tomas avait loué des locaux avenue de l'Opéra pour y installer sa banque, officiellement succursale de l'Irish Blaque-Belair Bank, et il avait déniché un ravissant petit hôtel particulier à Neuilly, boulevard du Château, pour loger sa famille, à savoir Berill et les enfants, mais aussi Teresa et Mathias. Ces deux-là n'étaient pas encore fiancés, ils avaient épargné à Mme Blaque-Belair mère ce qu'elle aurait sans doute considéré comme une ultime catastrophe.

Les premières semaines, Berill fut accaparée par l'aménagement de la maison, la recherche d'une nurse pour les enfants, les travaux de la banque dont Tomas lui avait confié la décoration. Tandis qu'elle donnait ses directives aux ouvriers, Tomas s'enfermait avec Mathias pour de longs conciliabules. Les deux hommes mettaient tout en œuvre pour que l'implantation de l'Irish Blaque-Belair soit réussie. Tomas savait qu'il n'avait pas le droit à l'erreur, la concurrence avec les autres banques privées étrangères était rude sur la place de Paris.

Les débuts furent un peu difficiles. Après avoir sollicité l'Autorité des marchés financiers et obtenu l'agrément de la Commission bancaire, Tomas dut engager des collaborateurs français : analystes financiers, vendeurs, juristes et négociateurs. Ensuite, il fallut trouver les gros clients. Afin de séduire ceux-ci, Tomas prit des risques, se mettant à plusieurs reprises en péril, mais il fut servi à la fois par la chance et par son infaillible instinct d'homme de finance. Il avait le sens de l'argent, le génie des placements boursiers et une parfaite connaissance du marché européen. Moins de deux ans après son installation, il commença d'engranger de sérieux bénéfices, imposant le nom de Blaque-Belair dans le petit monde des entreprises d'investissement.

Deux ans, ce fut également le temps que mit Berill à prendre le chemin du Cirque d'hiver. Elle y conduisit ses enfants un jeudi après-midi, serrant très fort leurs petites mains tandis qu'elle remontait le boulevard du Temple jusqu'à la rue Amelot. Elle n'était pas revenue dans ce quartier depuis sept ans. La saison de 1926, avec les huit tigres des Bouglione, représentait sans aucun doute la plus belle période de sa vie. Elle aurait pu dessiner avec précision la tête de Rex ou celle de Typhon, et se serait damnée pour pouvoir encore sentir leur odeur forte, pour recevoir la décharge d'adrénaline qui accompagnait toujours les premiers flonflons de l'orchestre.

Devant l'entrée, elle faillit rebrousser chemin. Mais les petits étaient surexcités à l'idée d'aller au cirque et, finalement, elle acheta trois billets au guichet, réclamant les meilleures places. Une fois installée entre Maureen et Hugh, lorsque la musique de la parade retentit, Berill faillit éclater en sanglots. Du spectacle, elle ne vit rien, taraudée par l'envie de se précipiter dans les coulisses pour aller saluer les artistes, respirer les effluves de sciure, de sueur, de ménagerie, et peut-être se faire reconnaître d'anciens camarades ou des frères Bouglione eux-mêmes.

Mais elle n'était plus Berill Károly, jamais plus elle ne danserait avec des fauves. Aujourd'hui elle s'appelait Mme Tomas Blaque-Belair, épouse de banquier et mère de famille. Son tailleur chic ainsi que son adorable petit chapeau hors de prix l'attestaient : sa place était parmi les spectateurs. Pour mieux s'en convaincre, elle pouvait jeter un coup d'œil au miroir de son poudrier afin de mesurer tout ce qui la séparait définitivement de la piste. En lui labourant le visage, une lionne du nom d'Aïcha l'avait précipitée vers un autre destin, qu'elle avait accepté de force. Une vie sans danger et sans errance, sans peur du lendemain, une vie bien rangée que ne lui avait prédit aucune diseuse de bonne aventure.

Au milieu du numéro des clowns, la petite Maureen, qui riait aux éclats, se tourna vers sa mère et se figea aussitôt, interdite.

— Tu pleures, maman ?

— De rire, ma chérie, murmura Berill. De rire...

Mais aucun clown ne l'amusait vraiment, hormis Arno, et rester assise sur ce fauteuil d'orchestre, dans l'ombre, était une véritable torture. Après l'entracte, tout à l'heure, quand viendrait le tour des fauves, qu'allait-elle éprouver ? Où trouverait-elle le courage d'écouter s'exclamer ses enfants à l'entrée du dompteur dans son dolman à brandebourgs ? S'était-elle trompée d'existence ? Il n'y avait qu'un moyen d'en avoir le cœur net, et ce moyen, seul son père le détenait. Si elle voulait vraiment savoir, il faudrait qu'elle repasse de l'autre côté des barreaux.

Mathias lécha la sueur qui coulait entre les seins de Teresa. Essoufflée, elle reposait en travers des oreillers avec un sourire épanoui. Autour d'eux, l'hôtel particulier était plongé dans le silence de la nuit.

— Je t'aime, chuchota Mathias. Mon Dieu, comme je t'aime...

Avec l'aube, il serait obligé de regagner sa chambre, mais personne n'était dupe, les apparences n'étaient sauvées que vis-à-vis des enfants. En tant que chef de famille, Tomas avait fait comprendre qu'il ne voyait pas d'inconvénient à cette liaison, que sa sœur était libre de faire ce que bon lui semblait et qu'il n'interférerait pas dans sa vie privée. Néanmoins, il avait fini par demander ses intentions à Mathias, qui s'était borné à répondre : « Je suis sans le sou, Tomas ! Et ta mère ne voudra jamais de moi pour gendre. »

Il avait encore un fort accent slave, s'exprimant la plupart du temps dans un mélange d'anglais et de français. Contrairement à Berill, il n'avait guère modifié son apparence, conservant son allure de gitan avec ses cheveux trop longs et son goût pour les cravates criardes. Mais tel qu'il était, Teresa l'aimait et ne voulait surtout pas qu'il change.

Tomas lui disait qu'il était indispensable à la banque, ce que Mathias ne croyait pas un instant, néanmoins il assistait volontiers à toutes sortes de rendez-vous, restant à l'écart et silencieux. Tom affirmait que son jugement sur les hommes valait son pesant d'or. Mat possédait, en effet, ce don de cerner la personnalité des gens. Il savait toujours qui mentait et qui était honnête, qui avait peur ou qui était prêt à tenter le tout pour le tout. Tomas l'emmenait souvent avec lui en disant : « Tu es ma pythie ! » Il avait fallu que Teresa lui explique ce mot, ensuite il avait beaucoup ri.

À la banque, où il n'avait aucun rôle défini, Mathias s'amusait, écoutait, apprenait. Il aimait particulièrement regarder travailler les « traders », ceux qui négociaient les achats et les ventes de titres. Tomas lui avait fait comprendre une fois pour toutes qu'il avait besoin d'un homme de confiance, capable de ne pas poser de questions, de garder des secrets et de rester dans son ombre. Les collaborateurs de Tomas haussaient les sourcils sur son passage, mais personne ne contestait plus sa présence.

Dans le grand bureau du premier étage où Tomas traitait la plupart de ses affaires, Mathias restait souvent assis dans l'embrasure d'une des fenêtres donnant sur l'Opéra, occupé à éplucher les journaux. À l'instar de Berill, il n'était jamais rassasié de nouvelles, et c'était avec elle, le soir, qu'il commentait les derniers événements. Parfois, en les écoutant discuter, Tomas semblait stupéfait de leur clairvoyance.

Bien sûr, Mathias mourait d'envie d'épouser Teresa afin de pouvoir l'aimer au grand jour, mais il ne voulait pas profiter de l'amitié de Tomas pour obtenir la main de la jeune femme. À plusieurs reprises, il avait même failli partir, désespérant de trouver une solution, et chaque fois c'était Berill qui l'avait retenu. « Si tu t'en vas, tu feras le malheur de Teresa, Tomas n'arrivera jamais à te remplacer, et moi, je serai toute seule ! »

Seule ? Oui, il savait ce qu'elle voulait dire, il la connaissait mieux que personne. À qui d'autre pourrait-elle chuchoter, en magyar : « Tu te souviens du jour où... » Tous les jours de leur enfance, de leur adolescence, de leur errance. Ce voyage sans fin où ils avaient fait la quête sur les places des villages. Puis les joies d'une vraie piste, les grands chapiteaux et leurs lots de gloire, de misère, parfois d'horreur.

Alors, Mathias restait. Et, les années passant, il finissait par comprendre qu'il ne partirait plus. Allait-il demeurer éternellement l'amant secret de Teresa ?

Il remonta le drap sur elle, d'un geste tendre et protecteur. Il adorait sa peau laiteuse semée de taches de rousseur, qui la faisait si différente de lui. C'était une belle jeune femme d'apparence sage, mais le feu couvait sous la glace, dans ses bras elle se déchaînait.

Avec un soupir résigné, il se glissa hors du lit. Cette situation ne pouvait pas s'éterniser, les enfants grandissaient, ils finiraient par remarquer que leur tante et leur oncle avaient un drôle de comportement.

Le cœur battant, le souffle court, Vilmos ne se décidait pas à entrer dans la cage où se déroulaient tous les entraînements des dresseurs, toutes les répétitions des dompteurs. Ses doigts crispés sur le loquet de la grille, il redemanda pour la troisième fois :

— Tu es sûre de toi, Berill ? Il le faut vraiment ?

— Je t'en supplie, chuchota-t-elle.

Arrivée deux jours plus tôt à Vienne, elle n'avait pas cessé de le harceler, de le cajoler. Loin des oreilles de Margit, et même de Sandor, elle s'était obstinée jusqu'à lui arracher son consentement.

À l'intérieur de la cage, le dresseur tchèque attendait, patient mais intrigué. Il n'avait posé aucune question à Vilmos lorsque celui-ci, la veille, lui avait présenté sa requête. « Vous êtes le responsable de la ménagerie, monsieur Károly, vous savez sûrement ce que vous faites, hein ? »

Mais non, Vilmos n'en savait rien, il avait seulement cédé aux supplications de Berill, et si jamais Margit apprenait qu'il avait osé remettre leur fille en présence de tigres, elle lui arracherait les yeux.

— Celui de gauche s'appelle Saphir, l'autre Radjah,

dit-il entre ses dents. Ils sont très placides et obéissants.

D'un geste nerveux, il souleva enfin le loquet. Le Tchèque leur fit signe qu'ils pouvaient entrer et Vilmos passa le premier.

— Tu restes derrière moi et tu mets tes pas dans les miens...

Berill tressaillit. Ces mots-là, son père les avait prononcés à Madrid bien des années plus tôt, la toute première fois qu'il l'avait laissée pénétrer dans une cage avec lui. Elle le suivit sans hésitation, sans appréhension.

Ils rejoignirent le dresseur sous le regard apparemment indifférent des deux tigres.

— Fais-les travailler comme d'habitude si c'est possible, demanda Vilmos.

Sa voix était mal assurée, il aurait voulu être ailleurs. Pourtant, ce que Berill lui avait demandé était exactement ce dont il rêvait chaque nuit. Se retrouver là, avec elle, entourés de fauves, et pouvoir récrire leur histoire...

— Saphir, debout ! Allez, debout !

Devant eux, l'un des deux tigres se dressa souplement sur ses pattes arrière, montrant son ventre clair tout en retroussant ses babines sur ses crocs redoutables. La gueule ouverte, il feula bruyamment avant de retomber.

— À ta place !

Vilmos sentit sa chemise, trempée de sueur, qui collait à son dos. Pas à pas, il suivait machinalement les moindres déplacements du Tchèque, Berill juste derrière lui. En avait-elle assez, à présent ? Il devait absolument la faire sortir, il avait exaucé son souhait et s'attarder ne faisait qu'augmenter les risques. Il vit l'autre tigre marcher droit sur eux, roulant des épaules.

— Couché, Radjah ! Bien...

Une belle bête aux yeux d'émeraude, sagement allongée à leurs pieds, comme si c'était la chose la plus naturelle du monde.

— Vous voulez le toucher, madame ?

Vilmos sursauta, ouvrit la bouche pour protester.

— Vous pouvez vous approcher, affirma le Tchèque, mais restez à côté de moi. Je sais que vous aviez l'habitude et ça ne s'oublie pas, n'est-ce pas ?

La main de Berill effleura la tête du tigre, se posa une seconde, glissa derrière l'oreille. Penchée au-dessus de lui, la jeune femme mit un genou à terre sans que le dresseur intervienne. Vilmos avait envie de vomir, il fut obligé de déglutir pour chasser le goût acide qui envahissait sa bouche. Le Tchèque lança enfin un petit morceau de viande au tigre et le laissa regagner son tabouret. Vilmos se tourna alors vers Berill et constata qu'elle souriait, extasiée. Elle prit une profonde inspiration, comme pour s'imprégner de l'odeur, puis son regard croisa celui de son père. L'espace d'un instant, il n'y eut plus qu'eux deux dans la cage, infiniment complices, mais le charme se rompit avec le bruit sec de la grille, le claquement du fouet. Dans un chatoiement de pelages dorés, les deux tigres s'engouffrèrent au galop dans le tunnel.

— Votre fille ignore la peur, dommage qu'elle ait lâché le métier ! dit le Tchèque en serrant la main de Vilmos.

D'un geste spontané, Berill vint lui planter un baiser sur la joue qui le fit devenir écarlate. Il sortit le premier, laissant la porte ouverte.

— Tu es satisfaite ? s'enquit Vilmos.

— Oh, oui ! Oui...

— Pas un mot à ta mère. Ni à ton mari.

— Je te le promets.

Il ne lui avait pas demandé d'explication, il n'en

avait nul besoin, pourtant il s'était trompé sur un point en supposant qu'elle voulait surmonter son angoisse. Non, elle ne craignait toujours pas les fauves, elle continuait à les aimer et ils lui manquaient. Sans Tomas Blaque-Belair, et malgré ses cicatrices, aurait-elle pu poursuivre une carrière de dompteuse ?

— Jure-moi que tu ne t'en approcheras plus, maintenant, exigea-t-il pour la pousser dans ses retranchements.

— Je n'en aurai pas l'occasion, papa. À Paris, ma vie est…

Elle n'acheva pas sa phrase, se contentant d'esquisser un geste vague. Mal à l'aise, Vilmos vint la pendre par les épaules. « N'y pense plus », faillit-il lui dire, mais n'était-ce pas lui et lui seul qui y songeait ? Dans sa nouvelle famille, Berill était à l'abri, Margit avait raison, comment pouvait-il être assez monstrueux pour regretter qu'elle ait accédé à ce statut de bourgeoise, de femme respectable ? Aurait-il préféré, vraiment, qu'elle reste une Károly, avec les paillettes et le danger, jusqu'à ce qu'un fauve l'attaque à nouveau ? Par quel égoïsme aberrant avait-il pu souhaiter qu'elle lui ressemble, qu'elle soit son prolongement ?

— Viens, soupira-t-il. Viens…

À pas lents, l'un contre l'autre, ils traversèrent la grande cage déserte.

— Tu as remarqué qu'il a rougi ? s'exclama-t-elle soudain.

— Le dresseur ? C'est normal, tu lui as sauté au cou !

Il se mit à rire mais elle insista, sourcils froncés.

— Je ne suis pas belle à regarder et j'ai bientôt trente-quatre ans.

— Pas belle ?

Ils n'en avaient jamais parlé. Depuis l'accident de Londres, pas une fois le père et la fille n'avaient abordé le sujet.

— Il n'y a que Tomas pour le croire, ajouta-t-elle plus bas.

Parce qu'elle avait mis une tendresse inattendue dans le prénom de son mari, Vilmos réagit violemment.

— Non, pas que lui ! Tu ne lui dois rien, Berill, c'est lui qui a de la chance.

Elle le dévisagea, sans doute surprise par tant d'hostilité, puis elle eut un petit sourire énigmatique. Devinait-elle qu'il en voulait à cet Irlandais d'avoir été celui qui sauve, qui console, qui répare ? Les lumières tombant des cintres éclairaient crûment son visage et Vilmos sentit son cœur se serrer. Baissant les yeux, il remarqua enfin la tenue de sa fille : un jodhpur ivoire impeccable sur des bottines de chevreau, un chemisier en soie, une veste en lin, un collier de trois rangs de perles. Son maquillage était discret et sa longue chevelure disciplinée dans un chignon élégant. En la détaillant, il découvrit qu'elle n'avait plus grand-chose de commun avec l'ancienne Berill, la superbe sauvageonne. Mme Blaque-Belair était devenue une étrangère, elle n'appartenait plus à la grande famille du cirque, elle n'était plus des leurs.

— J'ai été heureuse de caresser ce tigre, dit-elle très doucement. Mais je veux que tu le saches, papa, je ne regrette rien.

Son absolue sincérité fut pour Vilmos la pire des condamnations.

4

Paris, 1937

Le conseil d'administration s'était prolongé jusqu'à treize heures, et Tomas se sentait fatigué. Pour la deuxième fois, le franc venait d'être dévalué. L'impact de la hausse des salaires, voulue par Léon Blum et par son ministre des Finances, avait été sous-estimé. Les coûts de production avaient tellement augmenté que les patrons des entreprises hésitaient à investir dans la modernisation de leurs équipements, et ce climat d'inquiétude économique provoquait une fuite des capitaux vers l'étranger.

Comme toujours, Tomas avait été assez avisé pour anticiper la crise, et l'Irish Blaque-Belair s'en sortait bien. Trop bien, peut-être, au milieu d'une Europe qui allait mal.

À quarante-deux ans, Tomas conservait tout son charisme. Quelques mèches blanches se devinaient dans ses cheveux blonds, mais son regard bleu pâle n'avait rien perdu de son acuité, il savait toujours séduire ses interlocuteurs. Dans le monde de la finance et des affaires, il était devenu quelqu'un d'important.

— Tu as Madrid en ligne, lui annonça Mathias en lui tendant un téléphone.

La communication était mauvaise mais Tomas fut soulagé d'entendre la voix de Felipe. Jamais il n'avait perdu de vue son ami espagnol, et c'était toujours avec émotion qu'il se souvenait de son lointain séjour chez lui, à l'époque où il apprenait son métier de banquier, à l'époque où il avait vu Berill pour la première fois.

Ils parlèrent d'abord longuement de la situation politique, de la révolution et de la contre-révolution, de l'aide apportée aux antifascistes par les Russes qui avaient fourni des armes contre la totalité des réserves d'or de la Banque d'Espagne.

— Le pouvoir des staliniens est à présent quasi total, affirma Felipe. À Barcelone, les combats font rage...

— Viens en France !

À plusieurs reprises, Tomas lui avait proposé de se mettre à l'abri chez lui, mais Felipe refusait obstinément.

— Non, je ne risque rien ici, et puis j'essaie de tenir encore, de sauver ce qui peut l'être. Je vais avoir besoin de toi une fois de plus pour un transfert de fonds.

Tomas attira à lui un bloc-notes et son stylo fétiche, un Waterman en argent guilloché que lui avait offert Berill. Sous la dictée de Felipe, il inscrivit des chiffres et une série d'ordres. Leur collaboration, sans faille, avait pris une nouvelle tournure avec la guerre d'Espagne.

— Tu sais, reprit Felipe, depuis le bombardement atroce de Guernica, Franco est haï. Les avions étaient allemands, bien entendu !

Ils partageaient la même inquiétude concernant Hitler et la montée du nazisme.

— Je suis très pessimiste sur la situation internationale, soupira Tomas. Tout ça va mal finir. Ici, le Sénat a fait tomber Blum en lui refusant les pleins pouvoirs financiers, pourtant il ne réclamait pas le contrôle des changes ! C'est l'hémorragie, on a l'impression que les rats quittent le navire. À certains moments je ne sais plus quoi faire de tout l'argent qui transite par l'Irish.

Anticiper les événements politiques avait permis à Tomas de conforter sa position sur les marchés internationaux, et ses clients lui vouaient une confiance aveugle.

— Felipe, promets-moi qu'en cas de danger tu me rejoindras à Paris.

— Je te le jure, Tom, murmura son ami avant de raccrocher.

Sentant sur lui le regard intrigué de Mathias, Tomas expliqua :

— J'ai peur pour lui mais, d'un autre côté, les juifs ne sont pas menacés pour l'instant en Espagne.

— Il est juif ?

— Par son père, oui.

Tomas abandonna son fauteuil et fit quelques pas sur l'épaisse moquette de son bureau, puis il revint vers Mathias.

— Il y a plus urgent que le problème de Felipe, ce sont tes parents. Ils ne doivent pas rester en Autriche. Malheureusement je n'arrive pas à les convaincre. Berill veut aller les voir pour leur parler, alors j'aimerais que tu partes avec elle. La laisser voyager seule m'angoisse, et vous les persuaderez mieux à deux, non ?

— Si tu le dis…, persifla Mathias avec un sourire.

Protéger Berill était naturel pour lui, il l'avait fait depuis son adolescence, dès qu'il avait dépassé en taille sa sœur aînée.

— Tu veilleras sur ma femme et moi sur la tienne ! conclut Tomas.

— Chacun sur sa sœur, marché conclu.

Mathias avait épousé Teresa deux ans plus tôt, dès son engagement définitif à la banque. Mais accepter le poste et le salaire proposés par Tomas lui avait pris du temps, il n'avait cédé que lorsqu'il s'était senti vraiment indispensable dans son rôle d'observateur impartial et d'homme de confiance.

— Où as-tu déniché cette cravate ? s'enquit Tomas d'un air outré. Je n'ai vu qu'elle pendant tout le conseil !

— Eh bien, ça t'a au moins procuré une distraction parce que c'était vraiment barbant...

Mathias plaisantait, comme à son habitude, car rien ne le rebutait jamais dans l'univers compliqué des affaires.

— Laisse donc Teresa les choisir à ta place, tu as un goût abominable.

— Un goût de saltimbanque, je sais, mais dans ce mot-là, n'oublie pas, il y a « banque », j'étais prédestiné !

La secrétaire de Tomas, Gisèle, interrompit leur éclat de rire en frappant à la porte du bureau.

— Mme Blaque-Belair est là, monsieur.

Malgré les années, Tomas éprouvait toujours le même plaisir à voir sa femme entrer dans une pièce. Qu'elle soit devenue Mme Blaque-Belair alors que Teresa s'appelait désormais Károly était une ironie du sort qui ne lui échappait pas et qu'il savourait comme une victoire personnelle. Là-bas, à Dublin, sa mère restait drapée dans sa dignité, bien décidée à ignorer son gendre. Elle ne s'était d'ailleurs pas déplacée pour le mariage.

Berill semblait radieuse. Elle portait un ensemble Rochas dont la jupe mi-longue, collée sur les hanches, et le boléro, fermé d'une multitude de petits boutons, mettaient en valeur sa silhouette idéale. Ses grands yeux violets, soulignés de mascara noir, étaient toujours les plus beaux du monde pour Tomas. En dix ans de mariage, jamais il n'avait regardé une autre femme.

— Mathias va t'accompagner à Vienne, annonça-t-il avec un sourire.

— Vous avez décidé ça entre hommes ? Et si j'avais envie de voyager seule ?

Son regard pétillait sous sa voilette, qu'elle finit par relever. Elle s'avança jusqu'au fauteuil de Tomas, sur lequel elle prit place avec assurance.

— Il faudrait refaire la décoration de ton bureau, dit-elle en regardant autour d'elle.

— Ce n'est pas le moment d'investir dans ce genre de détails, protesta faiblement Tomas.

— Au contraire, en période de crise il faut afficher sa prospérité !

Tomas leva les yeux au ciel. Pourtant elle avait raison et il sut qu'il allait lui donner carte blanche. Depuis l'ouverture de l'Irish, elle s'était improvisée décoratrice et s'en tirait à merveille, mais elle ne se cantonnait pas à ce rôle. Dans leur hôtel particulier de Neuilly, elle organisait pour Tomas des dîners très courus. Sa manière de recevoir était originale mais chaleureuse, elle surprenait et séduisait ses interlocuteurs par une conversation brillante qu'elle pouvait au besoin mener en plusieurs langues, et tous les invités tombaient immanquablement sous son charme insolite. À travers ce que Tomas ou Mathias lui racontaient des affaires de la banque, elle savait exactement qui convier, qui réunir, qui présenter à qui. Toujours passionnée par la politique, elle s'enflammait pour l'Espagne, dénonçait avec virulence le rapprochement de Mussolini et de Hitler, condamnait vertement l'immobilisme de la France pour complaire aux Anglais. Peu sensible aux jugements que les gens pouvaient porter sur elle, sa liberté d'expression et son esprit indépendant la rendaient impossible à classer dans une catégorie sociale, ce qui ajoutait au piment de ses réceptions, car elle n'avait ni l'allure ni les idées d'une femme de banquier. De surcroît, lorsqu'on la questionnait sur ses origines, elle ne cachait pas être née dans un cirque, ajoutant même que si elle connaissait bien l'Europe, c'était pour l'avoir parcourue en roulotte.

Son premier admirateur restait Tomas, qu'elle continuait de subjuguer. Jamais il n'avait essayé de la changer, jamais il ne s'était permis de lui donner le moindre conseil sur sa conduite, et il la laissait dire ou faire ce qu'elle voulait, élever leurs enfants à sa guise, voyager comme elle l'entendait.

— Tu devrais lire *L'Espoir*, d'André Malraux, c'est un roman magnifique ! dit-elle à Mathias en se tournant vers lui. Et c'est surtout un témoignage, il paraît qu'il l'a écrit en quelques semaines.

— Je le lirai dans le train puisque nous partons ensemble, lui rappela son frère.

Tomas les observa l'un après l'autre, et soudain il eut la vision de ce lointain déjeuner au restaurant Lhardy, à Madrid. « Vous êtes stupéfiante, miss Károly », avait-il osé lui dire. Mathias n'avait pas ouvert la bouche, peut-être même pas compris un mot de leur chaste conversation, mais il était déjà à ses côtés, veillant sur elle pour éloigner les importuns. Parfois, Tomas songeait que sa vie entière avait été déterminée ce jour-là. S'il n'était pas tombé éperdument amoureux de Berill, et s'il n'avait pas fini par l'obtenir, il n'aurait pas réalisé le dixième de tout ce qu'il avait fait jusqu'ici, il n'aurait pas été le même homme.

— Teresa doit nous rejoindre au café de la Paix avec les enfants, annonça Berill. Allons-y ou bien elle va attendre.

Remarquant alors l'air songeur de son mari, elle ajouta :

— Tu n'as pas oublié que nous avons promis à Hugh et à Maureen de les emmener voir Guignol au jardin du Luxembourg cet après-midi ?

— Non, dit-il doucement. Je m'en souviens mais...

— Mais tu ne peux pas ? C'est ça ?

— Je suis désolé, ma chérie, je...

— Peu importe, j'irai avec Teresa si elle veut bien m'accompagner !

Le regard de Berill étincelait de rage et il baissa la tête. Depuis des mois, il n'avait pas pu consacrer un seul jeudi à ses enfants, trop occupé par ses affaires.

— Si tu ne dois pas les tenir, Tomas, ne fais pas de promesses aux petits.

Pour elle, une parole donnée, même étourdiment, était un engagement définitif. Il maudit le rendez-vous impromptu pris dans la matinée par un gros industriel auquel il ne pouvait en aucun cas faire faux bond. Mathias leur tournait discrètement le dos et regardait par la fenêtre. Tomas releva les yeux sur Berill, consterné de la décevoir, mais il constata qu'à présent elle lui souriait.

— Je sais que tu travailles beaucoup, dit-elle gentiment.

Pourquoi était-il toujours comme un gamin devant elle ? Autant il pouvait se montrer intraitable en affaires, autant le moindre froncement de sourcils de Berill l'inquiétait. Il alla jusqu'à elle tandis qu'elle rabaissait sa voilette et se levait d'un mouvement gracieux.

— J'adore ton chapeau, murmura-t-il en lui prenant la main.

Maureen avait hérité du regard bleu de son père, du teint mat et de la superbe chevelure brune de sa mère. C'était une fillette ravissante, très éveillée, assez solitaire et prodigieusement douée pour apprendre. Elle passait beaucoup de temps à lire des histoires à son frère, ou bien à écouter les conversations des adultes d'un air songeur, le menton dans les mains. Du haut de ses neuf ans, elle semblait déjà savoir une foule de choses.

Berill se reconnaissait dans sa fille avec un étonnement croissant. Même amour immodéré pour les animaux – il y avait alors deux chiens et un chat dans l'hôtel particulier de Neuilly –, même goût du danger à la voir évoluer sur une balançoire ou une bicyclette, même don pour les langues. En quelques mois, Maureen avait appris l'anglais avec Teresa, et à présent elle réclamait à sa mère des cours d'espagnol. À chaque nouvelle initiative, Hugh observait sa sœur en ouvrant de grands yeux éblouis, et il essayait en vain de l'imiter.

Naturellement, Tomas était fou de Maureen. Plus elle ressemblait à Berill et plus il s'extasiait devant elle, sans remarquer les efforts déployés par Hugh pour obtenir un peu d'attention. Attristé, le petit garçon allait de plus en plus souvent chercher consolation auprès de son oncle Mathias, auquel il finissait par vouer une affection sans borne.

Teresa n'était pas jalouse, elle aussi adorait Hugh et Maureen, attendant tranquillement le jour où, à son tour, elle aurait des enfants. Mais les mois passaient sans que rien ne se produise et, petit à petit, elle s'assombrissait. Chaque fois qu'elle voyait Hugh hurler de rire quand Mathias jouait avec lui, elle devait lutter contre un sentiment de frustration qui la mettait très mal à l'aise. Une fois, Berill avait surpris le regard agacé de Teresa et, bien qu'elle n'ait pas fait de commentaire, Teresa s'était sentie prise en faute. Depuis, une légère gêne existait entre les deux femmes.

Mais n'aurait-il pas fallu être une sainte pour vivre avec Berill et Tomas sans les envier ? Teresa avait parfois l'impression d'être une parente pauvre, et sa reconnaissance envers son frère se nuançait de dépit. Tomas avait mis des années à former Mathias, puis il lui avait offert une situation, tout comme il leur avait offert à tous deux l'hospitalité chez lui. Car dans l'hôtel particulier du boulevard du Château, Berill décidait de tout jusqu'au moindre détail sans jamais consulter personne. S'il lui prenait la fantaisie de changer les moquettes ou de refaire les peintures, elle choisissait seule les couleurs et on se réveillait un beau matin dans du jaune pâle ou du gris perle ! Tomas approuvait, forcément, Mathias n'y prêtait pas attention, et Teresa se taisait. Elle gardait également le silence devant l'élégance ruineuse de sa belle-sœur sur qui les robes des grands couturiers avaient une allure folle. D'ailleurs, Berill pouvait porter n'importe quoi, sa silhouette attirait immanquablement les regards. Quant à ses cicatrices, personne ne semblait les voir ; ce qu'on remarquait avant tout chez elle étaient ses extraordinaires yeux violets. Et son rire en cascade, auquel tout le monde se joignait.

Teresa s'en voulait de sa mesquinerie. Du jour où elle deviendrait enfin mère, ce genre de pensées la quitterait, elle en était certaine, aussi dissimulait-elle de son mieux ses sentiments mitigés. D'autant plus que Mathias ne la comprendrait évidemment pas si elle avait la mauvaise idée de s'épancher, puisque pour lui, *aussi*, Berill passait avant tout. Sa grande sœur, sa sœur chérie sur laquelle il veillait comme un cerbère, avec qui il discutait certains soirs à mi-voix, en magyar, le regard éperdu de nostalgie. Dans ces moments-là, Teresa se surprenait à regretter d'avoir quitté Dublin. Et tout de suite après, elle se mettait à pleurer, se jugeant aussi méchante que stupide.

Vienne, février 1938

— Ta mère partira avec toi, mais je ne bougerai pas d'ici ! décréta Vilmos d'un ton sans réplique.

C'était la troisième fois en moins d'un an que Berill débarquait chez eux pour les exhorter à quitter Vienne.

— Quelle folie ! s'écria-t-elle rageusement.

Elle savait très bien que son père répugnait à se réfugier chez Tomas, à cohabiter avec l'*Irlandais*, comme il le disait d'un ton mordant.

— Hitler veut réaliser la Grande Allemagne, il va envahir l'Autriche et l'annexer, qu'est-ce que tu deviendras à ce moment-là ?

— On verra bien.

— Papa, le supplia-t-elle, je crois que nous allons finir par basculer dans la guerre.

— J'ai déjà connu la guerre, mais heureusement je n'ai plus l'âge de me battre, alors rassure-toi, personne ne m'enverra me faire trouer la peau au nom de Dieu seul sait quoi !

— De la liberté, murmura Margit qui assistait, impuissante, à leur discussion.

Berill se tourna vers elle, un peu étonnée de son intervention, et lui adressa un regard reconnaissant.

— Qui donc défend la liberté ? protesta Vilmos. Ces démocraties qui pratiquent l'attentisme face aux dictatures ?

— D'accord, tu as raison, Hitler se sent fort parce que personne n'ose le contrarier et nous nous en mordrons tous les doigts. Il y a des années qu'il viole le traité de Versailles, il a rétabli le service militaire, reconstruit la Wehrmacht et la Luftwaffe, remilitarisé la Rhénanie sans qu'on l'en empêche ! Et tu ne peux pas ignorer qu'il veut l'Autriche et qu'il l'aura, alors ne reste pas là !

— Pourquoi ? Il ne m'arrivera rien, je suis un vieil

homme qui s'occupe d'animaux, pas de politique. Enfin, je te rappelle que je suis hongrois… Toi, tu ne dois plus savoir ce que tu es, au juste ! Irlandaise ? Française ?

Il cherchait à la provoquer pour éviter le fond du problème, et elle ignora le piège.

— Je suis comme toi, papa, plus ou moins apatride. Mais je hais les nazis et leur doctrine !

Le silence tomba sur le petit salon. Découragée, Berill regarda autour d'elle en cherchant d'autres arguments. Sa mère avait décoré la pièce de couleurs vives et de meubles disparates. Les rideaux à grandes fleurs rouges juraient avec le tissu des fauteuils comme avec le tapis trop chamarré. Brusquement attendrie, Berill observa ses parents tour à tour. Ils avaient vieilli, sa mère s'était empâtée et son père avait les cheveux tout blancs à présent. Qu'allaient-ils devenir dans la tourmente qui se préparait inexorablement ? Comment pourrait-elle les protéger contre leur gré ? Au contraire d'eux, qui n'avaient fait que prendre de l'âge en demeurant pareils à eux-mêmes, Berill avait terriblement changé. L'accident de Londres était si loin, si flou, si *peu important* désormais… Or son père, lui, ne s'en était jamais remis, elle en avait bien conscience. Ses rapports avec sa fille s'étaient dégradés au fil du temps, entre culpabilité et rancune. Aujourd'hui il la considérait comme une étrangère. Le mot de « banquière », dans sa bouche, contenait une hargne féroce qu'il lui assénait en guise de punition. Pourquoi ?

— Au moins, maman, tu vas partir avec moi ? Je t'emmène avec Sandor, que tu le veuilles ou non !

— Sandor est du voyage ? ricana Vilmos. Il ne va pas faire tache, chez toi ?

Levant les yeux au ciel, Berill ignora le sarcasme,

attendant la réponse de sa mère qui semblait se recroqueviller dans son affreux fauteuil.

— Je ne peux pas laisser ton père tout seul, souffla-t-elle.

— Oh que si ! explosa Vilmos. Allez, Margit, va te mettre sous la protection de ton gendre puisque ta fille te le demande !

— Et alors ? répliqua Berill sur le même ton excédé. Quoi d'étonnant ? J'ai envie de vous savoir à l'abri, c'est normal !

— À l'abri ? En France ? Parce que tu crois vraiment que la France échappera à la guerre ?

— Si c'est le cas, nous pourrons toujours gagner l'Irlande…

— Jamais ! Tu m'entends ? Je n'irai jamais !

Essoufflé, il se mordit les lèvres, cherchant manifestement à recouvrer son sang-froid. Il y eut un nouveau silence, plus long encore que le premier, avant que Berill ne demande, à voix basse :

— Pourquoi hais-tu Tomas ?

Il la regarda avec effarement, puis traversa la pièce et sortit en claquant la porte. Margit laissa alors échapper un long soupir de soulagement.

— Il devient de plus en plus difficile à supporter, chuchota-t-elle, mais je le comprends. Nous avions trouvé la paix ici, une bonne fin de vie avec un vrai salaire pour lui, et puis cette maison… Il n'a sûrement plus la force de repartir.

Elle jeta un coup d'œil par la fenêtre et désigna la silhouette de Vilmos qui refermait le portillon du jardin.

— Rattrape-le ! Il t'adore, tu le sais bien, ne le laisse pas mettre Tomas entre vous.

Après une hésitation, Berill se leva et sortit à son tour. Il faisait très froid, mais elle se mit à courir pour rejoindre son père en bas de la rue, à l'arrêt du tramway.

— Je vais au cirque, j'ai du travail, bougonna-t-il en gardant la tête basse.

— Je t'accompagne, tu me montreras tes fauves.

Elle attendait une protestation quelconque, cependant il ne fit aucun commentaire. Ils montèrent ensemble dans un wagon et restèrent debout face à face, silencieux, leurs mains l'une au-dessus de l'autre sur la barre où ils se retenaient. Berill n'avait pas remis ses gants et le regard de Vilmos semblait accroché à ses bagues, à ses bijoux.

Lorsqu'ils descendirent, à quelques pas du Grand Cirque, la gêne entre eux n'était toujours pas dissipée. Sur leur passage, un homme se retourna, probablement surpris par la disparité du couple qu'ils formaient.

— Je n'aime pas ton mari, c'est vrai, dit soudain Vilmos. Mais il y a autre chose...

Il n'ajouta rien jusqu'à l'entrée de service de la ménagerie, dont il possédait la clef.

— Ce n'est pas l'heure des visites, nous serons tranquilles, viens...

Il la conduisit entre les cages sans la laisser ralentir devant les animaux qu'elle aurait voulu contempler ou caresser, l'entraînant tout au bout de l'allée. Il s'arrêta enfin près du dernier tigre, une bête magnifique qui allait et venait paresseusement derrière les barreaux d'acier.

— Depuis quelque temps, je me fais du souci pour Arno, annonça-t-il de manière abrupte.

— Du souci ? Mais il n'est pas à...

— Il est à Berlin pour l'instant, après avoir passé un certain temps à Vienne.

— Il n'a pas de contrat ?

— Il n'en accepte plus depuis un moment.

— Pourquoi ?

— Eh bien…

Marquant une pause, il parut faire un gros effort sur lui-même pour finalement avouer :

— Ses idées sont…, disons à l'opposé des tiennes et des miennes.

— À savoir ?

— Il est entré dans le parti national-socialiste, voilà.

Atterrée, Berill dévisagea son père pour s'assurer qu'il ne lui faisait pas une mauvaise blague.

— Arno, un nazi ? articula-t-elle.

— Oui, il y a un parti nazi autrichien qui entretient ici une agitation permanente et demande le rattachement à l'Allemagne.

— Pas Arno, c'est impossible ! Pourquoi ? Il avait sa carrière, son succès…

— Il faut croire qu'il en avait assez du métier de clown.

— Et il a osé te le dire en face ?

— Il cherche même à m'embrigader, ou au moins à me convaincre. Il prétend que si on n'est pas pour eux, on est contre eux, on devient carrément un ennemi. À chacune de ses visites il se fait plus pressant, plus virulent. Je n'ai rien raconté de tout ça à ta mère, tu t'en doutes. Emmène-la, c'est le mieux que tu puisses faire. Et merci de te charger de Sandor, je ne voulais pas te blesser tout à l'heure.

Berill hocha la tête, encore sous le choc de la révélation. Certes, elle avait toujours été moins proche d'Arno que de Mathias, néanmoins elle pensait bien le connaître et ne comprenait pas ce qui avait pu l'amener à se mêler de politique, à prendre cette position extrême. Dans le monde cosmopolite du cirque, les événements extérieurs avaient peu de poids, et Arno n'avait jamais manifesté le moindre intérêt pour l'actualité. Il se moquait même de sa sœur lorsqu'elle lisait les journaux ramassés dans les caniveaux, elle s'en souvenait parfaitement.

— Il est amoureux d'une Allemande, précisa Vilmos. Je suppose que c'est l'influence de cette femme qui le rend fou.

— Je vais aller le voir, je vais...

— Tu ne vas rien faire du tout ! Il est hors d'atteinte.

Le ton, sans réplique, rappela à Berill son enfance. À une époque, elle aurait suivi son père n'importe où, les yeux fermés, il avait été son dieu. Puis elle avait commencé à s'intéresser au monde qui l'entourait, et c'est Vilmos qui s'était mis à l'admirer à son tour. Sa fille chérie était devenue sa fille savante, puis sa fille téméraire face aux fauves. À quel moment s'étaient-ils perdus tous les deux ? Au Charing Cross Hospital, quand elle avait décidé de lier son sort à celui de Tomas Blaque-Belair ? Ou carrément sur la piste du cirque de Londres, parce que ce soir-là Vilmos n'avait pas pu la sauver ? Sauverait-il Arno, aujourd'hui ?

Elle se détourna de lui pour ne plus voir son visage creusé de rides et son regard désenchanté. Devant elle, le somptueux tigre continuait inlassablement à marcher de long en large. L'odeur forte de la ménagerie prenait à la gorge, pourtant Berill s'approcha de la cage, se baissant pour passer sous la barrière de protection.

— Non, n'avance pas ! lui intima Vilmos. Il est très susceptible.

L'animal s'était arrêté et la fixait de ses yeux topaze. Avec un soupir déçu, Berill recula d'un pas. Elle sentit la main de son père qui se posait sur son épaule.

— Aucun de vous trois..., dit-il d'une voix étranglée. Finalement, il n'y aura plus de Károly en piste. Mais ce n'est pas grave, nous n'étions pas les Fratellini ou...

Elle se laissa aller contre lui, trop émue pour lui

répondre. L'espace d'un instant, ils furent à nouveau réunis.

Paris, mars 1939

Tomas se hâtait le long du boulevard Bineau, plongé dans de sombres pensées. Après les Sudètes, le reste de la Tchécoslovaquie était désormais occupé par les Allemands. Plus grave encore, Hitler réclamait la ville de Dantzig, en Pologne. Au vu des engagements de la France et de la Grande-Bretagne à soutenir les Polonais en cas d'agression, la guerre devenait inévitable. Comment avait-on pu en arriver là ? Vingt ans plus tôt, le monde entier s'était juré la paix, qualifiant 14-18 de *dernière* guerre. La « der des der », et qu'on ne revoie jamais ça ! Hélas, on y était ou presque, la conférence de Munich, six mois plus tôt, n'avait pas sauvé la paix, bien au contraire. Daladier et Chamberlain s'étaient inclinés en vain devant un Adolf Hitler décidé à conquérir l'Europe entière.

Tomas tourna sur le boulevard du Château, toujours obsédé par le sort de sa famille et les décisions à arrêter. Pour la banque, il avait depuis longtemps pris les dispositions qui s'imposaient. À la rigueur il pourrait même fermer momentanément ses locaux parisiens et gérer ses affaires depuis Dublin, à condition que l'Irlande ne s'engage pas dans le conflit à son tour. Sinon, ce serait l'Amérique, le vieux rêve de Berill…

À quelques pas de l'hôtel particulier, il ralentit l'allure, puis s'arrêta carrément pour contempler ce qu'il voyait de la façade, au-dessus de la grille pleine. Deux ailes de style anglo-normand et un adorable jardin bien planté faisaient de cette maison un véritable bijou, très insolite dans le quartier. Le cadre idéal pour Berill, avait-il songé en l'achetant – une fortune – huit ans plus tôt. Entre-temps, hélas, un gros industriel du sucre avait construit juste à côté un bâtiment massif et sans charme qui avait failli pousser Tomas à vendre, mais, Berill n'étant pas d'accord, ils étaient restés et ne l'avaient jamais regretté. À présent, avec ce qui se préparait…

Il remonta l'allée qui séparait les deux pelouses bordées d'arbres fruitiers. Hugh avait abandonné sur la terrasse une multitude de soldats de plomb, trempés par la récente averse. Tomas s'arrêta un instant à côté de la grande table de fonte laquée, le regard happé par le réalisme des uniformes napoléoniens, des minuscules fusils à baïonnette. Enfin, haussant les épaules, il entra chez lui. Des cris de joie, en provenance du salon, le firent se diriger de ce côté-là. Mathias était en train d'apprendre un tour de prestidigitation à Hugh, qui riait aux éclats.

— Papa ! Regarde ce que je sais faire ! s'écria le petit garçon, surexcité.

— Pas maintenant, mon bonhomme. Et tu devrais ranger tes jouets qui s'abîment dehors, sous la pluie…

Il embrassa son fils et le laissa sortir avant d'échanger un regard avec Mathias.

— Tu as entendu la radio ? s'enquit-il d'un ton pressant.

— Oui. Ils en sont toujours à se congratuler de leur reprise économique !

— C'est risible. Depuis le discours de Paul Reynaud, tout le monde est optimiste ! Retour des capitaux, satisfaction du patronat… Est-ce que personne ne veut voir qu'on marche à la guerre ?

Mathias le dévisagea puis hocha la tête.

— L'indice de la production industrielle est pourtant en hausse.

— La métallurgie et l'aéronautique y sont pour beaucoup.

— À cause du réarmement ? demanda une petite voix fluette.

Tomas n'avait pas entendu entrer sa femme et sa fille vers lesquelles il se tourna, souriant.

— Que sais-tu du réarmement de la France, Maureen ? interrogea-t-il d'un ton aussi affectueux qu'incrédule.

— D'après maman, répondit prudemment la fillette, M. Daladier maintient un climat de détente pour avoir du répit et accélérer son programme de réarmement. Je suppose que ça signifie qu'on fabrique plein d'armes. Est-ce qu'on va être attaqués ?

Berill regardait sa fille, amusée, et quand elle releva la tête elle croisa le regard de Tomas. Il lui adressa un clin d'œil avant de laisser tomber, à l'adresse de Maureen :

— Vous êtes stupéfiante, miss Blaque-Belair...

Une expression de tendresse éclaira le visage de Berill. Ces mots-là étaient comme un code entre Tomas et elle, le rappel de la toute première déclaration qu'il avait osé lui faire. Le sourire de Tomas s'accentua à ce souvenir.

— ... et très intelligente, et très jolie, tout le portrait de ta mère !

— Mais tu n'as pas répondu à ma question, papa.

Exactement comme Berill, il était impossible de la faire dévier de son sujet, elle voulait apprendre et comprendre.

— À vrai dire, déclara gravement Tomas, la situation est assez préoccupante.

Il ne souhaitait pas discuter de l'éventualité d'une guerre avec une petite fille de onze ans. Sans doute Berill le faisait-elle, et peut-être n'avait-elle pas tort. Toutefois Tomas n'était pas sûr de trouver les mots justes, des mots capables d'expliquer les choses à une enfant sans la terroriser. Il regarda successivement sa femme, sa fille, son beau-frère. La famille qu'il avait fondée ne ressemblait en rien à une famille traditionnelle, ce qui le rendait heureux la plupart du temps, mais soudain il s'interrogeait avec angoisse sur l'avenir immédiat. Berill accepterait-elle de regagner l'Irlande si la menace se précisait ? Elle n'était pas une insignifiante épouse soumise aux décisions de son mari, elle revendiquerait le droit de choisir son sort elle-même, il le savait. Or si Margit vivait avec eux depuis quelque temps, Vilmos était toujours à Vienne et ne donnait pas de nouvelles. Berill allait-elle laisser son père dans cette Autriche annexée par les Allemands ? Quant à Mathias, grâce à son mariage avec Teresa – et aussi à l'insistance de Tomas –, il avait fini par obtenir la nationalité irlandaise, il ne serait donc jamais mobilisé en tant que Hongrois.

Maureen continuait d'observer les adultes autour d'elle, mais elle dut comprendre qu'ils ne lui en diraient pas davantage pour le moment.

— Je vais aider Hugh à ranger ses soldats ! annonça-t-elle d'un ton péremptoire.

Tandis qu'elle quittait le salon, Tomas la suivit du regard, de plus en plus décontenancé par sa maturité.

— Tu es vraiment inquiet, chéri ? interrogea Berill.

— Oui. Je pense qu'il faut nous organiser pour être prêts à partir.

Elle ne parut pas surprise de cette déclaration, à laquelle elle devait s'attendre.

— Teresa serait d'accord pour aller à Dublin la première. Nous en avons déjà parlé toutes les deux. Elle peut s'occuper de rouvrir la maison et de tout faire remettre en état de marche là-bas.

Ils y avaient donc tous pensé, chacun dans son coin, et Berill devait avoir arrêté sa ligne de conduite.

— La première ? répéta faiblement Tomas.

— Je ne compte pas te laisser seul ici.

Bien sûr. Elle avait deviné qu'il essaierait de tenir le plus longtemps possible, le temps pour lui de convaincre ses meilleurs clients, de liquider des monceaux de titres appelés à s'effondrer, peut-être même de vendre leur hôtel particulier.

— Non, Berill, dit-il d'une voix très douce.

La présence de Mathias l'empêcha d'ajouter quoi que ce soit, mais il était largement aussi têtu que sa femme et n'avait pas l'intention de la laisser se mettre en danger. Cette nuit, dans leur chambre, il essaierait de la convaincre, évoquerait les enfants, lui ferait n'importe quel chantage pour qu'elle accepte de gagner l'Irlande au plus vite. Un peu rasséréné par cette idée, il croisa de nouveau le regard de Berill, où il lut une détermination presque amusée.

Au mois de juin, Teresa quitta Paris pour Dublin, emmenant avec elle Maureen, Hugh et leur gouvernante anglaise. Margit avait refusé tout net de l'accompagner, trop effrayée pour affronter un nouveau pays et une nouvelle maison sans Berill ou Mathias. D'autant plus que la rencontre avec « l'autre » grand-mère des petits ne lui disait rien du tout, sachant que cette femme aigre tenait les Károly en piètre estime. Et de toute façon, Margit s'inquiétait trop au sujet de Vilmos pour accepter de s'en éloigner davantage. Il n'avait téléphoné qu'une seule fois, un appel laconique et peu convaincant, sans doute uniquement destiné à rassurer sa famille sur son état de santé. Il comptait rester à Vienne et ne s'était pas donné la peine de trouver une explication valable.

Berill avait déjà fermé une aile de l'hôtel particulier, mettant des draps sur les meubles et des boules de naphtaline partout. Deux fois par jour, elle montait voir Sandor qui se terrait dans la petite chambre où elle l'avait installé. Le vieil homme s'adaptait mal au luxe qui l'entourait, Vilmos lui manquait, ses rhumatismes le faisaient souffrir, mais quand il voyait Berill son visage ridé s'éclairait toujours d'un bon sourire. Dès son arrivée, il avait décidé qu'il ne s'assiérait pas à la table des Blaque-Belair, et personne n'avait pu le faire changer d'avis. Il prenait ses repas à l'office, avec la femme de chambre, qui restait la seule domestique de la maison.

Ce fut au cours d'une des nuits chaudes de la fin juin que Mathias fut réveillé en sursaut. Le silence était total, l'aube encore lointaine. Pourtant, Mathias avait été tiré du sommeil par un bruit bien réel, pas un rêve, il en était certain. Il quitta son lit, enfila une robe de chambre et descendit pieds nus jusqu'au rez-de-chaussée dont il fit lentement le tour. Tout semblait tranquille, mais alors qu'il s'apprêtait à remonter, il distingua une ombre, au fond du jardin. S'approchant d'une des portes-fenêtres, il resta immobile un moment avant de se glisser dehors. À cette heure-ci, il n'y avait ni voiture ni passant sur le boulevard, rien ne troublait la quiétude nocturne hormis quelques sanglots étouffés qui guidèrent Mathias jusqu'à sa sœur. Il s'arrêta à côté d'elle, se pencha et lui effleura l'épaule. La lune donnait assez de clarté à la scène pour qu'il n'ait pas besoin d'explication, aussi se borna-t-il à murmurer :

— Tu aurais dû me le demander, Berill...

— Non ! Pas plus toi qu'un vétérinaire. Il aurait eu peur et je ne voulais pas. Ces derniers temps, il avait besoin de sortir souvent, même la nuit, alors il avait l'habitude de nos petites balades, il ne s'est rendu compte de rien.

Agenouillée à côté de son berger d'Écosse, elle le caressait d'une main tandis que l'autre était toujours crispée sur la crosse du revolver.

— Donne, dit Mathias en prenant l'arme.

Il vida le chargeur, constata machinalement qu'une balle avait suffi : sa sœur n'avait donc pas tremblé à l'instant de tirer.

— Il était si vieux…, souffla-t-elle. Je crois qu'il n'y voyait plus du tout, il avait beaucoup de mal à marcher et… Je n'aurais pas pu le ramener à Dublin.

Ni le laisser derrière elle, évidemment. Restait l'autre chien, Olaf, pour lequel elle avait sans doute prévu une solution malgré la quarantaine sanitaire, fixée à six mois.

— Olaf ? s'enquit-il d'un ton résigné.

— J'ai trouvé quelqu'un pour le passer en fraude à bord d'un bateau.

— Mon Dieu…, soupira Mathias.

Berill était ainsi depuis toujours. Du plus loin qu'il s'en souvienne, elle avait entretenu un rapport excessif avec les animaux. Tomas savait-il que sa femme était capable de se procurer une arme et de l'utiliser dans le jardin, ou encore de dénicher un passeur de contrebande ?

— Je vais m'occuper du chien, dit-il en l'obligeant à se redresser.

Une grande tache sombre s'étalait sur le peignoir de Berill, néanmoins Mathias serra sa sœur contre lui, dans un élan d'affection.

— Va te changer, va te laver, je me charge du reste, affirma-t-il.

Cependant il n'avait pas la moindre idée de ce qu'il allait faire avec le cadavre du chien.

— Il y a des sacs de toile au fond du garage, Mat. Enveloppe Lucky et mets-le dans le coffre de ma voiture. Tu pourras le déposer chez le vétérinaire à l'heure de l'ouverture, il est prévenu, je l'ai payé.

Elle avait tout prévu et tout planifié sans demander l'avis de personne, comme toujours. Elle s'éloigna à pas lents, se retournant de temps en temps, ses pensées encore accrochées à l'animal qui avait été son compagnon pendant tant d'années. Le seul cadeau de Tomas qui l'ait vraiment comblée.

Dans sa salle de bains, au premier étage, elle laissa tomber son déshabillé taché de sang sur le carrelage, puis ouvrit les robinets de la baignoire. En principe, Tomas avait le sommeil lourd, il ne s'apercevrait probablement pas de ce qui était arrivé pendant la nuit. Olaf était enfermé dans la chambre avec lui et devait dormir sur le tapis, roulé en boule.

Quand la baignoire fut pleine d'une eau bien chaude, Berill s'y plongea avec soulagement. Elle se sentait triste, sale, découragée. Si le problème des chiens était réglé, il en restait tant d'autres ! D'abord Arno, dont elle n'avait parlé à personne, même pas à Mathias ou à sa mère, encore moins à Tomas. Un nazi... Elle avait toujours du mal à y croire, pourtant elle avait reçu l'avant-veille une lettre de son père qui ne lui laissait aucune illusion. Arno devenait dangereux, Vilmos le jugeait susceptible de se retourner contre sa propre famille à qui il reprochait désormais sa lointaine origine tzigane. Considérés comme « racialement inférieurs », les tziganes étaient aussi mal vus que les juifs, et Arno risquait de faire du zèle pour se démarquer d'eux, de son passé de clown, d'itinérant... Jusqu'où irait-il pour prouver son pseudo-attachement au Reich ? Est-ce que cette Allemande, dont il s'était entiché, le rendait tout à fait dément ?

— Pourquoi n'as-tu pas confiance en moi ?

La voix de Tomas fit sursauter Berill, qui se redressa d'un mouvement brusque, projetant une vague d'eau sur le carrelage. Son mari se tenait sur le seuil, l'épaule appuyée au chambranle, et peut-être était-il là depuis un moment, sans qu'elle ait eu conscience de sa présence.

— Confiance ? bredouilla-t-elle.

— Mathias te comprend mieux que moi ? Je ne suis pas jaloux, c'est ton frère, mais j'aurais tellement voulu que tu me le demandes à moi, pour Lucky…

— Non, je ne…

— Dès qu'il s'agit de quelque chose d'important, ce n'est jamais vers moi que tu te tournes.

Elle ne répondit rien, cette fois, le dévisageant avec curiosité. Au bout de quelques instants, il se décida à entrer pour de bon, se baissa et ramassa le peignoir qu'il roula en boule.

— Je le jette, déclara-t-il.

Il ouvrit l'un des placards, décrocha un déshabillé de soie bleu pâle.

— Celui-là ?

Sans attendre la réponse de Berill, il déposa le vêtement sur le dossier d'une chaise puis quitta la pièce en emportant l'autre. Médusée, Berill attendit deux secondes avant de sortir de l'eau. Elle se sécha vigoureusement, enfila le déshabillé et rejoignit Tomas dans leur chambre où il avait allumé les deux grands lustres.

— J'ai confiance en toi, Tom, dit-elle doucement.

— Mais ?

— Il n'y a pas de « mais ».

— Oh, si ! Tu ne me parles plus de ton père, par exemple, pourtant il t'a écrit cette semaine, j'ai vu l'enveloppe. Même pour le chien, tu as préféré régler le problème seule ! J'aimais beaucoup Lucky, j'aurais pu l'emmener chez le vétérinaire et t'épargner cette boucherie nocturne.

Il semblait amer, presque en colère, et Berill se raidit.

— Tu ne comprendrais pas, souffla-t-elle.

— Je peux *tout* comprendre si tu m'expliques !

— Il y a des choses qu'on doit accomplir sans aide.

Comme son père abattant Elza, comme Mathias s'essayant en secret et en vain au trapèze, comme Tomas lui-même en débarquant au Charring Cross Hospital.

— Bon sang, Berill ! explosa-t-il. Je compte si peu pour toi ? Je ne t'ai pas donné assez de preuves de mon amour ? Pourquoi ne veux-tu pas mettre ta main dans la mienne ?

— Tom...

Elle venait de remarquer les yeux brillants de son mari, la détresse dans sa voix, l'émotion qu'il contenait à grand-peine.

— Je ne peux pas t'obliger à manifester des sentiments que tu n'éprouves pas, reprit-il plus bas. Je ne t'ai jamais demandé de mentir et je me contente de ce que tu me donnes. La plupart du temps, ça suffit amplement à mon bonheur. Mais savoir que tu as choisi d'être seule pour pleurer, seule pour avoir peur ou avoir mal... Tu n'imagines pas ce que j'ai ressenti en te voyant par la fenêtre conduire Lucky au fond du jardin. C'est toi qui marchais à l'échafaud, pas le chien !

Il secoua la tête et dut avaler sa salive avant de conclure, pitoyable :

— Crois-tu vraiment que je dorme dès que tu quittes notre lit ?

Trop bouleversée pour répondre, elle s'assit sur un pouf, croisa les jambes, se racla la gorge. Elle devait absolument trouver quelque chose à lui dire parce qu'il était en plein désarroi et qu'elle ne supportait pas de le faire souffrir. Mais avant qu'elle ait pu formuler une phrase cohérente, il vint s'agenouiller près d'elle. Quand il tendit la main pour défaire la ceinture du déshabillé, elle ne chercha pas à l'en empêcher. Il fit glisser le léger vêtement sur ses épaules, puis sur ses bras et, du bout des doigts, suivit les lignes blanches des cicatrices qui couraient du coude au poignet, de la hanche au genou.

— Je t'aime à la folie, Berill.

Vaguement embarrassée par l'insistance de son regard sous les lumières trop crues, elle voulut se rajuster mais il l'arrêta.

— Non, reste nue, tu es tellement belle...

Il posa les lèvres sur sa cuisse, la faisant tressaillir, et se mit à chuchoter :

— Je me damnerais pour que tu aies besoin de moi, juste une fois. Pour que tes yeux me voient, au lieu de me transpercer. Pour qu'il n'y ait pas que dans le plaisir que tu te serres contre moi. Pour que tu ne sois plus cette étrangère qui me tient à distance afin de mieux garder ses secrets.

— Moi ? s'écria-t-elle. Enfin, Tomas, je t'aime !

En prononçant ces mots, elle s'aperçut qu'elle ne les lui avait jamais dits. Était-elle sincère ? Elle n'en savait plus rien, mais son cœur s'affolait, battait trop vite. Aimait-elle cet homme qui avait bouleversé son destin par la seule force de sa volonté acharnée ? Qui l'avait à la fois sauvée et mise en cage ?

La tête levée vers elle, Tomas la scrutait en silence.

— Je t'aime, répéta-t-elle d'une voix blanche.

5

Dublin, 1941

L'année 1940 ne fut qu'une succession de mauvaises nouvelles que Tomas, atterré, découvrait dans les journaux ou entendait à la radio. Au mois de juin, les lignes militaires françaises avaient été enfoncées sans mal, huit jours plus tard les troupes allemandes entraient dans Paris, la semaine suivante l'armistice était signé, et peu après le gouvernement s'installait à Vichy : la France était occupée.

Heureusement, l'Angleterre parvenait à résister, surtout grâce à la Royal Air Force, qui tenait tête à la Luftwaffe. Au mois d'août, le général de Gaulle, réfugié à Londres, avait été dégradé et condamné à mort par contumace. Fin octobre, Pétain s'adressait aux Français pour leur conseiller d'entrer dans la « voie de la collaboration ». En décembre, les femmes étaient mobilisées à leur tour en Grande-Bretagne et, deux jours avant la fin de l'année, un bombardement monstre avait eu lieu sur la City de Londres, nécessitant vingt mille pompiers pour lutter contre l'incendie.

Au milieu du chaos, l'État libre d'Irlande restait neutre. Cette situation aurait dû réjouir Tomas mais elle le rongeait. Déjà, dans sa jeunesse, il avait été tenu à l'écart de la guerre d'indépendance qui avait ravagé son pays, il ne supportait plus de vivre en marge des événements, en spectateur de l'Histoire. Mais avant tout autre engagement, il voulait absolument avoir des nouvelles de Vilmos, sachant à quel point Berill se désespérait en secret pour son père, qui n'avait plus donné signe de vie depuis de longs mois. Grâce à tout un réseau de relations d'affaires, il finit par apprendre, de source à peu près certaine, que Vilmos était probablement détenu dans le camp de Lackenbach, en Autriche, où l'on entassait les tziganes en attendant leur éventuelle déportation vers l'Est.

Après s'être interrogé pendant toute une nuit, Tomas décida de se taire. S'il révélait ce qu'il savait à Berill, elle serait capable de vouloir aller libérer son père elle-même. Lui parler – ou parler à Mathias – reviendrait à la voir partir pour l'Autriche sur-le-champ, or il n'en était pas question. Les enfants avaient besoin d'elle, sa mère aussi, et Tomas refusait catégoriquement qu'elle se mette en danger. Il choisit donc de régler le problème seul. Il prétexta un voyage indispensable à Madrid – où il comptait en effet s'arrêter pour rencontrer Felipe – et, de là, il gagnerait Vienne en secret. Après... Eh bien il n'avait pas la moindre idée de ce qu'il ferait ensuite, mais c'était enfin l'occasion d'agir et la cause était juste. À Dublin, il avait beau continuer à mener ses affaires – puisque malgré ou à cause de la guerre les mouvements de capitaux s'étaient intensifiés – et même à être reçu par la plupart des hommes politiques jusqu'à De Valera, le Premier ministre, il ne se sentait pas vraiment utile. L'Europe entière, à feu et à sang, ployait sous la botte d'Adolf Hitler, tandis que

Tomas, bien à l'abri dans ses bureaux, gagnait tranquillement de l'argent ! Quel genre d'homme était-il devenu ? Juste un riche banquier occulte qui avait su profiter des bonnes années de la France avant de rentrer ventre à terre au pays ? Non, décidément, cette image ne lui convenait pas, il allait s'en débarrasser.

Au printemps de 1941, il s'embarqua pour l'Espagne.

Teresa baissa la tête, à la fois attristée et agacée par toutes les réflexions dont sa mère venait de l'abreuver. À chacune de ses visites à Merrion Square, la même litanie se répétait, portant Tomas aux nues et descendant Berill plus bas que terre. Anna Blaque-Belair n'avait jamais pardonné l'intrusion de cette romanichelle dans sa famille. À cause d'elle, Tomas avait fait un mariage ridicule qui aurait pu le déconsidérer à jamais, il s'était exilé en France durant des années, malgré son retour il ne daignait pas mettre les pieds chez sa propre mère, et il avait été jusqu'à pousser sa sœur dans les bras de Mathias Károly pour une seconde mésalliance ! Pauvre Tomas, il était sous influence, aveuglé par ses sentiments – voire ses bas instincts –, incapable de se dépêtrer de l'arriviste qui lui avait mis le grappin dessus ! Par bonheur, ses qualités d'homme d'affaires n'en pâtissaient pas, ainsi que l'attestait sa réussite, mais sans doute aurait-il fait mieux encore s'il avait eu une femme digne de lui à ses côtés.

Anna ressassait inlassablement ses griefs avec une amertume grandissante. Son fils lui manquait pour de bon et elle rageait de ne pouvoir répondre à aucune des innombrables questions qu'on lui posait à son sujet. Car Tomas était devenu l'un des points de mire de la société dublinoise. Il recevait des gens influents, était admis à la table de certains membres du gouvernement qui le consultaient volontiers, son nom était souvent cité par la presse, bref on parlait beaucoup de lui, mais sa mère ne savait presque rien de sa vie.

Transigeant avec sa rancune envers Teresa, Anna la recevait pour avoir des informations. D'un ton réticent, elle s'enquerrait de Mathias, toutefois elle ne l'invitait jamais. Teresa avait beau affirmer que son mari était devenu un excellent financier lui aussi, quasiment le bras droit de Tom à la banque, Anna pinçait les lèvres et parlait d'autre chose. Si Teresa insistait, elle lui demandait alors, impitoyable : « Puisque tu l'aimes tant, quand vous déciderez-vous à faire des enfants ? »

Une question très cruelle pour Teresa, qu'elle aurait pu éviter en ne voyant plus sa mère. Pourtant, elle se sentait incapable de couper les ponts comme l'avait fait Tomas. Oui, elle rêvait toujours d'un bébé bien à elle, du fils qu'elle espérait offrir à Mathias. Hélas, les années se succédaient sans lui apporter la fécondité.

— Parle-moi un peu de mes petits-enfants, reprit Anna.

Résignée, Teresa raconta en détail les prodigieux succès scolaires de Maureen, qui s'était adaptée à sa nouvelle école en un rien de temps.

— C'est une fillette incroyable. On dirait déjà une jeune fille, avec un air très réfléchi, ou parfois très hautain ! Elle parle couramment trois langues, soûle Tomas et Mathias de questions sur la Bourse qu'elle imagine comme un grand jeu d'adultes, et pourrait presque soutenir une conversation politique sans se ridiculiser !

— Je n'apprécie pas beaucoup que les petites filles ressemblent à des singes savants, commenta Anna, les yeux rivés sur sa broderie.

Teresa médita quelques instants le jugement abrupt

de sa mère. En fait, Maureen était sans doute trop intelligente pour ses treize ans, mais il était difficile de ne pas succomber à son charme ravageur.

— Quant à Hugh, c'est plutôt un rêveur. Ses professeurs le jugent un peu paresseux ou distrait, je crois qu'il a surtout du mal à trouver sa place.

— Il n'a que douze ans ! rappela Anna, toujours indulgente lorsqu'il s'agissait des garçons. Et puis, il faut lui laisser le temps de se réhabituer à l'Irlande.

— Le temps que la guerre finisse, oui, soupira Teresa. Ensuite, Tomas voudra repartir, il dit qu'on ne peut pas faire grand-chose d'extraordinaire ici.

Anna eut un haut-le-corps, comme si sa fille venait de l'insulter.

— Il est bien ingrat envers son pays ! Mais je reconnais là les idées de Douglas – paix à son âme ! –, qui était vraiment sénile à la fin, et que Tomas écoutait comme le Messie !

Elle en voulait toujours à son beau-père d'avoir légué l'intégralité de sa fortune à Tomas. La banque lui appartenait, et même la maison de Merrion Square où vivait Anna. Celle-ci n'avait pas vu un sou de l'héritage Blaque-Belair, qui avait sauté sa génération, son époux étant décédé avant son beau-père. Que Douglas n'ait pas pensé à lui laisser quelque chose – ni à elle ni à ses filles – mettait toute la famille à la merci de Tomas, ce qui n'était pas grave, mais aussi de Berill, et ça, c'était intolérable. Sur ce dernier point, Teresa était d'accord, même si elle ne l'exprimait pas à voix haute.

— Tom a parlé plusieurs fois de la Suisse, je crois qu'il installerait volontiers l'Irish Blaque-Belair à Genève ou à Lausanne.

— Les ambitions de ton frère me dépassent. Et toi, tu suivras le mouvement, bien entendu ?

La ramener à son rôle de second plan était très

blessant, aussi Teresa se leva-t-elle pour mettre fin à leur entretien.

— Quand reviendras-tu me voir ? s'enquit Anna d'une voix plus conciliante. Et tu pourrais peut-être m'emmener les enfants, ils finiront par oublier qu'ils ont *deux* grands-mères...

L'évocation de Margit était un autre sujet brûlant. Les deux femmes ne s'étaient pas encore rencontrées mais semblaient se détester a priori, et Anna bouillait d'imaginer ses petits-enfants cohabitant avec cette étrangère.

— Lance une invitation officielle, suggéra Teresa. Réunis tout le monde chez toi pour un grand dîner, je ne pense pas que Berill refusera.

À vrai dire, elle n'en était pas certaine. Cependant l'idée d'une confrontation l'amusait presque, au moins elle pourrait jouer les arbitres.

— Je n'invite personne en l'absence de Tomas, nous attendrons qu'il soit rentré de voyage ! répliqua Anna.

Teresa hocha la tête sans répondre, puis se pencha vers sa mère, qu'elle embrassa. Inutile de lui apprendre que nul ne connaissait la date du retour de Tomas, celui-ci ne s'étant pas manifesté depuis plusieurs jours. Berill commençait à s'inquiéter, Mathias aussi, et Teresa elle-même avait un mauvais pressentiment qu'elle s'efforçait d'ignorer.

Une fois dehors, elle décida de rentrer à pied pour profiter de la douceur inattendue du soleil printanier. Elle commença à remonter Nassau Street, prenant la direction du fleuve qu'elle traverserait pour rentrer chez elle. Enfin, chez elle... Certes, elle aimait la grande maison de briques rouges aux balcons de fer forgé, elle reconnaissait même que la décoration de Berill était à la fois chaleureuse et originale, mais là, comme à Neuilly, elle se sentait invitée.

« Chaque fois que je vois maman, c'est pareil, je sors de Merrion Square complètement déprimée ! » se reprocha-t-elle. Mathias, lui, était à l'aise n'importe où et ne se posait pas ce genre de questions superflues. Après tout, ainsi qu'il aimait à le rappeler, il avait vécu dans une roulotte, il n'était pas né dans la soie. Et d'après Tom, c'était justement cette attitude d'indifférence face à l'argent qui faisait de Mathias un excellent trader, qui lui permettait de s'amuser en négociant. À longueur d'année, il achetait ou vendait des valeurs et des titres d'un montant vertigineux, sans être impressionné le moins du monde.

Mathias… Oh, pourquoi ne parvenait-elle pas à lui donner des enfants ! Resterait-elle condamnée à le voir couver Hugh d'un regard paternel qui trahissait sa frustration ?

Sur O'Connell Bridge, aussi long que large, Teresa s'arrêta pour souffler. Où était passé Tomas et pourquoi ne donnait-il pas signe de vie ? Elle s'accouda au parapet, les yeux rivés sur les flots sombres de la Liffey. Refuser d'y penser ne servait à rien : tous ses pressentiments, depuis toujours, s'étaient révélés justes.

Mathias arpentait la pièce d'une fenêtre à l'autre, hors d'état de réfléchir. Ainsi qu'il le redoutait depuis quelques jours, Tomas n'était plus à Madrid. Il tenait l'information de Felipe, joint par téléphone, mais l'Espagnol était resté assez vague. Oui, Tomas avait bien séjourné chez lui la semaine précédente, puis il était parti pour une destination inconnue, sans donner aucune précision.

Une *destination inconnue* ? Il y avait plein d'affaires en suspens à la banque et l'absence de Tomas compliquait tout. Mathias s'arrêta de marcher, hésita un instant puis alla s'asseoir à la place de Tomas, derrière le grand bureau d'acajou qui avait été celui des Blaque-Belair de père en fils depuis l'ouverture de la banque. Quelques jours avant de quitter Dublin, Tomas avait donné un certain nombre de pouvoirs à Mathias, comme s'il savait qu'il ne rentrerait pas de sitôt. Sur le coup, Mathias n'y avait pas prêté spécialement attention, supposant que Tom voudrait peut-être s'attarder un peu chez Felipe. Quelle idée absurde ! S'attarder ? Tomas ? Dès qu'il s'éloignait de Berill, il ne vivait plus et n'avait qu'une hâte : la rejoindre. En l'occurrence, il avait donc disparu.

Incapable de tenir en place, Mathias se releva et se remit à marcher. De toute façon, le fauteuil du patron ne le tentait vraiment pas, même pour un bref intérim. D'ailleurs, la période était tellement chaotique en Europe, avec cette foutue guerre qui finirait par devenir mondiale à force de gagner les pays l'un après l'autre, que seul Tomas parvenait à s'y retrouver dans la jungle des déplacements de fonds. Bon sang, où était-il passé ? Son silence rendait Berill de plus en plus nerveuse, déjà qu'on ne savait pas ce qu'était devenu Vilmos...

L'idée frappa Mathias de plein fouet. Il prit le temps d'y réfléchir, mais c'était d'une telle évidence ! Tomas était parti à la recherche de leur père, et il l'avait fait sans rien dire pour que Berill ne l'accompagne pas. Il n'existait aucune autre explication, en plus celle-ci était conforme au caractère de Tomas. Un caractère entêté et impulsif que seule Berill parvenait à dominer – vu qu'il était doux comme un agneau devant elle – mais là, trop tard, elle ne pourrait rien y faire, ce maudit Irlandais devait être à Vienne. Plus grave encore : il n'avait pas trouvé Vilmos, sinon il aurait écrit ou téléphoné.

Anéanti, Mathias retourna s'asseoir. L'Autriche n'était pas une villégiature recommandable par les temps qui couraient. Sans compter que Vilmos pouvait se montrer encore plus tête de cochon que Tomas.

Que faire ? Il ne pouvait pas se taire et s'en aller à son tour, il était *responsable* de la bonne marche de la banque. Les analystes financiers effectuaient leur travail, les juristes et les administratifs aussi, le contrôleur interne, les négociateurs, bref tout fonctionnait normalement, mais seul Mathias détenait les pouvoirs de Tomas. En cas de problème ou de décision importante, personne d'autre que lui ne pourrait agir. Donc, il devait en parler à Berill.

Il retourna s'asseoir et téléphona à Teresa pour annoncer qu'il rentrait déjeuner.

Tomas s'y était mal pris. S'il avait tout de suite compris la gravité de la situation en découvrant que la petite maison des Károly avait été confisquée, ainsi que tous leurs biens, aller se plaindre et réclamer directement auprès des autorités n'avait fait qu'attirer l'attention sur lui. Jusqu'au moment où on l'avait jugé indésirable. Arrêté un soir dans sa chambre d'hôtel, à Vienne, il s'était retrouvé en cellule, soumis à des interrogatoires d'une effrayante brutalité.

Aussi entêté que ses geôliers, Tomas s'était accroché à son histoire : il était ressortissant irlandais et recherchait un membre de sa famille dont il était sans nouvelles, Vilmos Károly, respectable citoyen de nationalité hongroise, installé et travaillant en Autriche depuis longtemps pour le compte du grand cirque de Vienne.

Au bout de quatre jours, on lui fit savoir que Vilmos, en raison de ses origines tziganes, se trouvait effectivement sur la liste des prisonniers du camp de Lackenbach, en attente d'expulsion du territoire.

« Expulsion » était synonyme de déportation, Tomas n'avait aucune illusion à ce sujet. D'autant moins que, un mois auparavant, Hitler avait froidement déclaré à ses généraux que la guerre à l'Est serait une guerre d'extermination visant les communistes, les juifs et les tziganes. Dans ce contexte, Tomas ne pourrait jamais obtenir la libération de Vilmos, et sa propre situation devenait angoissante. Le régime nazi se moquait éperdument de toute diplomatie, un Irlandais disparu en Autriche ne provoquerait pas d'incident notable.

Dans sa cellule de trois mètres sur deux, Tomas ne songeait ni à ses enfants ni à sa banque, pas davantage à l'erreur commise en venant naïvement à Vienne. Il pensait à Berill. À la chance qui avait été la sienne d'épouser cette femme et de la tenir dans ses bras chaque nuit depuis quatorze ans. Il espérait de toute son âme qu'elle ne viendrait pas à son tour se jeter dans la gueule du loup, car elle aussi possédait des origines tziganes et aurait encore moins de chances que Tomas de sortir du piège. Pourtant, connaissant son caractère, elle n'allait pas rester les bras croisés ! Et jamais elle n'enverrait Mathias ici.

Couché en chien de fusil sur la planche de bois qui servait de lit, Tomas essayait d'oublier qu'il était sale et affamé. Il ne regrettait pas sa démarche, mais il se maudissait d'avoir été si maladroit. Chaque matin, on venait le chercher pour lui faire subir le même interrogatoire, auquel il donnait les mêmes réponses. Comme il ne possédait que de vagues notions d'allemand, acquises dans sa jeunesse lors de son stage à la Reichsbank de Berlin, il eut droit à un interprète à partir du huitième jour. Ce qui n'adoucit en rien les conditions de sa détention.

Berill était trop intelligente et avisée pour se laisser dominer par son impulsivité. Dès que Mathias lui eut fait part de ses craintes, elle prit la situation en main avec autant de sang-froid que d'esprit de décision. Elle joignit d'abord Felipe, qui admit à contrecœur que Tomas était bien parti pour Vienne, à la recherche de son beau-père. Il ne savait rien d'autre, mais il avait promis à Tomas que, « en cas de pépin », il offrirait son soutien et son conseil à Mathias pour les affaires de la banque.

Un peu froide, Berill le remercia de cette aide éventuelle tout en affirmant que son frère assurerait l'intérim sans problème. D'instinct, elle refusait toute ingérence d'un étranger à l'Irish Blaque-Belair, et, de surcroît, elle en voulait à Felipe de son silence.

Rapidement, elle en vint à la conclusion que le seul moyen de sauver Tomas passait par le pouvoir politique. Aussi réussit-elle à rencontrer d'abord un chef de cabinet, puis Eamon De Valera lui-même. Cet homme avait été assez fort pour liquider les derniers liens unissant l'Irlande au Royaume-Uni, faire voter une Constitution et maintenir la neutralité de son pays malgré la guerre. Il jouait un rôle actif au sein de la Société des Nations et occupait la double fonction de Premier ministre et de ministre des Affaires étrangères : en conséquence le sort de Tomas ne pouvait pas lui être indifférent.

Berill savait marchander. Au besoin, elle aurait mendié, mais elle possédait un atout dont elle avait parfaitement conscience : la banque. Lors de son entrevue avec De Valera, elle utilisa pour la première fois l'expression « *notre* établissement financier », faisant ainsi clairement comprendre que l'absence de son mari n'empêcherait pas les Blaque-Belair de continuer à gérer leur banque. Elle n'était pas une faible femme venue pleurnicher, elle réclamait haut et fort une intervention du gouvernement pour faire libérer Tomas, citoyen de l'État libre d'Irlande.

Après cet entretien commença l'attente. Berill avait la certitude que ses arguments avaient porté, le pouvoir et l'argent faisant toujours bon ménage. Cependant elle n'avait aucun détail quant aux tractations avec les autorités autrichiennes. Durant plusieurs semaines, elle dut ronger son frein, assez confiante dans le retour de Tomas mais obsédée par l'image de son père, pour lequel elle ne pouvait rien.

On parlait peu des massacres auxquels se livraient les nazis, pourtant ils avaient lieu en toute impunité. Décidés à exterminer les tziganes, rien ne les arrêterait, et le sort de Vilmos semblait scellé. Était-il encore en vie ? À soixante-six ans, il n'était plus un travailleur exploitable, sa santé déclinait, il ferait fatalement partie des premières victimes.

Berill essayait de ne rien imaginer, rien supposer. Elle se disait que son père en avait vu d'autres durant la guerre de 14-18, qu'il était un homme moralement aguerri, et que s'il avait la moindre chance de s'en sortir, il la saisirait au vol. Elle ne voulait pas penser à ce qu'il était peut-être en train de subir, à quelles privations, violences ou humiliations il était soumis. Quand elle ne parvenait pas à repousser des visions d'horreur, elle songeait au passé, au cirque, aux fauves. Père et fille unis par la même passion, ils avaient été heureux dans la cage, ils avaient brillé sous les projecteurs, salué en se tenant la main, et rien ne pourrait effacer ces instants de bonheur absolu qui resteraient à jamais leur trésor partagé.

Sur la petite table Pembroke de sa chambre, elle notait dans un carnet relié de cuir toutes les démarches entreprises pour retrouver Tomas, ainsi que ses nombreuses conversations avec Mathias concernant la banque. Pour se défouler, elle avait également un cahier d'écolier où elle écrivait des choses plus intimes. À quel point son mari lui manquait, par exemple, et combien elle aurait voulu se retrouver dans ses bras. Car ses sentiments pour Tomas existaient bel et bien. Depuis cette nuit de l'été 1939 où elle lui avait dit « Je t'aime », elle avait compris et enfin accepté la profondeur de son attachement pour lui. Sa décision de l'épouser n'avait pas été un pis-aller, une fuite en avant ou une planche de salut. Tomas était un homme selon son cœur, et peut-être l'avait-elle su dès le premier jour sans jamais vouloir l'admettre. Même avant son accident, la nombreuse correspondance qu'ils avaient échangée témoignait de l'intérêt que Berill portait déjà à cet Irlandais capable d'offrir une caisse de viande plutôt qu'un bouquet de fleurs.

Tout à la fin du cahier, d'une écriture moins assurée, elle avait rédigé quelques phrases plus difficiles. À certains endroits, l'encre était brouillée, là où une larme était tombée. Berill était en proie à un doute ignoble qui la minait jour et nuit : Arno était-il pour quelque chose dans le sort de leur père ? Mille fois, elle avait soupesé cette hypothèse avec crainte ou répulsion, mais elle se souvenait parfaitement des propos que Vilmos lui avait tenus à Vienne. « Arno cherche à m'embrigader ou, au moins, à me convaincre. Si on n'est pas pour eux, on est contre eux, on devient carrément un ennemi. » Son frère pouvait-il avoir dénoncé son propre père ?

Fébrilement, Berill s'était renseignée, documentée. Dès le mois de décembre 1938, Himmler avait signé un décret sur la répression du « fléau tzigane ». L'année suivante, un premier camp d'internement avait été créé pour les tziganes à Leopoldskron, au sud de Salzbourg. Même des soldats servant dans l'armée allemande avaient été arrêtés puis expulsés en raison de leurs origines, et Arno avait pu craindre qu'on le désigne à son tour...

Non, Berill devenait folle rien que d'y penser. Pas Arno, pas son petit frère qui l'avait tant fait rire sous son maquillage d'auguste ! Un garçon qu'elle croyait bien connaître, dont elle avait partagé la roulotte et la misère durant toute leur adolescence, qui, malgré son caractère silencieux, semblait toujours d'accord... *Semblait*. Car il observait beaucoup, parlait peu, ne se liait guère. En réalité, elle ne savait pas grand-chose de lui et l'avait complètement perdu de vue depuis longtemps.

Néanmoins, si elle peinait à l'imaginer dans la peau d'un nazi, elle refusait tout net de le considérer comme un monstre capable de sacrifier son père pour sauver sa peau. Pas lui, pas un Károly ! Les gens du cirque sont droits, travailleurs, ils possèdent le sens de la parole donnée, un solide code de l'honneur, et les dangers de la piste les rendent très solidaires. Était-il concevable qu'Arno ait tout renié ?

Elle tournait et retournait le problème, la tête entre les mains, pleurant sur son cahier d'écolier. Vilmos ne vivait pas dans une caravane, il n'appartenait plus aux gens du voyage. Qui aurait eu l'idée de s'en prendre à lui et pourquoi ?

Seule face à ces questions sans réponse, Berill se désespérait. Elle ne pouvait évidemment pas se confier à sa mère et hésitait à mettre Mathias au courant. Sans preuve, l'accusation était monstrueuse ; comment la justifier ?

Un soir, Maureen entra dans sa chambre sans frapper, la surprenant en larmes. Voir pleurer sa mère parut choquer l'adolescente qui n'eut de cesse, à force de câlineries et de questions pertinentes, d'obtenir quelques confidences. Maureen allait sur ses quatorze ans, elle avait le caractère bien trempé et l'esprit toujours en éveil. À travers les bribes que lui livrait sa mère, elle reconstitua l'essentiel de l'histoire. Son père était parti à la recherche de son grand-père – ce qui faisait de lui un héros – et l'oncle Arno, qu'elle connaissait à peine, tenait peut-être le rôle du traître dans la tragédie familiale. Pragmatique, la jeune fille eut alors cette réflexion qui, par la suite, influa considérablement sur le destin des Blaque-Belair :

— Donc, pour le moment, c'est toi la banquière, maman ?

Berill contempla sa fille, tout à fait déconcertée par sa conclusion. N'y avait-il donc, y compris pour cette enfant, que la banque qui comptât ? Bien sûr, ils en vivaient tous, et l'absence de Tomas ne devait pas mettre en péril l'Irish Blaque-Belair. Or si Mathias pouvait tenir les rênes dans l'ombre, s'il pouvait continuer à vendre et à acheter, à s'occuper des fusions et des acquisitions, en revanche Berill était la seule apte à négocier avec les gens influents, ceux qu'elle avait reçus chez elle ou côtoyés lors de réceptions. Elle devait monter en première ligne et aller s'asseoir dans le bureau de Tomas, ravalant ses soucis et ses angoisses derrière un éblouissant sourire. Les paroles de Maureen étaient pleines de bon sens, car tant que la banque tiendrait le haut du pavé, les autorités se démèneraient pour obtenir la libération de Tomas. Tout était lié.

— Maman, ajouta Maureen d'une voix exaltée, toi qui as dompté des lions, rien ne peut te faire peur, n'est-ce pas ?

Berill ne parlait presque jamais du passé, mais Tomas aimait y faire référence, et Margit avait dû se charger de raconter monts et merveilles à ses petits-enfants.

— Non, rien, dit-elle d'une voix claire tout en caressant les cheveux de sa fille. Nous nous en sortirons très bien.

Même si elle n'en était pas certaine, elle allait essayer.

Paris 1942

Sandor avait refusé d'accompagner la famille en Irlande Il était vieux, fatigué, ne voulait plus bouger et était resté sourd aux prières de Berill et de Margit. Finalement, il s'était proposé pour être en quelque sorte le gardien de l'hôtel particulier de Neuilly. Là ou ailleurs, et guerre ou pas, son existence touchait à son terme, qu'on le laisse donc tranquille !

Comme il était impossible de le faire changer d'avis, Berill avait cédé et, depuis l'été de 1939, Sandor vivait seul, en reclus. Le boulevard du Château, un peu décentré, n'avait pas intéressé l'occupant allemand, et l'hôtel particulier n'avait pas été réquisitionné.

Sandor ne se faisait pas remarquer, il se rendait toujours dans la même épicerie pour ses courses, portait sur lui ses papiers attestant de sa nationalité roumaine, ne parlait quasiment à personne. Il occupait toujours sa petite chambre sous les toits, n'ayant pas jugé bon de s'installer ailleurs, et chaque jour il aérait les autres pièces à tour de rôle. Une fois ou deux, il était entré dans la chambre de Berill et Tomas pour y regarder une photo qu'il aimait beaucoup, prise au cirque de Madrid quinze ans plus tôt devant la tente où se changeaient les artistes. Berill y était radieuse, c'était avant son accident, c'était le bon temps.

Contrairement à Vilmos, Sandor ne détestait pas Tomas Blaque-Belair, il pensait au contraire que Berill avait eu de la chance. De la chance dans son malheur, d'accord, mais ça crevait les yeux que l'Irlandais était fou d'elle. Il lui avait offert une vie en or, impossible de le nier, le genre d'existence qu'aucune vedette de cirque ne peut raisonnablement espérer. Sandor et Margit en avaient souvent parlé à Vienne, et ils étaient bien d'accord quant à la mauvaise foi de Vilmos, qui, de toute façon, aurait détesté n'importe quel gendre.

Paris occupé semblait assez tranquille, mais Sandor ne s'y aventurait guère. Il préférait rester dans le jardin, qu'il entretenait avec soin, ou effectuer de menus bricolages. Il y avait un petit atelier au fond du garage, pourvu d'excellents outils qui permettaient presque toutes les réparations courantes. Sandor se chargeait également de réexpédier le courrier à Dublin afin que Berill règle directement les factures. Il recevait d'elle une lettre par semaine, toujours très gentille, écrite dans un mélange de magyar et d'anglais qu'il était sûrement le seul à comprendre. Elle lui avait annoncé la disparition de Tomas et celle de Vilmos, ainsi que les hypothèses faites sur leurs sorts respectifs, et elle lui avait proposé maintes fois de venir la rejoindre à Dublin, en vain.

Les mois passant, Sandor avait peu à peu pris possession de l'hôtel particulier où il finissait par se plaire. Si la famille revenait là un jour, elle trouverait tout en bon état, et c'était devenu pour le vieux Roumain une sorte de mission, le dernier service qu'il pouvait rendre.

Du moins le crut-il jusqu'à un soir de février particulièrement froid où il était descendu de sa chambre glaciale pour aller faire du feu dans la cuisinière à charbon. Il était en train d'allumer les boulets avec un vieux journal lorsqu'il entendit gratter à une fenêtre de l'office, celle qui donnait à l'arrière de l'hôtel sur une sorte de courette où étaient rangées les poubelles. Intrigué, Sandor pensa d'abord à un chat affamé ou un chien errant, et comme il voyait mal à travers le carreau barbouillé de noir pour le couvre-feu, il déverrouilla la porte sans crainte. La silhouette qu'il découvrit, appuyée au mur, lui fit faire un bond en arrière, tandis qu'une voix familière, dans l'ombre, chuchotait des mots apaisants.

— Ne crie pas, Sandor, c'est moi, Vilmos...

Muet de stupeur, Sandor eut besoin de reprendre son souffle avant de s'écarter pour laisser entrer Vilmos. Quand il le vit dans la lumière, son cœur se serra de pitié et il avança une chaise sur laquelle l'autre s'effondra en toussant.

— Tu as faim, soif ?

Vilmos hocha la tête et Sandor s'activa aussitôt, se lançant dans une diatribe :

— La nourriture est rationnée, il y a des tickets pour tout et les produits sont ignobles, des ersatz, comme on dit. Même le café, c'est de l'orge grillée, mais Berill m'a laissé de l'argent, je me débrouille un peu au marché noir, je vais te faire quelque chose de bon...

Dans la soupe de légumes qu'il avait préparée pour lui, il ajouta un morceau de bœuf bouilli et posa la casserole sur le feu.

— Je t'ouvre une bouteille de vin, il en reste plein dans la cave !

Du coin de l'œil, il voyait les frissons qui secouaient Vilmos. Méconnaissable, son ancien patron semblait avoir vieilli de vingt ans. Amaigri, voûté, profondément marqué par les épreuves qu'il avait dû traverser, il regardait Sandor avec une sorte d'hébétude. Quand il parla enfin, ce fut d'une voix rauque.

— Je croyais la maison vide. J'ai escaladé la grille et j'ai fait le tour, pour être sûr, mais quand j'ai vu un rai de lumière... Pourquoi es-tu là ? Où sont les autres ?

— À Dublin. Toute la famille, avec Margit.

Il la citait d'abord, devinant que Vilmos s'inquiétait surtout pour elle.

— Et toi ? Ils t'ont laissé derrière eux ?

— C'est moi qui ai voulu rester, j'en ai marre de bouger, je suis trop vieux pour les voyages.

— Mais les Allemands ? s'écria Vilmos, ce qui déclencha une nouvelle quinte de toux.

Sandor attendit qu'il s'apaise avant de maugréer :

— On n'en voit pas beaucoup dans le quartier. Si on respecte le couvre-feu, on est tranquille. C'est pour ça que tout te paraissait noir, je n'allume que de ce côté passé une certaine heure. Et puis, à mon âge, que peut-il m'arriver ? Je ne me mêle de rien, je n'écoute même pas Radio-Londres !

Il versa deux grandes louches de soupe dans un bol qu'il posa devant Vilmos. L'envie de l'interroger se heurtait à la crainte de ce qu'il allait entendre.

— J'étais dans un camp, souffla Vilmos, je me suis évadé.

— Comment ?

— Nous sommes partis à quatre, sur un coup de chance inouï et grâce à la complicité d'un gardien... Après, on s'est vite séparés, c'était trop dangereux, mais le retour n'a pas été facile. J'ai trouvé un passeur, il me reste quelques amis sûrs qui m'ont donné de l'argent... Tu vois, Lackenbach est dans le Burgenland, alors il m'a fallu traverser l'Autriche, et puis l'Italie...

— Quand t'es-tu évadé ?

— À la fin de l'été.

Cinq mois avaient donc été nécessaires pour que Vilmos se retrouve à Paris. Cinq mois de cavale dans des conditions que Sandor ne voulait même pas imaginer.

— Mon but était de rejoindre les autres, mais je n'ai plus un sou.

Vilmos s'interrompit pour boire sa soupe à même le bol, négligeant la cuillère. Après avoir tout avalé d'un coup, il poussa un long soupir et prit une fourchette pour récupérer le morceau de bœuf qu'il mâcha consciencieusement.

— Je me disais qu'ici, reprit-il enfin, je trouverais peut-être des choses à vendre. Je n'avais aucun autre endroit où aller, plus de contacts...

— Tu es en sûreté pour l'instant, affirma Sandor.

— Autant qu'on peut l'être dans un pays occupé ! Et à condition que ces salauds n'aient pas l'idée de venir me chercher chez ma fille.

— Ils ont autre chose à faire que s'occuper de toi et te pourchasser à travers l'Europe.

Sandor venait de déboucher la première bouteille de vin qui lui était tombée sous la main. Comme il n'en buvait jamais, il en restait une douzaine dans le bas d'un placard, et des caisses pleines à la cave.

— Du bordeaux..., constata Vilmos avec un sourire si hésitant qu'il ressemblait à une grimace.

Durant plusieurs minutes, il savoura lentement le vin, une gorgée après l'autre, jusqu'à ce que son verre soit vide.

— J'aurais dû me méfier, murmura-t-il au bout d'un moment. Écouter Berill. Bien avant la guerre, en 36, elle m'avait annoncé la création d'un camp de tziganes près de Berlin. Ils en avaient déjà après nous.

— Pourquoi ?

— Ils nous ont classés dans les asociaux, avec les proxénètes et les prostituées, les mendiants et les vagabonds.

— Mais tu es hongrois !

— Pas depuis assez longtemps, il faut croire...

Sandor devinait que Vilmos ne livrait pas l'essentiel, mais chaque parole semblait lui coûter un effort.

— Bois encore, dit-il en remplissant le verre.

— Trinque avec moi, alors.

Après s'être servi un fond de bordeaux, Sandor remit quelques boulets de charbon dans la cuisinière. Vilmos ne frissonnait plus, pourtant il gardait son manteau serré autour de lui. Ils burent en silence jusqu'à ce que Vilmos déclare, d'un ton amer :

— Je vais être obligé de demander de l'aide à mon gendre.

C'était l'instant que redoutait Sandor.

— Tomas est parti à ta recherche au printemps dernier, annonça-t-il prudemment.

Vilmos releva la tête, surpris, et planta son regard dans celui du vieux Roumain.

— À ma recherche ?

— Ils étaient sans nouvelles. Ta femme et ta fille devenaient folles, Tomas a décidé d'aller à Vienne.

— Et ?

— Et il n'est pas rentré. Il a été arrêté là-bas.

— Quand ?

— Début mai.

— C'est dément ! Il n'a rien à voir avec moi, rien à voir avec les tziganes, c'est un foutu banquier irlandais ! Ne me dis pas que son gouvernement n'a pas pu le sortir de là ?

— Je crois que les autorités étaient en pourparlers, et puis...

Ils y pensèrent ensemble, retenant soudain leur souffle. L'évasion de Vilmos n'avait pas dû arranger la cause de Tomas, les négociations s'étaient sans aucun doute rompues à ce moment-là. Les yeux écarquillés, Vilmos scrutait Sandor, espérant une autre explication, mais il fut contraint de se rendre à l'évidence :

le *foutu* Irlandais croupissait dans une prison nazie pour avoir voulu lui porter secours. Un comble ! Combien de fois les Károly seraient-ils débiteurs de cet homme-là ?

— Je suis chez lui, je bois son vin, je me chauffe à son feu et je l'insulte, constata Vilmos avec une sorte de répulsion.

— C'est le père de tes petits-enfants, tu devrais cesser de le haïr.

Il allait bien falloir qu'il s'en empêche dorénavant, et il fut reconnaissant à Sandor d'avoir choisi la meilleure des raisons.

— Est-ce qu'on sait où il est exactement ? risqua Vilmos.

— Berill ne me donne pas de détails dans ses lettres, le courrier est peut-être surveillé.

Les joues rouges, Vilmos déboutonna son manteau, laissant voir son effrayante maigreur.

— Je vais te faire un lit dans une des chambres du haut. À côté de la mienne, si tu veux. Avec des tas de couvertures et d'édredons, on n'en manque pas ! Et demain, on verra comment prévenir ta fille. Elle trouvera un moyen de te faire passer en Irlande, j'en suis sûr.

Vilmos hocha la tête, hésitant encore entre l'espoir et le découragement. Il se sentait si épuisé qu'il eut peur de ne pas pouvoir monter les escaliers. La maison lui semblait immense, bien trop grande pour le pauvre Sandor.

— Tu dois te reposer, lui dit le vieux Roumain.

Il passa un bras autour de la taille de Vilmos et ils quittèrent la cuisine, l'un soutenant l'autre.

Teresa observait Berill avec curiosité. À sa place, elle aurait pleuré de joie et se serait précipitée à la cathédrale pour mettre un cierge ! Mais Berill s'était contentée d'avertir Margit de la nouvelle, puis Mathias, ensuite elle était sortie pendant des heures, ne revenant qu'au moment du dîner.

Pour l'instant, elle sirotait un verre de sherry, les yeux dans le vague, et Teresa hésitait sur la conduite à tenir. Bombarder sa belle-sœur de questions ? Exiger de savoir ce qui se tramait ? Elle n'obtiendrait sans doute aucune réponse. Berill ne tenait jamais personne au courant de ses agissements, elle décidait seule de tout et mettait les autres devant le fait accompli. D'ailleurs, depuis la disparition de Tomas, elle avait endossé le rôle de chef de famille au lieu de le confier à Mathias, comme si elle ne voulait compter que sur elle-même.

Selon son habitude, Teresa essaya de se raisonner. L'espèce de jalousie aiguë qu'elle éprouvait vis-à-vis de Berill ne demandait toujours qu'à se rallumer, ce qui était indigne. Si jamais Mathias s'apercevait de la mesquinerie de sa femme, comment réagirait-il ?

— Je suis vraiment très heureuse pour ton père, dit-elle avec tout l'enthousiasme dont elle était capable.

— Et moi, je suis toujours aussi inquiète pour Tomas, soupira Berill.

Était-ce une leçon qu'elle lui donnait ? Teresa se raidit et s'obligea à sourire.

— Nous le sommes tous ! Maman n'en dort plus.

Évoquer Anna Blaque-Belair n'était peut-être pas très malin, mais Teresa voulait souligner que toute la famille se minait au sujet de Tomas, pas uniquement Berill et que, dans les circonstances actuelles, mieux valait se serrer les coudes. Sa belle-sœur leva vers elle ses admirables yeux violets. Ce regard étrange, improbable, faisait encore frémir certains hommes, Teresa avait eu maintes fois l'occasion de le constater.

— J'ai de nouveau rencontré le ministre aujourd'hui. Il pense que l'évasion de papa a forcément été une mauvaise chose pour Tom, mais tout n'est pas perdu. D'après ce que j'ai compris, les négociations ont repris.

— Que ne le disais-tu plus tôt ! s'exclama Teresa.

Le sort de son frère la concernait bien davantage que celui de Vilmos Károly, même une égocentrique comme Berill pouvait le comprendre !

— Je ne veux pas me réjouir maintenant, j'ai eu trop de faux espoirs, dit doucement Berill.

D'un battement de cils, Teresa acquiesça. Que Berill se fasse du souci pour Tomas était une évidence, elle remuait ciel et terre depuis des mois pour le faire libérer. Mais en attendant, elle avait pris davantage d'importance et d'autorité que par le passé, elle se comportait comme si la banque lui appartenait, reléguant Mathias dans l'ombre, et faisait accepter toutes ses décisions au conseil d'administration. Même pour ses enfants, elle avait de drôles d'idées, traitant Maureen en adulte et laissant Hugh idolâtrer son oncle.

D'un pas mécanique, Teresa gagna la table roulante et se servit un doigt de porto. Pourquoi ne pas se comporter en femme libérée, elle aussi ? Elle but cul sec et reposa le verre tandis que l'alcool brûlait sa gorge. La quarantaine approchant, elle abandonnait avec désespoir l'idée d'être mère et luttait vaillamment pour ne pas s'aigrir. Mathias restait adorable, amoureux et prévenant, néanmoins elle se sentait exclue lorsqu'elle le voyait lancé dans une discussion d'affaires avec Berill ou dans une folle partie de backgammon avec Hugh. Ni mère de famille ni femme active – et même plus *jeune* femme – Teresa n'avait pas non plus le statut de maîtresse de maison, en somme il ne lui restait rien.

— Tu vas bien ? s'enquit Berill qui s'était tournée vers elle.

Teresa s'aperçut qu'elle venait de se servir un second verre sans y penser. Elle faillit répondre : « Donne-moi quelque chose à faire, je t'en prie ! » mais son orgueil l'en empêcha. Était-ce à elle de quémander auprès de Berill ?

— Je voudrais tant que la guerre finisse, lâcha-t-elle seulement.

— Nous sommes quelques millions à prier pour ça ! Hitler est un fou furieux, il se perdra lui-même, mais dans combien de temps et après combien de massacres ?

D'un geste indigné, Berill désigna les journaux empilés sur une table volante. Chaque matin, elle épluchait toute la presse, et brusquement Teresa se reprocha sa propre frivolité. Au lieu d'en vouloir à Berill, pourquoi ne parvenait-elle pas à se rendre utile, elle aussi ? Jamais elle ne s'était intéressée à la banque, par exemple, persuadée qu'il s'agissait exclusivement d'une affaire d'hommes. Douglas, son père, puis Tomas avaient été censés s'en occuper, et même Mathias s'y était mis, mais en ce qui la concernait, elle aurait été bien en peine de dire en quoi consistait l'établissement financier de la famille. « Fusions et acquisitions », mots inscrits en lettres dorées sur la façade de l'Irish Blaque-Belair, ne signifiaient absolument rien pour elle. Alors que Berill – une fille élevée dans un cirque ! – s'était plongée dans la jungle de la Bourse avec délice… et compétence. Décidément, Teresa n'était bonne qu'à tricoter des chaussettes qu'elle envoyait aux soldats du Royaume-Uni. Voilà à quoi lui servait l'éducation dispensée par sa mère !

— Comment vas-tu faire pour ramener Vilmos ici ? demanda-t-elle d'une voix mal assurée.

La réponse fusa aussitôt, prévisible, écrasante :

— J'ai tout arrangé ! affirma Berill.

Et, bien sûr, sa voix à elle ne tremblait pas.

6

Dublin, 1943

Tomas ne s'était jamais senti aussi Irlandais que lorsqu'il mit le pied sur le quai, à Rosslare. Son bateau arrivait de Cherbourg et la traversée avait été plutôt houleuse, mais Tomas l'avait effectuée presque entièrement sur le pont, trop occupé à se soûler de grand air et de liberté pour avoir le mal de mer.

La première personne qu'il vit fut Berill, venue l'attendre seule. Lorsqu'ils se rejoignirent, aucun des deux n'eut le courage de prononcer un mot, ils tombèrent dans les bras l'un de l'autre en silence, les yeux pleins de larmes.

Sentir le corps de sa femme contre le sien coupa le souffle à Tomas. Tout ce qu'il avait enduré ne se trouva pas effacé, mais au moins justifié, légitimé, car pour Berill il aurait pu en supporter bien davantage. Deux années de prison n'étaient pas un prix trop élevé si elle comprenait enfin à quel point il l'aimait.

— Tom, chuchota-t-elle au bout d'un moment. Oh, Tom…

Les mains de Berill venaient de se glisser sous son manteau, dans un geste qu'aucune autre femme n'aurait pu avoir sur ce quai.

— Tu as tellement maigri !

Elle le touchait sans la moindre gêne, avec une avidité qui le fit tressaillir.

— La nourriture était infecte, quand ils pensaient à m'en donner ! Mais je n'ai pas envie d'en parler maintenant. Toi, raconte-moi. Les enfants ?

— Ils vont très bien, ils t'attendent.

— Ton père ?

Poser la question tout de suite signifiait qu'il n'éprouvait pas de rancune envers Vilmos, et Berill eut un sourire ébloui.

— Il est chez nous, je le soigne.

— Chez nous, répéta-t-il en souriant à son tour.

Ils s'écartèrent un peu afin de mieux se regarder.

— Et la banque ?

— Tu as devant toi la directrice de l'Irish, Tom !

— Tu l'as fait ? s'étonna-t-il.

— Il a bien fallu. Franchement, je ne m'en sors pas trop mal, grâce à Mathias tu l'imagines, mais tout le monde a été formidable. Tu vas retrouver les choses en bon état, tu verras !

Comme il ne voulait pas lui mentir, il se contenta de secouer la tête. Aller s'enfermer dans son bureau n'était pas sa priorité. Aujourd'hui il avait un tout autre but, il n'était pas le même Tomas Blaque-Belair que celui qui s'était embarqué pour l'Espagne deux ans plus tôt.

Cherchant ses mots, il jeta un coup d'œil autour de lui et remarqua deux personnes élégamment vêtues qui, à quelques pas d'eux, semblaient attendre la fin de leurs retrouvailles. Il reconnut tout de suite la femme, se demanda s'il ne rêvait pas, mais déjà le couple s'avançait vers lui.

— Monsieur Blaque-Belair, déclara l'homme en lui tendant la main, bienvenue chez vous !

Avec beaucoup de naturel, Berill fit les présentations.

— Patrick O'Malley, qui s'est battu pour ta libération, et son épouse Ellen, que tu connais... M. O'Malley est diplomate.

— Nous ne voulons pas troubler votre intimité, affirma Ellen d'une voix un peu aiguë.

Tomas la dévisagea, effaré qu'elle puisse être mêlée d'une quelconque manière à son histoire. Il ne s'était jamais inquiété de ce qu'elle était devenue depuis qu'il avait mis un terme à leurs pseudo-fiançailles dix-sept ans auparavant, et la retrouver dans ces circonstances le mettait très mal à l'aise.

— Je sais que vous étiez des amis d'enfance, ajouta Patrick O'Malley, et Ellen s'est fait un sang d'encre pour vous ! Mais traiter avec les Allemands n'a pas été facile, inutile de vous le préciser. Il a fallu toute la détermination du gouvernement... et l'inépuisable énergie de Mme Blaque-Belair !

Il eut un petit rire satisfait, tout en guettant la réaction de Berill.

— Monsieur O'Malley, dit-elle d'un ton pénétré, vous avez l'assurance de notre profonde reconnaissance.

Elle ne parlait pas seulement en son nom, elle incluait Tomas d'office, sans doute le reste de la famille, peut-être même la banque. À quel chantage s'était-elle livrée, quelles portes avait-elle forcées ? Était-ce pur hasard si Ellen était l'épouse de ce diplomate, ou Berill avait-elle délibérément joué cette carte, en plus de toutes les autres ?

Tomas serra la main d'O'Malley, s'inclina devant Ellen qui gardait les yeux baissés et dont les joues étaient à présent marbrées de rouge. Le couple s'éloigna vers une voiture garée au bout du quai, près de laquelle un policeman discutait avec un chauffeur en livrée.

— Tu n'as reculé devant rien, on dirait, soupira Tomas.

— Rien ! répliqua posément Berill. En ce qui concerne Ellen, l'idée vient de Teresa. Je ne savais pas que tu avais été fiancé, Tom, mais j'ai sauté sur l'occasion, tu penses...

La version « amis d'enfance » n'existait donc que pour le mari.

— Nous serons reçus au ministère des Affaires étrangères la semaine prochaine, ajouta Berill, et nous y reverrons sans doute les O'Malley.

— Berill...

— Tu pourras la remercier plus chaleureusement, elle s'est jetée de tout son poids dans la bataille. Et ça ne me gêne pas, j'aurais vendu mon âme au diable pour te sortir de là, crois-moi !

Elle parlait avec véhémence, ses grands yeux améthyste de nouveau embués, puis elle se mordit la lèvre, apparemment sur le point d'éclater en sanglots. D'un geste brusque, Tomas la prit par la taille et la plaqua contre lui, avouant d'une traite :

— J'ai cru devenir fou. J'ai pensé à toi chaque heure du jour et chaque minute de la nuit durant deux ans. Je me disais que tu t'habituerais à mon absence et que tu finirais par m'oublier.

— Tomas !

Elle se raidit, chercha à lui échapper, puis elle parvint à reculer ses épaules et à prendre assez d'élan pour abattre son poing sur lui.

— T'oublier, hein ? Est-ce qu'on oublie l'homme qu'on aime ? Mais je t'en voulais, c'est vrai, d'être parti sans me parler. Si seulement tu m'avais mise au courant !

— Tu m'en aurais empêché.
— Bien sûr que oui ! Parce que je savais des choses que tu ignores. Papa a été dénoncé et...
Elle s'arrêta net, retenant de justesse un nom, et soudain, comme pour l'empêcher de poser des questions, elle l'embrassa à pleine bouche jusqu'à ce qu'il se mette à trembler.
— On se donne... en spectacle..., bredouilla-t-il.
Sur le pont du bateau qui l'avait ramené, des marins accoudés au bastingage regardaient dans leur direction. Toujours soudés l'un à l'autre, ils étaient presque seuls sur le quai déserté et devenaient le point de mire.
— Qu'ils en profitent ! s'exclama Berill en éclatant de son rire en cascade.
Elle enleva son minuscule chapeau qu'elle se mit à agiter gaiement tandis que les matelots lui rendaient son salut.
— Viens, mon chéri, la voiture est par là...
— Tu conduis, maintenant ?
— Naturellement. Et puis, il y a un nouveau chien à la maison, un danois que j'ai recueilli parce qu'il crevait de faim. Je l'ai appelé Goliath, Olaf l'adore !
Volubile, elle l'avait pris par le bras et l'entraînait. Ils avaient de la route à faire pour rentrer chez eux, où toute la famille devait piaffer d'impatience. Alors qu'il réglait son pas sur celui de sa femme, un bonheur intense submergea Tomas, et il décida de remettre à plus tard tout ce qui pourrait gâcher cet instant. Savoir qui avait dénoncé Vilmos et annoncer qu'il ne resterait pas pouvaient attendre encore un peu.

Le retour de Tomas déclencha toute une série de réactions diverses. D'abord, les enfants avaient terriblement grandi et changé. Maureen s'était coupé les cheveux, à quinze ans elle en paraissait dix-huit et ressemblait de plus en plus à sa mère, au point que Tomas se sentit presque intimidé par cette grande jeune fille qui n'hésitait pas à le bombarder de questions pertinentes. De son côté, Hugh était passé de l'enfance à l'adolescence, il jouait au rugby dans l'équipe de son collège, montait à cheval, bouclait péniblement ses trimestres scolaires et, à la maison, suivait toujours Mathias comme son ombre. Les deux ans d'absence de son père avaient agrandi le fossé entre eux, Tomas en prit douloureusement conscience dès le premier jour.

Margit, pour sa part, accueillit Tomas avec une reconnaissance éperdue, qu'elle exprimait de manière excessive, tandis que Vilmos, méfiant et mal à l'aise, ne savait comment aborder son gendre. Ses remerciements polis, entre deux quintes de toux, ne furent pas très convaincants.

Teresa tomba dans les bras de son frère en pleurant et en rendant grâce à Dieu, le suppliant de ne plus refaire une « bêtise pareille », ce qui sous-entendait qu'il n'aurait jamais dû se lancer à la recherche de Vilmos.

Anna elle-même se rendit chez son fils, mettant pour la première fois les pieds à Parnell Square, et se montra d'une extrême maladresse en lui adressant une sorte de leçon de morale où il était question de la banque, qu'il avait abandonnée « à la légère ».

Seul Mathias réussit à adopter une attitude naturelle et chaleureuse. Il était heureux de la libération de Tomas sain et sauf, soulagé à la pensée de ne plus crouler sous les responsabilités, réjoui par la perspective de retrouver une amitié quasi fraternelle qui lui avait terriblement manquée.

Lors de sa première visite à l'Irish Blaque-Belair, Tomas eut droit aux congratulations sincères de ses collaborateurs et employés, mais il ne lui fallut qu'une matinée pour constater que Berill et Mathias avaient fait un travail remarquable. Plongé dans les registres de la banque, il suivit la progression des vingt derniers mois avec un certain attendrissement. À travers les chiffres, il put aisément discerner les quelques erreurs de Berill au début, ses tâtonnements, puis ses succès rapides. Des coups de poker ? Pas uniquement, il l'aurait parié. Avait-elle la bosse du commerce, comme son frère ? En tout cas, à eux deux, ils avaient tenu fermement la barre de l'entreprise financière et trouvé de nouveaux clients.

Assis à son bureau, il essaya d'imaginer sa femme à sa place. Elle avait refusé de l'accompagner ce matin-là, pour qu'il reprenne les choses en main, à son idée, ce qu'il n'avait pas l'intention de faire. Son regard glissa sur quelques objets qu'il ne connaissait pas : un sous-main de cuir rouge, un coupe-papier en argent, une photo de lui. Le téléphone avait été remplacé par un appareil plus moderne, en bois et en acier. Dans le tiroir central, il découvrit un poudrier et un rouge à lèvres qu'il considéra longuement, très songeur. Berill allait devoir conserver sa place de banquière. Elle avait donné la preuve que, grâce au tandem formé avec Mathias, l'Irish pouvait subsister, peut-être même prospérer. Elle y arriverait, elle était forte.

Un coup léger frappé à la porte lui fit relever la tête. Mathias se glissa dans la pièce, sourire aux lèvres, et vint s'asseoir en face de lui.

— Alors ? Tout est en ordre ? Tu es content ?

Tomas dévisagea son beau-frère, hésita encore un peu puis prit une profonde inspiration.

— Je ne vais pas rester, Mathias.

— Où ça ? Ici ?

— En Irlande.

— Tu veux qu'on s'implante ailleurs ? Tant que la guerre durera, il n'y aura pas de…

— Il ne s'agit pas de la banque, mais de moi.

Interloqué, Mathias le regardait sans comprendre.

— Je te le dis à toi d'abord parce que tu es un homme.

— Non, Tomas, non, pas de ça ! Parles-en à ta femme avant tout, je ne veux pas être tenu pour responsable. Il y a deux ans, c'est moi qui ai deviné le premier que tu étais en Autriche, et l'apprendre à Berill n'a pas été une partie de plaisir !

— Je compte avoir une conversation avec elle ce soir. En attendant, écoute-moi. Je ne tiens pas à te raconter par le menu ce que j'ai vécu en prison, les interrogatoires, les coups, la crasse et j'en oublie, ni tout ce que j'ai appris ou compris qui dépasse l'entendement ! Ton père non plus n'a pas envie de raconter, n'est-ce pas ? Il a dû en baver plus que moi, je le plains... Tu n'imagines pas, Mathias, c'est impossible.

Il se pencha au-dessus du bureau pour conclure, martelant ses mots :

— Je hais les nazis ! Et je ne veux pas les laisser conquérir l'Europe entière, mettre à genoux les peuples, exterminer de prétendues sous-races en toute impunité. Sept cents jours, crois-moi, ça te laisse le temps de la réflexion ! Plus jamais je ne verrai le monde de la même manière. Aujourd'hui je refuse d'être un simple pion ou, bien pire, un mouton qu'on va égorger. J'ai décidé de me battre.

— Toi ? Où ça ?

— En Angleterre. Je vais m'engager.

— Mais ils ne se battent pas, ils sont sous les bombardements ! Seuls les aviateurs vont au combat, et tu n'es pas pilote, que je sache !

— La Résistance a besoin de toutes les volontés, tous les bras. D'une façon ou d'une autre, je me rendrai utile.

Mathias ouvrit la bouche, mais la referma sans avoir prononcé un seul mot. Un long moment, les deux hommes se contemplèrent en silence.

— Tu veux te faire tuer ? finit par articuler Mathias.

— Pourquoi d'autres le feraient-ils et moi pas ? Tu trouves ça normal de compter les morts en se contentant d'espérer que le meilleur gagne ? Je ne peux plus tolérer d'être un planqué, Mathias ! Un petit banquier en chapeau mou qui va se cacher derrière son bureau tous les matins, un type qui fait du fric pendant que la moitié de la planète fait la guerre !

— Tu préférerais être un héros ?

— Plutôt qu'un lâche ? Oh, oui ! Mais je ne suis pas sûr d'en avoir l'étoffe, ni l'âge.

— Tu as des enfants, Tom...

— La plupart des soldats aussi !

Mathias se tut de nouveau pendant plusieurs minutes. Tomas espéra qu'il ne prenait pas ses déclarations pour une attaque personnelle.

— Chacun d'entre nous doit accomplir ce qu'il croit juste. Si je n'avais pas été jeté au fond d'une cellule, je ne raisonnerais sûrement pas de la même façon.

— Oui, dit lentement Mathias en le regardant droit dans les yeux, tu as perdu deux ans de ta vie à cause de mon père.

— Pas à cause de lui ! À cause de ces ignobles salauds qui s'en prennent aux femmes, aux enfants, aux vieillards, qui assassinent et qui s'en vantent ! Leur plan d'extermination existe, Mathias, le Département d'État américain l'a reconnu lui-même en novembre dernier.

— Tu ne me réponds pas.

— Tu m'avais posé une question ?

— J'aurais pu, Tom... Te demander par exemple

pourquoi tu veux sauver tous les Károly l'un après l'autre ?

— Parce que vous êtes ma famille.

Tomas recula un peu son fauteuil et croisa les bras tout en continuant à soutenir le regard de Mathias. Il se sentait sûr de lui, serein, en paix.

— Tu ne pouvais pas aller chercher Vilmos toi-même, reprit-il posément, tu te serais retrouvé dans un camp toi aussi. D'ailleurs, mon idée était stupide, on n'allait pas me rendre Vilmos simplement parce que je le réclamais, je m'y suis très mal pris. Si j'avais réfléchi au lieu d'agir, j'aurais deviné que ton père n'est pas un homme qu'on peut enfermer bien longtemps. Mais j'avais tellement peur que Berill prenne le premier bateau en partance ! Tu la connais... Inutile de te dire que je l'aime à la folie, exactement comme au premier jour, qu'en conséquence je suis prêt à tout pour elle, et ça n'a rien d'admirable, c'est comme ça, c'est tout. Sa famille est devenue la mienne, tu es devenu mon frère. Quant à ton père, même s'il ne m'apprécie pas, il est le grand-père de mes enfants.

Mathias hocha la tête, apparemment touché par les arguments de Tomas. Pourtant, au bout de quelques instants, il murmura :

— Je vais me sentir très mal si tu t'en vas. Tu me laisses le rôle du « planqué » et je crois que je n'en veux pas. Je préfère t'accompagner.

— Ah, non !

Furieux, Tomas abattit son poing sur le bureau.

— Ne m'empêche pas de partir, Mathias ! Tu me vois laisser Berill toute seule ? mes enfants ? Teresa ?

— Je ne suis bon qu'à les garder ?

Ils avaient crié tous les deux et ils eurent, en même temps, un geste d'excuse.

— Désolé, Tom. Après tout, c'est ton idée, pas la mienne. Je serai plus utile ici, je sais.

— Sans toi, Berill ne peut pas diriger la banque.

— Elle a beaucoup appris en deux ans.

— Je n'en doute pas, mais tu es le meilleur trader que j'aie jamais connu.

Tomas était sincère, il ne cherchait pas à flatter Mathias. Dès le début il avait détecté ses qualités innées de négociateur, son goût du risque, sa bosse du commerce de l'argent.

— Si tu veux partir, fais-le, soupira Mathias. De toute façon, tu es une foutue caboche d'Irlandais, papa a raison...

Son sourire triste était empreint d'une immense affection, qui bouleversa Tomas.

Hugh observa le résultat, médusé, puis il releva les yeux sur Maureen.

— Tu en es sûre ?

— Évidemment !

Elle lui tendit la copie, mais lorsqu'il voulut s'en saisir, elle l'en empêcha en lui tapant sur les doigts.

— As-tu au moins compris le raisonnement, Hugh ?

— Pas bien...

— Bon sang, c'est pourtant simple !

Elle lui réexpliqua le processus à toute vitesse, comme s'il s'agissait d'une évidence. Elle semblait se jouer des difficultés mathématiques qui contraignaient Hugh à peiner durant des heures sur ses devoirs. Il n'aimait pas l'école, s'y ennuyait ferme et n'en rapportait que des notes médiocres malgré ses efforts.

— Je crois que je vais avoir un très mauvais bulletin ce trimestre, annonça-t-il d'un air anxieux.

— Viens travailler avec moi le soir, je t'aiderai, promit-elle.

Il acquiesça, heureux à l'idée d'obtenir quelques résultats passables grâce à sa sœur, et surtout de pouvoir garder du temps pour lire. Il dévorait tout ce qui lui tombait sous la main, possédait l'œuvre complète de Swift, pouvait réciter par cœur les poèmes de Yeats ou citer des paragraphes entiers de James Joyce. Les auteurs français avaient eu un temps sa préférence, mais depuis plusieurs mois il se consacrait aux Russes, et Tolstoï le faisait parfois veiller jusqu'à l'aube. En fait, la littérature était le seul domaine où il ne réclamait pas l'aide de Maureen, où il parvenait même à discuter avec elle d'égal à égale. Car sa sœur trouvait *aussi* le temps de lire. Sans éprouver la moindre jalousie à son égard, il l'admirait et lui faisait confiance.

— Est-ce que maman et Mathias sont rentrés ? demanda-t-il en s'apercevant qu'il était mort de faim.

— Oui, je les ai entendus il y a un quart d'heure, pendant que tu séchais sur ton problème. On ne devrait plus tarder à dîner.

Maureen se leva et lissa sa jupe. Elle était toujours bien habillée, bien coiffée, alors que Hugh rentrait de l'école avec ses vêtements froissés et poussiéreux, tout comme il était capable de partir le matin avec les cheveux ébouriffés. Sa sœur le traitait d'incorrigible rêveur, ce qu'il n'était pas vraiment, mais son apparence ne le préoccupait nullement. À quatorze ans, il était déjà presque aussi grand que son père, solidement bâti grâce au rugby et à l'équitation qu'il pratiquait assidûment, et aussi très beau garçon, ce qu'il ignorait.

— Maman s'inquiète pour papa, j'en suis sûre, soupira Maureen.

Depuis qu'il était reparti, les nouvelles de Tomas étaient rares, et leur mère évitait le sujet. Aux questions des enfants, elle ne donnait que de vagues réponses qui se voulaient rassurantes mais ne trompaient personne.

Hugh médita la réflexion de sa sœur, tout en se promettant d'interroger Mathias. La chaleureuse affection de son oncle ne s'était pas atténuée avec les années, au contraire. Entre eux deux existait un véritable rapport de père à fils dont Tomas n'avait jamais pris ombrage lorsqu'il était encore parmi eux.

Une cloche retentit dans les profondeurs de la maison, annonçant que le dîner allait être servi. Hugh se leva à son tour et prit sa sœur par les épaules.

— Je vous emmène, belle demoiselle ? J'ai une faim de loup !

— Tu n'es pas un loup, tu es un agneau, répliqua Maureen en se laissant entraîner hors de la salle d'étude.

Berill aussi avait entendu la cloche, mais elle avait besoin de quelques minutes de paix avant de descendre. La dernière lettre de Tomas était posée sur sa petite table Pembroke, à côté du cahier d'écolier auquel elle confiait toujours ses pensées secrètes. Elle relut quelques phrases de Tom, qu'elle connaissait par cœur mais qui lui faisaient monter les larmes aux yeux. Il ne racontait évidemment rien de ce qu'il faisait, il écrivait juste qu'il l'aimait, et que cet amour le soutenait, le guidait, lui donnait tout le courage nécessaire pour se battre.

Se battre dans l'ombre… Où était-il, quel genre de risques prenait-il, et le reverrait-elle un jour ? L'idée de sa mort était insupportable à Berill, qui replia la lettre, la glissa dans le tiroir avec les précédentes. Ne pas y penser, ne rien imaginer. Elle avait accepté qu'il parte, elle ne s'était pas accrochée à lui en pleurant, elle avait compris sa décision à défaut de l'approuver, et maintenant elle était condamnée à attendre son retour.

Attendre ! Qu'avait-elle fait d'autre ces dernières

années ? Attendre et avoir peur, pour Vilmos, pour Tomas, attendre et prier. Exactement comme lorsqu'elle était adolescente, à Budapest, pendant l'autre guerre, celle qui aurait dû être la dernière. Aujourd'hui, en Hongrie, Hitler poursuivait sa folie meurtrière, exigeant de l'amiral Horthy, chef du gouvernement, l'internement de tous les juifs. Le chaos du monde n'aurait-il jamais de fin ?

Elle quitta sa table, alla s'installer à sa coiffeuse, se remit un peu de poudre et du rouge à lèvres. Devant ses enfants et ses parents, elle devait faire bonne figure. À la banque aussi, devant les actionnaires ou les collaborateurs. Ne jamais rien laisser paraître, tenir, avancer, sourire. Après tout, elle avait été élevée comme ça : quoi qu'il arrive les artistes de cirque sourient lorsqu'ils entrent en piste.

Sur le tapis, non loin d'elle, Goliath, qui était couché de tout son long, leva la tête pour la regarder. Dégageait-elle une nervosité propre à inquiéter son chien ?

— Viens me voir, dit-elle à mi-voix.

Le danois se dressa, s'approcha et se frotta contre elle. Son pelage ras, couleur ardoise, était d'une extrême douceur.

— Goliath..., chuchota-t-elle en l'embrassant entre les oreilles.

La tête du chien, énorme, ne lui faisait pas peur, même lorsqu'il la réveillait, chaque matin, à grands coups de truffe dans le cou.

— Où est passé Olaf ? Est-il avec les enfants ? Il faut qu'on aille manger, mon grand...

Mais elle n'avait aucune envie de bouger. Appuyée contre le corps tiède du chien, elle aurait presque pu somnoler tant ce contact l'apaisait. Les journées étaient éreintantes à la banque, avec toutes ces décisions à prendre, ces sommes folles que Mathias faisait entrer et sortir des comptes, cette Bourse de New York qui s'emballait pour mieux retomber.

Elle entendit Hugh et Maureen quitter la salle d'études, au deuxième étage, et dévaler l'escalier en chantant à tue-tête :

— *Ami, entends-tu le vol noir des corbeaux dans la plaine ? Ami, entends-tu les cris sourds du pays qu'on enchaîne ?*

— Maureen ! s'exclama Berill alors qu'ils passaient devant la porte de sa chambre. Où avez-vous appris ça ?

— À la radio, maman, répondit sa fille en entrant.

Berill la détailla de la tête aux pieds. Pourquoi Maureen, si ravissante dans son petit spencer bleu et sa jupe plissée, apprenait-elle la version française du « Chant des partisans » ? Mais la jeune fille était toujours au courant de tout. Elle arrachait les journaux des mains de sa mère ou de son oncle pour les dévorer, exactement comme Berill l'avait fait au même âge. Sauf que, à l'époque, Berill ramassait les quotidiens dans les caniveaux, ne possédait pas de radio, ne mangeait pas à sa faim et portait des jupes rapiécées.

— Avez-vous terminé vos devoirs ? s'enquit-elle, un peu au hasard.

Elle ne voyait plus grandir ses enfants depuis quelque temps, trop accaparée par la banque, les soucis, et aussi la guerre, même si elle n'avait pas lieu sur le sol irlandais.

— Bien sûr, maman ! affirma Maureen avec un rire insouciant.

Au vu de ses résultats scolaires, elle pouvait se permettre une certaine désinvolture, mais pas son frère. Berill lança un regard interrogateur à Hugh qui acquiesça en silence.

— Bien, allons dîner maintenant, sinon Teresa va se fâcher.

Ils descendirent tous trois jusqu'à la salle à manger, où le reste de la famille les attendait. Berill s'assit au bout de la table, présidant comme de coutume, avec Vilmos à sa droite et Mathias à sa gauche. À l'autre bout, la place de Tomas restait inoccupée. Berill passait tous ses repas à essayer de ne pas regarder cette chaise vacante.

— J'ai préparé un *Irish stew*, annonça Teresa avec un sourire indulgent.

Ce qui absolvait le retard de Berill et des enfants, puisque le ragoût de mouton était plutôt meilleur réchauffé. Teresa était une excellente cuisinière, tout comme elle était une parfaite femme d'intérieur, et Berill lui avait abandonné toute l'intendance depuis qu'elle travaillait à la banque. Le premier de chaque mois, Teresa lui soumettait les comptes, un peu agacée d'avoir à le faire mais toujours très méticuleuse. Berill la remerciait de son aide, réglait les factures, fournissait une provision d'argent liquide pour les courses et rédigeait les fiches de paye des deux employées de maison.

Vilmos se racla la gorge, essayant de maîtriser la toux qui ne le quittait guère. Discrètement, Margit lui donna deux ou trois petites tapes entre les omoplates, puis lui passa un mouchoir. Ni l'un ni l'autre ne semblaient jamais très à l'aise à la table des Blaque-Belair, et ils participaient rarement à la conversation.

— J'ai reçu une lettre de Sandor, aujourd'hui, déclara Berill en se penchant vers son père.

« Lettre » était beaucoup dire, le brave Roumain se bornant à rédiger quelques mots sur une feuille quadrillée pour accompagner la réexpédition du courrier.

— Apparemment, tout va bien à Neuilly, ajouta-t-elle.

Le risque de voir l'hôtel particulier réquisitionné

existait toujours, et Berill s'angoissait à la pensée de ce que deviendrait Sandor dans ce cas.

— J'ai tellement envie de le revoir !

Le cri du cœur de Berill arracha un sourire à Vilmos.

— Il ne change pas, c'est incroyable, il est solide comme un arbre...

Pour parler de Sandor, Vilmos avait eu une intonation si émue que Berill tressaillit. Sandor avait été le premier visage familier et amical qu'il avait retrouvé après les longs mois de cavale qui avaient suivi son évasion. Autant il taisait les conditions de sa détention dans le camp tzigane, autant il aimait évoquer son arrivée en pleine nuit à Neuilly, et l'accueil du Roumain. Ils avaient vécu ensemble quelques jours, en attendant que Berill trouve un moyen de ramener son père jusqu'en Irlande, et durant ces moments, ils n'avaient pas cessé d'évoquer leurs vieux souvenirs. La Hongrie d'avant 1914 et le cirque Károly, les gens du voyage, les soirées improvisées au hasard des rencontres avec ceux qui sortaient leurs guitares ou leurs violons et jouaient assis sur les marchepieds des roulottes... Tout un monde disparu dont ils s'étaient rappelé avec une indicible nostalgie.

Margit ouvrit la boîte à pilules que Vilmos faisait toujours semblant d'ignorer mais qu'elle garnissait chaque matin des prescriptions du médecin.

— N'oublie pas, Vil, chuchota-t-elle.

Mathias se leva pour servir du vin, Berill l'ayant imposé à sa table en remplacement de la bière. Dans le plat qui trônait au centre, le ragoût avait l'air crémeux à souhait et embaumait.

— Félicitations, chérie, on va se régaler ! dit gentiment Mathias en passant derrière sa femme.

Teresa baissa modestement les yeux, touchée par le compliment. Berill, qui la regardait, l'envia d'avoir son mari près d'elle chaque nuit. Même si Teresa n'avait pas pu avoir d'enfant, son existence paraissait la satisfaire. Hormis quelques réflexions teintées d'amertume, peut-être. Berill avait parfois surpris chez sa belle-sœur des regards exaspérés, des gestes de rage vite réfrénés. Était-elle heureuse ou n'en offrait-elle que l'apparence ? Aurait-elle préféré avoir sa maison bien à elle plutôt que vivre chez son frère ? Songeuse, Berill continuait à l'observer, mais Teresa releva la tête au même instant et leurs regards se croisèrent. Berill eut l'impression désagréable qu'aucune complicité n'existait entre elles deux, juste une affection de commande, presque artificielle.

— La situation se dégrade, dit soudain Mathias en s'adressant à Berill.

Lorsqu'ils étaient à la banque, ils ne parlaient jamais de la politique intérieure de l'Irlande, un sujet qui échauffait trop vite les esprits, et ce genre de discussion ne pouvait se tenir qu'à la maison. La présence des deux adolescents ne gênait ni Berill ni Mathias, habitués à s'exprimer franchement devant eux ou même avec eux, mais Teresa n'appréciait pas cette liberté de ton qu'elle jugeait contraire à une bonne éducation.

— Churchill est en train de nous isoler complètement, se désola Berill. Non seulement il a suspendu le trafic des voyageurs, mais à présent il veut interrompre les liaisons téléphoniques, et aussi la livraison des journaux !

La position de l'État libre d'Irlande, qui refusait de renvoyer les diplomates allemands ou italiens en poste à Dublin, exaspérait les Britanniques, qui y voyaient un grand danger.

— L'Irlande du Sud finira coupée du reste du monde, et on ne l'aura pas volé ! s'exclama Maureen.

— De Valera tient à rester neutre, rappela Teresa d'un ton sec.

— Neutre ! explosa la jeune fille. Et pourquoi pas indifférent ? Le reste de la planète est à feu et à sang, et nous, nous faisons des mondanités avec les ambassadeurs de l'Axe !

— S'il te plaît, calme-toi, dit doucement Berill.

Cependant, la rage de sa fille lui plaisait, car malgré son âge Maureen savait déjà distinguer le bien du mal et était prête à lutter pour ses convictions.

— Avoir des représentants du nazisme à Dublin est une trahison, précisa Hugh d'un ton posé, alors c'est normal qu'on nous mette en quarantaine. Les États-Unis viennent d'ailleurs d'inscrire soixante-huit firmes irlandaises sur liste noire.

Berill lui jeta un coup d'œil surpris. En principe, Hugh laissait parler les autres, sa sœur surtout, préférant rester en retrait, mais apparemment lui aussi avait une idée précise sur la question. Était-ce à force de bavarder avec son oncle Mathias, ou à cause de l'implication décisive de son père ? Hugh adorait Tomas à sa manière, c'est-à-dire en silence et en secret comme la plupart des choses qu'il faisait. Même si Tom, trop ébloui par sa fille, ne s'était pas suffisamment occupé de son fils, celui-ci le prenait pour un héros. À juste titre.

— Je crois qu'il nous faudra peut-être songer à partir d'ici, dit lentement Berill.

Elle en avait discuté à plusieurs reprises avec Mathias, et les derniers événements la poussaient à arrêter sa décision.

— Si cette mise à l'écart de l'Irlande du Sud se prolonge, nous n'arriverons plus à traiter aucune affaire à Dublin et nous n'aurons plus qu'à mettre la clef sous la porte.

— Nous sommes déjà considérés comme des pestiférés par nos clients étrangers, renchérit Mathias.

Il tendait une perche à Berill qui en profita aussitôt.

— La meilleure solution serait de s'installer à Lausanne. Tom y a souvent pensé et il avait raison. Sur une île, on ne peut déjà pas faire grand-chose, mais maintenant que tous les Alliés nous montrent du doigt...

— Je vous trouve bien sévères pour notre gouvernement, protesta Teresa d'un ton tranchant. Et bien ingrats, car il ne faut pas oublier que c'est grâce à De Valera si Tomas a été libéré de sa prison autrichienne.

— Parce que nous avions un moyen de pression, Teresa ! s'emporta Berill que tant de naïveté exaspérait. Pour le citoyen Tomas, ils n'auraient pas levé le petit doigt, mais pour la banque Blaque-Belair, ils y ont vu un intérêt évident. D'autre part, je te rappelle que *toi* et moi avons eu recours à des moyens plus détournés et à des gens plus... motivés.

Sa référence à Ellen O'Malley et à son mari fit taire Teresa. Sans cette intervention, et sans le poids de la banque, Tomas serait toujours en train de croupir à Vienne, c'était probable. Un silence contraint s'installa durant quelques instants, néanmoins Teresa ne voulait pas s'avouer battue. Elle posa sur Vilmos un regard chargé de rancune tout en marmonnant :

— Tomas devrait être à sa place, parmi nous. C'est une chance de ne pas être en guerre, pas une honte !

— S'il te plaît..., souffla Mathias.

Hélas, déjà Berill s'était redressée sur sa chaise et toisait sa belle-sœur.

— Tu es libre de tes opinions, Teresa, mais pense à mes enfants quand tu parles ! Tomas leur a donné l'exemple du courage, il leur a montré qu'il faut savoir prendre des risques et se battre au nom de la liberté, de la dignité. Je ne lui ai pas demandé d'aller chercher mon père, si c'est ce que tu sous-entends.

Au lieu de lui répondre, Teresa, acculée, s'adressa directement à Vilmos.

— Je ne vous le reproche pas, mais sans vous, rien ne serait arrivé. Nous vivrions tranquillement...

— Tranquillement ? murmura Maureen. Avec mon grand-père dans un camp de concentration ?

— De toute façon, il s'est enfui ! Le sacrifice de Tomas était inutile !

Voyant que des larmes faisaient briller les yeux de Teresa, Berill parvint à se maîtriser. Se déchirer en famille n'était qu'une folie supplémentaire qu'il fallait faire cesser tout de suite. Teresa devait avoir une indigestion des Károly, car elle était la seule vraie Blaque-Belair de la tablée et se sentait sûrement très seule. Vilmos la considérait d'un air triste, apparemment sans lui tenir rigueur de ses propos, mais Berill savait à quel point son père était mal à l'aise, et combien cette mise en accusation risquait d'augmenter son désarroi.

— Tomas veut défendre les valeurs auxquelles il croit, se borna-t-elle à dire. Nous sommes tous morts d'angoisse pour lui, mais aussi très fiers de lui, n'est-ce pas ?

Teresa avait le choix entre saisir cette occasion de clore la discussion ou bien attiser la querelle. Elle se tourna à demi vers Mathias qui gardait les yeux rivés sur son assiette vide.

— Aucun d'entre vous n'est irlandais, lâcha-t-elle avec une sorte de désespoir, vous débarquez là et vous jugez sans savoir. La guerre d'indépendance a été sanglante, atroce, vous n'imaginez pas ce que Dublin a connu ! Ce que nous avons vécu... Vous êtes des étrangers, vous ne pouvez pas comprendre.

Repoussant sa chaise, elle se leva et quitta la salle à manger dans un silence complet. Mathias attendit une minute avant de murmurer :

— Je vais la consoler…

Il sortit à son tour, prit le temps d'allumer une cigarette dans le salon puis monta au premier étage. Lorsqu'il poussa la porte de leur chambre, il découvrit sa femme debout devant l'une des fenêtres, une main crispée sur le rideau de velours qu'elle avait écarté pour regarder au-dehors. Il s'approcha d'elle, passa tendrement un bras autour de sa taille.

— Ce n'est pas grave, Teresa.

Elle ne lui répondit pas tout de suite, mais quand elle s'y décida, ce fut d'une voix très altérée.

— Oh, mon Dieu, je voudrais tant que Tomas n'ait jamais rencontré Berill !

Voilà, elle l'avait enfin dit, cependant il s'en doutait depuis un moment, il savait bien qu'elle n'était pas vraiment heureuse.

— Alors, fit-il remarquer, nous ne nous serions pas connus…

— Elle me rend si mauvaise, Mathias ! Elle a tout, tout ! Et je finis par me demander pourquoi je n'ai rien.

— Tu m'as, moi. Un mari qui t'aime.

— Auquel je n'ai même pas été capable de donner des enfants ! Je ne suis bonne à rien d'autre qu'à tourner la cuillère dans la marmite et à choisir les légumes au marché ! Ma propre mère m'adresse à peine la parole parce qu'elle croit que je suis des vôtres, et parmi vous, dès que j'ouvre la bouche, vous me faites taire comme si j'étais une petite fille écervelée ! Vous n'avez pas à me donner de leçon sur mon pays. À trouver normal que l'Irlande soit traitée en brebis galeuse !

Elle avait débité ses phrases à toute vitesse, sans doute parce qu'elle les retenait depuis trop longtemps. Chagriné, Mathias resserra son bras autour d'elle. Dans sa main libre, la cigarette se consumait et de la cendre tomba sur le parquet. Il essaya d'imaginer ce qu'étaient les journées de sa femme, seule dans la maison avec Margit et Vilmos. Mais elle possédait le sens du devoir, de la famille, et la présence de ses beaux-parents n'aurait pas dû la gêner.

— Comment vous y prenez-vous pour me donner l'impression d'être une parente pauvre ? soupira-t-elle en se laissant aller contre lui.

— Ce sont des bêtises, chérie. Et tu ne sais pas ce que c'est qu'être pauvre. Dans ma jeunesse, j'ai braconné des lapins maigres et ramassé de mauvais champignons parce que nous n'avions rien à manger. J'ai aussi fouillé les poubelles, mais les gens n'étaient pas plus riches que nous, ils ne jetaient que des épluchures. Nous vivions dans une roulotte qui n'était pas chauffée et où l'eau gelait dans les gobelets. J'ai fait la quête sur les places de villages pour des piécettes que tu n'oserais pas donner à un mendiant.

Elle se retourna brusquement pour le regarder. Les joues rouges, la bouche entrouverte, elle parut sur le point de dire quelque chose mais s'en abstint.

— À l'époque où j'étais un va-nu-pieds, tu étais une jeune fille de bonne famille, même en pleine guerre civile. La guerre, nous l'avons tous subie, ici ou ailleurs, et quand mon père a été mobilisé, on a failli crever de faim pour de bon. Tu ne sauras jamais ce que c'est, alors tu ne peux pas être une « parente pauvre » et nous, les Károly, nous ne pouvons pas t'en donner l'impression. Je suis émerveillé d'avoir une femme comme toi, émerveillé de vivre dans cette maison, émerveillé de gagner de l'argent sans me fatiguer. Malgré tout ce qui se passe en ce moment, je trouve la vie belle, je n'y peux rien.

Il n'avait pas grand-chose à ajouter, et il espéra que sa sincérité avait suffi à la convaincre.

— Mathias, dit-elle tout bas.

Ce dont elle souffrait, en réalité, c'était de sa jalousie pour Berill, il l'avait deviné depuis longtemps. Elle devait se sentir mesquine, elle qui était si droite et si généreuse.

— Tu comprends, articula-t-elle avec peine, Tomas a mis Berill sur un véritable piédestal, et tout le monde en fait autant, toi le premier. Moi aussi, parfois... Une femme qui a dressé des lions, qui parle quatre langues couramment, qui s'est mise à la finance comme d'autres se mettent à la broderie... Une femme exceptionnelle, quoi ! Et je le dis sans haine. Alors, c'est normal, quand elle s'occupe de la banque, moi je m'occupe de ses enfants. Des enfants très beaux et très intelligents, mais qui ne sont pas les miens. Pas les nôtres...

Enfin ses larmes coulaient, elle pleurait pour de bon, soulagée. Et tout en sanglotant elle appuya son front sur l'épaule de Mathias. Au jugé, il expédia d'une chiquenaude son mégot dans un cendrier, sur la commode, puis il prit le visage de sa femme entre ses mains.

— Je t'aime, Teresa.

— Je le sais, mon amour, mais ça ne t'empêche pas de faire les quatre volontés de ta sœur. Elle décide pour nous tous, on reste, on part... Nous avions déjà quitté Dublin une fois, pour la France, et maintenant c'est la Suisse, et nous n'avons pas d'autre choix que suivre le mouvement...

— Ne sois pas injuste, c'est Tomas lui-même qui projetait une installation à Lausanne ; l'idée ne vient pas de Berill, elle ne fait que l'appliquer parce que c'est le moment. Ton pays est magnifique, Teresa, mais la banque n'y survivra pas, or c'est la banque qui nous fait vivre, n'est-ce pas ? Et quand Tomas reviendra, il n'est pas question qu'il la trouve exsangue.

— Oui, admit-elle tristement.

— Une fois en Suisse, si ça doit te rendre plus heureuse, nous pourrons prendre un appartement rien que pour nous deux et…

— Tu n'y penses pas ! Berill a besoin de nous, Hugh et Maureen aussi, sans compter tes parents. Une famille doit rester unie, surtout que nous ne connaîtrons personne là-bas.

Souriant de son incohérence, il lui déposa un baiser sur les lèvres. Elle n'avait ni l'intention ni l'envie de quitter les autres mais, ce soir, sans doute avait-elle voulu montrer qu'elle existait, elle aussi. Accrochée à lui, elle se laissa bercer, embrasser. Jamais il ne l'avait souhaitée différente. À ses yeux elle représentait la femme parfaite, il raffolait de sa douceur, de sa tendresse, de sa fragilité, et ne pas avoir d'enfant le privait beaucoup moins qu'elle ne se l'imaginait. Il faillit lui dire que Maureen, et surtout Hugh, le comblaient, toutefois il jugea préférable de se taire. De la même manière, il n'avait pas pris la défense de Berill et, au bout du compte, Teresa s'était aperçue toute seule qu'elle n'avait pas grand-chose à reprocher à sa belle-sœur. D'être une femme exceptionnelle ? Bien sûr que Berill l'était, puisqu'elle parvenait même à remplacer Tomas à la tête de la banque et à la tête de la famille ! Mais elle était née comme ça, personne n'y pouvait rien. Depuis toujours Mathias estimait que sa sœur possédait une très bonne étoile… et assez de force de caractère pour continuer à la faire briller.

7

Lausanne, 1946

Hugh traversa la place de la Palud, passa devant l'hôtel de ville et s'engouffra dans le bel immeuble ancien qui abritait les locaux discrets et élégants de l'Irish Blaque-Belair, Fusions et Acquisitions. Après s'être présenté au portier, il monta directement jusqu'au bureau de Mathias, qu'il trouva en plein travail, un téléphone calé sous le menton et d'interminables listes de chiffres devant lui.

— Renseignez-vous sur cette société, je la crois très prometteuse et je chercherai volontiers des clients pour son entrée en Bourse ! Oui, rappelez-moi demain, c'est ça.

Reposant le combiné sur sa fourche, Mathias adressa un large sourire à Hugh.

— Alors, jeune homme ?

— Une vraie catastrophe... Il me manque tellement de points que ce ne sera même pas la peine d'aller au rattrapage !

— Je vois.

Hugh se demanda ce que « voyait » Mathias, qui ne savait pas ce qu'étaient les études et n'en soupçonnait sans doute ni les difficultés ni l'incommensurable ennui.

— Maman sera furieuse et papa déçu.

— Probable, mais ils ne vont pas te manger, ils vont juste te dire de recommencer.

— Redoubler ? Pas question. Je veux entrer à la banque, je t'en supplie, aide-moi !

— Hugh, soupira Mathias en le dévisageant, nous en avons parlé dix fois déjà... Si ça ne dépendait que de moi, ce serait d'accord, mais ne compte pas sur moi pour m'opposer à la volonté de tes parents.

Le téléphone sonna à cet instant et Mathias décrocha avec un petit geste d'excuse. Tandis qu'il parlait à son correspondant, donnant des ordres de transferts, Hugh en profita pour l'observer. À quarante-quatre ans, son oncle conservait quelque chose de jeune et de dynamique qui tenait peut-être à sa manière de s'habiller, toujours aussi originale, ou à la mobilité de son visage qui pouvait prendre toutes sortes d'expressions. Combien de fois avait-il fait hurler de rire Hugh et Maureen, enfants, lorsqu'il leur faisait, en grand secret, son ancien numéro de clown ? Imaginer qu'il l'avait été pour de bon, dans de vrais cirques, avait quelque chose de stupéfiant, surtout quand on le voyait traiter des ventes et des achats de titres avec une telle aisance.

— Tu rêves, gamin ? s'enquit Mathias en raccrochant.

— De travailler avec toi, oui. Mais bien sûr, on va me renvoyer sur les bancs de l'école, et après on m'expédiera au service militaire !

— Hugh... Tu n'as que dix-sept ans, et un certain nombre de devoirs à remplir.

Résigné, Hugh laissa échapper un long soupir.

— Bien entendu, Maureen sera reçue à ses examens avec mention, je ne sais pas comment elle fait !

Sa sœur continuait d'obtenir des résultats exceptionnels, le changement de système scolaire et d'université ne l'avait nullement perturbée. Depuis presque deux ans qu'ils étaient installés en Suisse, Hugh avait pour sa part découvert les joies du ski et du patin à glace, mais son aversion pour les études était restée la même qu'en Irlande ou en France.

— Va voir ta mère, suggéra Mathias, elle est dans son bureau. Plus vite tu lui annonceras la mauvaise nouvelle, mieux tu te sentiras.

— Maman a une vénération pour les diplômes, elle ne me lâchera pas tant que je n'en aurai pas obtenu un, n'importe lequel...

— Alors choisis une discipline qui te plaît et va au bout, juste pour lui faire plaisir. Berill aurait adoré aller en fac, Hugh, elle considère que vous avez de la chance, Maureen et toi. Tu ne peux pas imaginer comme elle était curieuse de tout à ton âge ! Elle avait même volé des manuels scolaires, à Budapest, et elle les cachait sous son matelas.

Attendri par cette évocation, Mathias parut songeur quelques instants, puis il ajouta, plus fermement :

— Quant à ton père, il a réussi dans la finance grâce à sa formation, les études, les voyages, les stages à l'étranger... Il est prêt à t'offrir la même chose, et il ne comprendra jamais que tu n'en veuilles pas.

— Mais toi, Mat ? N'es-tu la preuve qu'on peut très bien y arriver sans ce fatras de connaissances, rien qu'en apprenant sur le tas, à condition d'aimer ça ?

Son oncle leva les yeux au ciel, mais sans pouvoir dissimuler son amusement.

— Inutile de discuter avec moi, parle à tes parents d'abord.

Le téléphone sonna de nouveau et Hugh se leva, à regret. Mathias le comprenait, il le savait, pourtant il n'interviendrait pas, c'était évident.

Il quitta le bureau, dont il referma doucement la porte, puis il hésita un moment sur le palier. Aller voir sa mère était au-dessus de ses forces pour l'instant, et son père ne devait rentrer de Zurich que dans la soirée. Il décida qu'il attendrait le dîner pour les affronter ensemble.

Lorsqu'il émergea de la banque, le temps était radieux. Sous le soleil, Lausanne devenait une ville avenante, pleine de charme et de douceur de vivre. Les rues étroites et en pente menant jusqu'à la cathédrale formaient le cœur de l'ancienne cité qui s'était épanouie peu à peu vers les rivages d'Ouchy, un petit hameau de pêcheurs au bord du lac Léman. Deux ans plus tôt, en visitant la ville où elle cherchait une maison à louer, Berill avait été séduite par une demeure du XIXe siècle, située à l'entrée de l'avenue du Théâtre et entourée d'un parc planté d'essences rares. La famille s'y était installée peu après, au printemps de 1944, et pour une fois Berill avait laissé Teresa se charger de l'emménagement, trop occupée à régler les problèmes d'implantation de la banque. De toute façon, être locataire empêchait Berill de se passionner pour la décoration de l'endroit, et elle ne pensait pas rester en Suisse au-delà de la fin de la guerre. Or, le 8 mai de l'année suivante, l'Allemagne avait capitulé sans condition. Tomas était arrivé quelques jours plus tard.

Le retour de leur père avait été vécu comme une fête inouïe par Hugh et Maureen. Même sans trop savoir quel rôle il avait tenu, ni à quel genre d'activités occultes il s'était livré, les deux jeunes gens, éperdus d'admiration, le considéraient comme un héros. Pour Hugh, c'était même un modèle inaccessible, hors de portée, auquel il n'imaginait pas pouvoir jamais ressembler.

Pourtant, Tomas n'avait presque rien raconté de la manière dont il s'était rapproché de la Résistance en tant qu'Irlandais du Sud, ni des actions qu'il y avait menées, en Angleterre ou en France. « Je n'ai rien fait d'extraordinaire, j'étais juste un bon petit soldat de l'ombre, car il faut beaucoup de maillons pour faire une chaîne », avait-il seulement déclaré.

De toute façon, à peine arrivé il était reparti quelques jours avec Berill pour une sorte de lune de miel à Lugano. Cette escapade d'amoureux représentait la récompense qu'il s'était promise depuis deux ans, et il avait traitée Berill en princesse, dans le plus beau palace de la ville. Et sans doute à elle, rien qu'à elle, avait-il confié ses secrets, du moins Hugh le supposait.

Consultant sa montre, le jeune homme s'aperçut qu'il était en retard et il prit en hâte le chemin du parc Mon Repos. Maureen n'aimait pas attendre, elle devait déjà s'impatienter devant leur lieu de rendez-vous habituel : la villa habitée jadis par Voltaire. Ils s'y retrouvaient souvent depuis que Maureen s'était toquée de ce garçon, Lorenzo, qui inspirait à Hugh la plus grande méfiance. Serait-il de taille à protéger sa sœur, ainsi que Mathias l'avait fait dans la jeunesse de Berill ? L'histoire était bien connue dans la famille, car leur père se souvenait volontiers, en riant, de la manière dont Mathias prenait à cœur son rôle de garde du corps. D'après Mathias, la beauté ravageuse de Berill rendait tous les hommes fous à l'époque, et Hugh avait mille fois essayé d'imaginer à quoi pouvait bien ressembler sa mère à vingt ans, avant son accident. Il avait posé la question à ses grands-parents, provoquant une réaction de tristesse et de rancœur chez Vilmos, qui ne se remettait pas d'avoir perdu, avec sa petite maison de Vienne, les vieux programmes, affiches, coupures de journaux précieusement conservés.

En tout cas, Maureen aussi était superbe, une des plus belles jeunes filles que Hugh ait jamais vue ; elle aussi accrochait tous les regards des garçons, qui devenaient idiots devant elle. Mais pourquoi diable avait-elle jeté son dévolu sur Lorenzo Baldi, un Italien de trente ans ? Bien entendu, elle avait fait jurer le secret à son frère, et ce silence le rendait complice.

De loin, il vit la silhouette de Maureen, reconnaissable entre toutes avec ses jambes interminables, sa taille de guêpe, sa longue chevelure cascadant sur ses épaules. Un homme la tenait par la main, légèrement penché vers elle dans une attitude protectrice, et Hugh se sentit aussitôt de très mauvaise humeur.

À peu près au même moment, Berill sortait de la banque. Comme toujours, elle prit le temps d'ajuster ses gants tout en inspirant profondément. Être enfermée dans un bureau à longueur de journée finissait par lui peser, mais Tomas avait un peu de mal à se remettre au travail pour le moment, encore secoué par toutes les épreuves traversées ces dernières années, et il lui avait demandé comme une faveur de rester à ce poste de directrice où elle faisait merveille. De son côté, il rencontrait à Zurich ou à Bâle des clients institutionnels, banquiers et assureurs, avec lesquels il comptait traiter dans l'avenir.

Berill lissa machinalement la jupe de son tailleur Schiaparelli, puis elle traversa la chaussée. Alors qu'elle atteignait le trottoir, quelqu'un cria son prénom et elle s'immobilisa, pétrifiée. La voix lui était si familière qu'elle fut parcourue d'un frisson avant de trouver le courage de se retourner. À deux pas d'elle, son frère Arno la dévisageait.

C'était bien lui, même s'il avait changé. Plus mince, plus droit, les trais marqués, les cheveux coupés ras, avec une sorte d'allure militaire qui devait lui rester de son habitude de marcher au pas de l'oie. Berill se sentit soulevée par une bouffée de colère mêlée de dégoût. Elle n'avait jamais eu la preuve qu'Arno fût pour quelque chose dans l'arrestation de leur père, la confiscation de ses biens et sa déportation dans un camp. Néanmoins, son silence depuis dix ans ainsi que son engagement volontaire dans les rangs nazis suffisaient à l'accabler.

— Tu es très élégante, une vraie femme du monde ! apprécia-t-il en détaillant Berill des pieds à la tête.

Comme elle ne répondait rien, il s'empressa d'ajouter :

— Pouvons-nous parler quelque part ?

Son regard sombre balaya la place de la Palud et s'arrêta sur la façade de l'immeuble qui abritait les locaux de la banque.

— Tu as bien un bureau ou...

— Allons dans une brasserie ! trancha Berill.

Elle ne voulait pas qu'Arno mette un pied à l'Irish, ni qu'il rencontre Mathias. Avec raideur, elle le précéda jusqu'à l'entrée du premier restaurant venu, marchant un pas devant lui sans le regarder. Elle choisit une table isolée et, pour se débarrasser du maître d'hôtel, commanda n'importe quoi. Lorsqu'il furent seuls face à face, elle ôta ses gants puis adressa un petit signe de tête à Arno.

— Je t'écoute, lâcha-t-elle d'un ton crispé.

Mais son frère semblait hésiter à présent, les yeux baissés et la nuque raide.

— Tu es d'une effrayante froideur, lâcha-t-il enfin.

— Et je ne devrais pas ? Ce sont de tendres retrouvailles ? Tu n'as rien à te reprocher, Arno ?

Le prénom lui-même paraissait étranger. Depuis combien de temps ne l'avait-elle pas prononcé ?

— Je suis venu pour ça, admit-il. Pour t'expliquer, à toi d'abord. Tu as toujours été une... une drôle de fille. Peut-être pourras-tu me... comprendre. Mais dis-moi d'abord comment vont les autres.

— Bien.

Elle marqua une pause puis ajouta :

— Tous.

Un serveur vint déposer des assiettes devant eux et Berill s'aperçut qu'il s'agissait de poissons du lac. Un blanc de Neuchâtel fut également servi, versé de haut dans les verres selon la tradition. Sans toucher à rien, Berill planta son regard dans celui de son frère.

— Alors ?

— C'est une longue histoire, soupira-t-il. Parce que, vois-tu, j'y ai vraiment cru. À la grande Allemagne, à un monde meilleur... J'étais exalté, je me sentais patriote ! Amoureux aussi, et c'était la première fois de ma vie. Ruth m'a appris beaucoup de choses, elle m'a galvanisé. Avec elle je me suis trouvé une identité, une raison d'être. Le métier de clown me répugnait, je n'en pouvais plus.

— Tu avais du succès.

— Et un gros nez rouge, oui ! Voyons, Berill, la seule qui ait connu un vrai succès au cirque, c'est toi !

— Je l'ai payé cher. Toi, tu n'étais pas en danger.

— Justement ! J'étais un pauvre type inutile, un *clown*... Bon sang, le mépris que mettait Ruth dans ce mot-là !

De plus en plus tendue, Berill avait agrippé le rebord de la table. D'une voix glaciale, elle martela :

— Je me fous de ta vie, Arno, de ton Allemande et de tes états d'âme. Dis-moi seulement si tu l'as fait.

Pris de court, il se troubla, vida son verre d'un trait tout en cherchant où poser les yeux. Son attitude était déjà un aveu, et Berill se cramponna plus fort à la table.

— Je me suis engagé d'abord dans la Wehrmacht, débita-t-il de façon monocorde. Il y avait un véritable esprit de corps, un idéal, le IIIe Reich était notre empire à tous, mais très vite ils ont fait la chasse à tous ceux dont les origines étaient louches. Venant d'une famille juive ou tzigane, tu n'avais aucune chance de rester dans l'armée, tu étais arrêté et déporté. Même les gradés. La seule issue pour m'en sortir était de donner une preuve de ma bonne foi, de mon engagement pour la cause... Et, honnêtement, je pensais qu'ils étaient partis depuis longtemps.

Avec un haut-le-corps, Berill s'arracha à la table et se recula sur sa banquette jusqu'à heurter le dossier de velours.

— « Ils » ? Tu parles de nos parents, là ? Papa et maman, c'est bien ça ?

— J'ai essayé dix fois de convaincre papa, il ne m'écoutait pas !

— Le convaincre de quoi ? De l'idéologie nazie ?

— J'étais sincère, Berill.

— Tu es un monstre. Un monstre !

Comme elle avait crié, il y eut un flottement dans la salle, quelques clients ayant tourné la tête vers eux, les observant en silence. Berill lutta pour se maîtriser, pour ne pas se lever et se jeter sur son frère.

— Écoute-moi, je t'en supplie, chuchota-t-il. Je l'ai tellement regretté ! De toute façon, Ruth m'a quitté en me traitant d'indécrottable romanichel, l'armée m'a foutu dehors, et nous avons perdu la guerre.

— Nous l'avons gagnée, gronda Berill entre ses dents. Ga-gnée !

Beaucoup de gens la connaissaient à Lausanne, elle était à deux pas de la banque, *sa* banque, et ne tenait pas à faire de scandale. Mais elle n'allait pas pouvoir se retenir longtemps. Arno avait dénoncé Vilmos, et peu importait qu'il ait pu croire son père hors d'Autriche à ce moment-là, ce n'était pas une excuse, même pas une justification. Rien ne pourrait jamais atténuer l'horreur de son acte.

— Tu as su que papa avait été arrêté et enfermé dans un camp ?

— Et qu'il s'est évadé, oui.

— Tu as su le genre d'expériences faites sur les tziganes dans certains de ces camps ?

— Je...

— Tu as une idée du nombre de gens que tes « amis » ont torturés puis exterminés ? Tu étais enthousiasmé par leur idée de « solution finale » ?

Il était soudain livide, mais elle n'avait pas l'intention de s'arrêter, s'obligeant seulement à parler plus lentement pour qu'il entende bien chaque mot.

— Tu es un assassin, Arno, et tous tes semblables vont être recherchés, jugés, exécutés, parce que le monde ne sera pas en repos tant que les bourreaux seront vivants. Tu as regretté, dis-tu ? Alors tu aurais dû te pendre, tu ne mérites même pas une balle. Maintenant, tout de suite, tu vas t'en aller et disparaître pour toujours. Si je te retrouve sur mon chemin, rien qu'une fois, je te détruirai comme un nuisible. Je ne suis pas ta sœur, je ne te connais pas. Ne t'approche de personne, Arno, parce que personne de la famille ne te pardonnera jamais. Les Károly sont morts pour toi, tu les as tués, et n'oublie pas de changer de nom, parce que tu le souilles.

Il la regardait, la bouche ouverte et les épaules voûtées, et il ne parvint à réagir que quelques secondes après qu'elle se fut tue. Très lentement, il se leva, referma sa veste. Tout le temps qu'il mit à traverser la salle et à sortir du restaurant, le regard de Berill le vrilla, planté sur lui comme un poignard.

Maureen était terrorisée, cependant elle était déterminée à n'en rien montrer. Ce serait aujourd'hui, elle l'avait décidé, car elle faisait attendre Lorenzo depuis trop longtemps. Il finirait par ne plus s'intéresser à elle, la prendrait pour une oie blanche et irait chercher ailleurs ce qu'elle lui refusait. Il s'était montré très pressant tout à l'heure, alors qu'ils attendaient Hugh dans le parc Mon Repos, évoquant son retour prochain à Turin et leur séparation. Il avait aussi affirmé qu'il se consumait pour elle, qu'il en perdait le sommeil, et qu'il voulait un gage d'amour avant son départ. Devant Hugh, il avait repris ses distances, mais ensuite il avait emmené Maureen déjeuner au bord du lac et, en trinquant avec elle, les yeux dans les yeux, lui avait redit qu'il était fou d'elle.

Pour l'instant, et comme chaque fois, ses caresses plongeaient Maureen dans une sorte de torpeur béate où tous ses sens s'éveillaient l'un après l'autre à la volupté. À deux ou trois reprises, elle s'était laissé persuader de monter dans sa chambre d'hôtel pour boire un verre et flirter, mais aujourd'hui elle avait accepté qu'il lui enlève son chemisier, puis, un peu plus tard, son soutien-gorge. À présent elle était à sa merci, effrayée et impatiente.

Lorenzo sentait bon, ses mains étaient douces, les mots d'amour qu'il lui chuchotait sans fin à l'oreille résonnaient comme une musique. Il bougea un peu et prit dans sa bouche l'un des seins de Maureen qu'il se mit à mordiller. Elle laissa échapper un gémissement tandis qu'une vague de chaleur envahissait son ventre. Lorsqu'il voulut détacher l'agrafe de sa jupe, elle se cambra pour lui faciliter la tâche. Quelques instants plus tard, il fit glisser sa culotte le long de ses jambes, roula délicatement les bas, ôta le porte-jarretelles ; ensuite il se redressa pour la contempler. Gênée par sa nudité, elle ferma les yeux, les joues en feu.

— Ne sois pas prude, ma chérie. Tu es très belle, tu dois être fière de te montrer.

Il n'avait tiré qu'à moitié les doubles rideaux en entrant dans la chambre, et un rayon de soleil s'arrêtait au pied du lit. Ce fut dans cette lumière un peu crue qu'elle vit Lorenzo se déshabiller à son tour.

— Je sais que c'est la première fois et que tu as peur, mais je sais aussi que tu en as très envie, n'est-ce pas ?

Il s'agenouilla entre ses cuisses, lui posa les mains sur le pubis.

— Je vais être ton premier amant, et tu vas adorer l'amour, déclara-t-il à voix basse.

Le cœur de Maureen battait trop vite, elle voulut resserrer ses jambes mais Lorenzo l'en empêcha.

— Laisse-toi aller, chérie. Fais-moi confiance, tout ira bien.

Les caresses, plus précises, faisaient maintenant haleter Maureen, qui était en train de perdre tout contrôle d'elle-même. Elle se sentait brûlante, éperdue d'un désir inconnu que seul Lorenzo pourrait satisfaire.

— Je ne veux pas qu'elle entre dans ma chambre ! cria Anna.

Elle se laissa aller en arrière et s'affaissa sur ses oreillers, le visage creusé par la maladie, le teint crayeux. Effrayé par l'état de sa mère, Tomas s'arrêta net, à trois pas du lit, tandis que Berill lui posait la main sur le bras tout en chuchotant :

— Je t'attendrai en bas.

Tomas la laissa sortir avant de prendre une chaise qu'il approcha du lit. Ils étaient arrivés en catastrophe par le premier avion, tant le télégramme reçu la veille était alarmant.

— Tomas, tu as parlé au médecin ? Il t'a dit que je n'en avais plus pour longtemps, n'est-ce pas ?

— Il n'a rien dit de tel, maman. Reste calme…

— Calme ! s'exclama-t-elle amèrement. Je suis toute seule avec cette idiote de gouvernante, ma famille est disséminée à travers le monde et personne ne se soucie de moi !

— La gouvernante veille sur toi, elle nous a prévenus et nous sommes venus, maman.

— *Tu* es venu. Je me moque de cette femme, ta femme… Je ne l'ai jamais aimée et tu le sais. J'aurais préféré que tu emmènes Teresa avec toi. Mais bien entendu tu l'as laissée en Suisse, la pauvre ! Pourtant, tu la traînes partout avec toi comme un animal de compagnie.

— Maman ! protesta-t-il, outré.

Il ne l'avait pas vue depuis des années, et aujourd'hui il se le reprochait parce qu'elle était en train de mourir. Mais il n'avait jamais été proche d'elle, même enfant.

— Je t'en prie, ne nous disputons pas, murmura-t-il.

— Non, c'est trop tard pour ça, tu as raison. Tu as souvent raison, Tomas. Sauf pour ce mariage grotesque que tu nous as imposé. Qu'avais-tu besoin d'aller t'enticher d'une dompteuse de lions ! Si ton père avait vécu, il t'en aurait empêché, alors que ce vieux fou de Douglas trouvait ça drôle ! Drôle... Tu aurais pu gâcher toute ta vie.

— Mais ça n'a pas eu lieu, maman.

— Vraiment ? Tu as tout de même fait deux ans de prison pour ce romanichel. Comment s'appelle-t-il, déjà ?

— Vilmos.

— Et ensuite tu es parti faire la guerre alors que rien ne t'y obligeait. Moralité : tu y as laissé quatre ans de ton existence. Faut-il aussi te rappeler que tu m'as complètement abandonnée ? Je connais à peine tes enfants !

— Tu as toujours refusé de recevoir Berill. Aujourd'hui encore...

— Il n'y a que toi pour croire qu'on peut mélanger les torchons et les serviettes. Il paraît que c'est elle qui dirige la banque, à présent ? Mon pauvre garçon... Enfin, ça te regarde, autre temps, autre mœurs. Mais que tu en sois venu à mépriser l'Irlande et à lui tourner le dos, je trouve ça révoltant, dégradant.

— J'aime l'Irlande, malheureusement Dublin s'est coupé du monde.

— Qu'importe le monde ? Pourquoi cours-tu à travers l'Europe ?

— Pour les affaires, pour faire vivre ma famille.

— Ne me fais pas rire, tu as confié tes affaires à ces Károly !

— Et elles se portent très bien.

En nage, Anna s'agitait tellement que Tomas eut pitié d'elle.

— Maman, nous n'avons pas toujours été d'accord, mais nous pourrions faire la paix. Je suis là pour savoir ce dont tu as besoin, ce qui te serait agréable.

— Partir l'esprit tranquille ! répliqua sa mère dans une ultime bouffée de rage.

Elle se redressa, reprit son souffle, puis, soudain, son expression se modifia. Le regard posé sur Tomas, elle se mit à sourire.

— Je n'ai pas fait de testament, annonça-t-elle, puisque je ne possède pas grand-chose. Cette maison t'appartient, moi je n'ai que les meubles, quelques bijoux, ma dot à laquelle ton père n'a jamais touché. Tu répartiras tout de façon équitable entre vous trois, mais privilégie Teresa, Susan ne mérite rien.

La deuxième sœur de Tomas, qui avait épousé un Australien dès qu'elle avait été en âge de se marier, vivait à des milliers de kilomètres, ne donnait que rarement de ses nouvelles et semblait avoir tout à fait oublié les Blaque-Belair.

— Pour mes bijoux, je ne veux pas que Berill y touche ! Tu m'entends ? Mais tu pourras en donner à Maureen, j'avais quelques belles parures quand j'étais jeune fille... Les écrins sont dans le coffre-fort du fumoir, dont je garde la clef avec moi.

Entrouvrant le col de sa chemise de nuit, elle désigna une cordelette de cuir dont elle s'était fait un collier.

— Maman ! Tu vas t'étrangler avec ça, c'est ridicule.

— Les vieilles gens le sont toujours. Ton grand-père l'était aussi, avec cette pipe qu'il suçait du matin au soir ! Mais tu ne voulais pas le voir, n'est-ce pas ?

— J'aimais énormément Douglas, dit Tomas d'un ton réticent.

De nouveau, sa mère eut cette expression étrange, presque tendre, qu'il ne lui avait pas connue jusqu'à ce jour.

— Il te le rendait bien, concéda-t-elle.

De ses doigts noueux, elle entreprit de défaire la cordelette. À ses gestes maladroits et désordonnés, il comprit ce que cet effort lui coûtait, mais il n'osa pas l'aider parce qu'il aurait dû toucher sa peau nue, ce qui était impensable.

— Tiens, soupira-t-elle en lâchant la clef et le lien sur le drap.

Ses yeux semblaient voilés, son souffle était court, pourtant elle murmura encore quelques mots à peine audibles.

— Il y a une chose que je voudrais savoir. Qu'est-ce qu'elle avait d'extraordinaire, Berill ? Tu étais un garçon sensé, tu avais les pieds sur terre. Si on t'avait parlé de coup de foudre à l'époque tu aurais éclaté de rire. Avec Ellen, tu te comportais normalement, et puis... Il a fallu quelque chose de spécial pour que tu te retrouves ensorcelé ! Alors, dis-moi, c'est quoi ?

Tomas n'avait jamais eu une conversation si longue et si intime avec sa mère. Persuadé que ce serait la dernière, il choisit d'être totalement sincère.

— Des yeux violets, maman.

Anna esquissa un ultime sourire indulgent, comme s'il avait proféré une bêtise, puis elle parut s'assoupir.

Au rez-de-chaussée, Berill attendait sans impatience, perdue dans une foule de souvenirs dont le plus tenace pour elle, dans cette maison qu'elle connaissait mal, était celui de la mort de Douglas dix-huit ans plus tôt. Grâce à ce vieil Irlandais si peu conventionnel, Tomas et Berill étaient partis pour la France où ils avaient fait prospérer la banque. Sans la guerre, ils seraient encore à Paris, sans doute heureux, peut-être insouciants...

Berill se mit à observer les meubles lourds et austères du salon en essayant d'imaginer quel genre d'enfance Tomas avait connu ici. Anna ne semblait ni maternelle ni même affectueuse. Comment Tomas pouvait-il être si débordant d'amour ? Outre son indéfectible passion pour Berill, il adorait ses enfants, sa sœur, et Mathias, qu'il considérait comme son frère. Et même sans aimer Vilmos, il avait été capable de prendre tous les risques pour aller le chercher !

Y penser replongea Berill dans l'angoisse. Elle n'avait rien dit à Tomas de sa rencontre avec Arno, elle ne se sentait pas le courage de lui en parler. Avouer l'abjecte trahison de son frère lui paraissait faire rejaillir sur elle un peu de la honte. Arno était un Károly, un de son sang, elle avait grandi dans la même roulotte que lui, il l'avait fait rire aux éclats, et pourtant c'était lui qui avait précipité la famille dans l'horreur. Vilmos au fond d'un camp, Tomas emprisonné à Vienne, toutes ces souffrances, ces nuits blanches à cause d'Arno, le pire des traîtres, à cause d'une Allemande du nom de Ruth.

Non, elle ne pouvait pas avouer la vérité à Tomas. Et pas davantage à Vilmos, qu'elle avait préféré laisser dans l'ignorance. Son père était malade, âgé, usé, et s'il parvenait à supporter le doute au sujet d'Arno, en revanche, une certitude le tuerait.

Mais le secret était trop lourd à porter pour elle seule, alors Berill avait craqué dans les bras de Mathias à qui elle avait tout raconté. Ils avaient pleuré ensemble de dégoût et d'humiliation, pleuré comme si Arno était mort, et leur jeunesse avec.

— Je crois que maman ne passera pas la nuit, dit Tomas en entrant dans le salon.

Un peu hébétée, Berill eut du mal à s'arracher à ses sombres pensées.

— Quelque chose te chagrine ? s'enquit Tomas.

Il vint s'asseoir à côté d'elle, sur la méridienne, et lui passa un bras autour des épaules.

— Ne sois pas triste pour moi, chérie.

Pourquoi était-il toujours si terriblement gentil ? Plus préoccupé d'elle que de lui-même ? Brusquement, une image lui revint en mémoire, celle de Tomas à côté de son lit, au Charing Cross Hospital de Londres. D'un ton très solennel, il avait déclaré sans hésitation : « L'Irlande est un beau pays, mais si vous ne l'appréciez pas, je vous promets que nous nous installerons ailleurs. Il me semble évident que je ferai exactement ce que vous désirez si j'ai le bonheur de vous épouser. La banque Blaque-Belair est une belle affaire, je la ferai prospérer n'importe où, je pense. » Ce jour-là, tout entortillée dans les bandages qui couvraient ses plaies, effrayée du sort qui l'attendait, Berill avait cru sauter dans le vide en acceptant. Or elle avait pris la meilleure décision de sa vie.

— Mon amour..., chuchota-t-elle.

Elle se redressa, posa ses lèvres sur celles de Tomas et l'embrassa avec une fougue qui les électrisa tous les deux. L'amour était la seule réponse au malheur, elle le savait aujourd'hui, et elle était prête à en donner la preuve immédiate dans ce sinistre salon.

L'été fut superbe. En récompense de ses succès universitaires, Maureen demanda à ses parents un séjour en Italie, qu'ils financèrent très volontiers, persuadés que leur fille en profiterait pour apprendre l'italien et visiter tous les musées de Rome et de Florence. Hugh était le seul à savoir que sa sœur partait rejoindre Lorenzo Baldi à Turin, mais il avait juré de garder le secret, et même s'il le regrettait amèrement, il ne pouvait que se taire.

Anna s'éteignit début juillet. L'enterrement eut lieu au cimetière de Dublin, où elle fut inhumée dans le caveau des Blaque-Belair avec son mari et son beau-père. Trois semaines plus tard, sans états d'âme, Tomas mit en vente la maison de Merrion Square. Il conservait la sienne, à Parnell Square, tout comme l'hôtel particulier de Neuilly, où vivait toujours Sandor.

Il commençait à se poser des questions sur l'opportunité d'un retour en France. À Lausanne, saturée de banques privées, la concurrence était trop rude. Il s'en ouvrit à Mathias et à Berill un soir de la fin août. Ils avaient dîné dans le parc de la maison qu'ils louaient toujours, avenue du Théâtre, et après que Vilmos et Margit se furent retirés, ils étaient restés à flâner, à grignoter des fruits et à discuter dans la douceur de la nuit.

— Les Français ont accepté le plan Marshall, mais ils vont vers une dévaluation du franc, prophétisa Mathias. Leur pouvoir d'achat s'est effondré, ils en sont toujours aux tickets de rationnement, les prix galopent et il y a des grèves partout !

— Je ne sais pas ce que ce Vincent Auriol va pouvoir faire pour redresser la barre, renchérit Berill en croquant un grain de raisin.

Elle lança le reste de la grappe à Goliath, qui était couché à ses pieds. Depuis longtemps, elle ne songeait plus à son vieux rêve d'Amérique, mais peut-être le moment était-il venu d'y repenser ?

— Faut-il que nous restions en Europe ? demanda-t-elle à Tomas.

Le sourire complice et attendri de son mari lui prouva qu'il avait immédiatement deviné ses intentions sous cette question anodine.

— Nous n'avons pas vraiment les moyens de tenter l'aventure outre-Atlantique, ma chérie. Je crois que tu le sais très bien, en tant que directrice de l'Irish. Nous n'avons plus l'âge non plus.

Il continuait à sourire, couvant sa femme d'un regard plein d'amour.

— De toute façon, c'est ici que l'argent va circuler dans les dix années à venir, fit remarquer Mathias. Tout est à reconstruire, en France comme en Italie, en Allemagne comme en Angleterre, et la Suisse demeure une place stratégique pour traiter les affaires.

Tomas se tourna vers lui, songeur, puis finit par hocher la tête.

— Oui, sans doute... Alors, restons à Lausanne encore deux ou trois ans, le temps de bien préparer un retour à Paris.

Derrière eux, Teresa descendait les marches de la terrasse, chargée d'un lourd plateau et suivie par Hugh qui portait des chandeliers. Une fois les bougies allumées et le café servi, ils reprirent leur discussion.

— Neuilly me manque, soupira Berill, et j'ai hâte de retrouver Sandor qui refuse toujours de bouger.

Au cours de ces derniers mois, elle était allée deux fois à Paris pour expédier des démarches administratives et entreprendre quelques travaux d'entretien dans l'hôtel particulier, mais elle n'avait pas réussi à convaincre le vieux Roumain de la suivre. Il entendait continuer à veiller sur l'hôtel particulier du boulevard du Château, mission dont il s'était plutôt bien acquitté durant toute la guerre, et il n'envisageait rien d'autre. Le goût des voyages l'avait quitté depuis longtemps, il était vieux et s'accrochait désormais à ses habitudes, à cette petite chambre sous les toits qui était devenue son port d'attache après toute une vie d'errance.

— Tu as raison, Tom, ne précipitons rien... Toutefois, si nous devons continuer d'habiter ici, je vais m'arranger pour égayer un peu cette maison. Je la trouve triste et sans âme, j'ai envie de tout faire repeindre !

Dans la pénombre, Berill ne vit pas l'expression pincée de Teresa. C'était elle qui avait été chargée de la décoration lorsqu'ils étaient venus s'installer à Lausanne, et elle trouvait la maison très bien arrangée, pas du tout « triste et sans âme » ! Vexée, elle garda néanmoins le silence, car elle se mêlait peu à ce genre de conversation. Personne ne lui demandait jamais son avis, les décisions se prenaient sans elle. Elle gardait encore sur le cœur la manière dont Tomas avait mis en vente la demeure de Merrion Square, sans même la consulter. N'y avait-elle pas été élevée, elle aussi ? N'aurait-elle pas eu son mot à dire ? Bien sûr, Tomas avait honnêtement réparti les bijoux de leur mère entre elle et Maureen, laissant même à Teresa le soin de choisir la première. Berill n'avait rien eu, mais sans doute n'aurait-elle su que faire de ces parures d'une autre époque, elle qui allait choisir ses bracelets chez Cartier ! Justement, la flamme d'une bougie éclairait celui qu'elle portait au poignet, faisant scintiller les pierres précieuses. Mais la flamme illuminait aussi le mauvais côté du visage de Berill, avec cette terrible cicatrice qui ne s'était jamais atténuée. Aussitôt, Teresa se reprocha sa méchanceté, sa mesquinerie. Berill avait supporté sa disgrâce physique depuis plus de vingt ans sans se plaindre, pourquoi lui reprocher d'être restée coquette ? Sa manière de s'habiller, son maquillage, ses coiffures ou ses bijoux n'étaient que des artifices destinés à détourner l'attention, à faire que les regards ne s'attardent pas sur sa joue. À force de volonté, parce qu'elle soignait son apparence, conservait sa silhouette de jeune fille et savait très bien mettre en valeur ses yeux étranges, eh bien oui, elle réussissait à être belle !

— Qu'est-ce qui t'amuse ? lui demanda Berill.

Teresa avait dû sourire sans s'en apercevoir. Son

moment d'humeur était passé et elle esquissa un geste insouciant.

— Tu donnes tous mes macarons à Goliath ! dit-elle en riant.

Entendant son nom, le chien s'assit et posa sa tête sur les genoux de Berill, qui l'embrassa entre les oreilles. Elle fit glisser ses mains sur le pelage soyeux d'un mouvement lent, presque sensuel, qui n'appartenait qu'à elle.

— As-tu des nouvelles de Maureen ? lança-t-elle à Hugh tout en continuant à caresser le danois. Je trouve qu'elle ne nous appelle pas souvent...

Teresa, qui était assise à côté de lui, fut la seule à remarquer l'embarras du jeune homme.

— Elle est à Turin, je crois, marmonna-t-il.

— À Turin ? Mais il n'y a rien à voir à part les usines Fiat ! s'étonna Mathias.

Hugh lui adressa un regard indéchiffrable, qui acheva d'intriguer Teresa. Que cherchait-il à dissimuler à la famille à propos de Maureen ? Le frère et la sœur étaient très proches, ils se confiaient tous leurs secrets, y avait-il anguille sous roche ? La vie de Maureen semblait pourtant limpide. C'était une jeune fille brillante, aussi raisonnable qu'intelligente, et qui avait toujours fait preuve d'une grande maturité.

— Et si je vous emmenais faire un tour le long du lac ? proposa soudain Berill.

Depuis qu'elle avait acheté sa Studebaker, une voiture américaine dernier cri, tous les prétextes étaient bons pour aller se promener. Tomas et Mathias acceptèrent avec enthousiasme tandis que Teresa déclinait l'offre, pressée d'aller se coucher. Personne ne se rendait compte de l'énorme travail que représentait cette maison ! Être femme d'intérieur n'était pas une sinécure, surtout avec toutes les réceptions et dîners que donnait Berill, prétendument pour les affaires de la banque, mais en réalité parce qu'elle adorait recevoir.

« Ne recommence pas... », se morigéna-t-elle. Après tout, il y avait du personnel pour l'aider, et tous les invités la complimentaient systématiquement sur son excellente cuisine.

— Je t'aide à débarrasser ? proposa Hugh.

Il n'était pas parti se promener non plus, conservant son air renfrogné.

— As-tu un problème quelconque au sujet de Maureen ? lui demanda-t-elle carrément.

— Pas que je sache, répondit-il de façon sibylline.

De toute façon, ce ne serait pas à elle qu'il se confierait s'il avait un souci, c'était le garçon le plus secret de la Terre. Mais au pire, il avait toujours la ressource d'aller trouver Mathias, son seul confident.

Ils entassèrent la vaisselle sur les plateaux, soufflèrent les bougies. Dans le silence de la nuit, ils entendirent ronfler le moteur de la Studebaker qui sortait du garage. Teresa étouffa un soupir puis lança, d'un ton exagérément désinvolte :

— Je me demande si je ne devrais pas passer mon permis de conduire, moi aussi...

— Toi ? s'étonna Hugh.

Et il éclata de rire, comme si elle avait dit quelque chose de drôle.

À Turin, Maureen avait été de déconvenue en déconvenue. La ville, très industrielle, était surtout la capitale de l'automobile, et l'appartement de Lorenzo, minuscule, était situé loin du centre.

Autant à Lausanne le bel Italien avait su donner le change, autant chez lui, dans son contexte, il n'était qu'un agent commercial de Fiat, avec un bagout de vendeur de voitures, un penchant pour le chianti, et des habitudes de joyeux célibataire. Trop intelligente pour ne pas voir que l'élu de son cœur n'avait vraiment rien d'un prince charmant, Maureen se retrouvait néanmoins piégée par l'intensité de leur relation charnelle. Chaque nuit, dans les bras de Lorenzo, elle éprouvait un plaisir vibrant qui la faisait revenir tous les soirs alors qu'elle aurait voulu rompre, et sa volonté se brisait sur cette dépendance physique.

Elle était allée à Rome, où elle s'était languie de lui, seule dans sa chambre d'hôtel, et les charmes de l'architecture ou de la peinture italiennes ne l'avaient pas comblée comme son amant savait le faire. Florence, visitée au pas de course, lui avait permis d'expédier toutes ses cartes postales et d'acheter quelques souvenirs destinés à sa famille, mais elle était vite revenue à Turin. Pour ne pas se morfondre du matin au soir pendant que Lorenzo était à son travail, elle s'était tout de même inscrite à des cours d'été de l'université, où elle avait rapidement acquis une assez bonne pratique de l'italien grâce à ce don pour les langues qui lui venait de sa mère.

L'été allait bientôt finir, et Maureen envisageait avec angoisse son retour en Suisse. Se séparer de Lorenzo lui semblait au-dessus de ses forces. Elle s'accrochait à lui chaque nuit, espérant contre toute logique qu'un avenir entre eux était possible. Le matin, buvant le café dans la microscopique cuisine en désordre tout en essayant de voir la couleur du ciel par la lucarne ouverte sur une cour obscure, elle retrouvait quelque lucidité et mesurait les obstacles qui la séparaient de cet homme. Mais il suffisait qu'il la regarde d'une certaine manière, qu'il la prenne dans ses bras en murmurant des mots tendres, et qu'il glisse ses mains sous le peignoir pour qu'elle se sente prête à tenter l'impossible.

Bien sûr, elle avait remarqué qu'il était presque toujours désargenté, et dans les trattorias où il l'emmenait souvent retrouver ses amis pour faire la fête, c'était Maureen qui réglait l'addition. Il la remerciait avec exubérance, en bon Italien charmeur, et promettait de la couvrir de cadeaux dès qu'il aurait touché sa paye. Toutefois il ne lui avait offert qu'un bouquet de fleurs en deux mois.

Mal à l'aise, refusant de voir la situation en face, Maureen, en désaccord avec elle-même, se sentait coupable vis-à-vis de sa famille, à qui elle mentait effrontément. Lorsqu'elle téléphonait à Hugh, il l'exhortait à rentrer, à mettre un terme à cette liaison. « C'est sordide et sans issue, c'est indigne de toi, tu es en train de te perdre ! » prophétisait-il d'un ton affolé. Elle aurait aimé lui donner tort, mais au fond il n'y avait pas grand-chose à dire pour la défense de Lorenzo, elle le savait bien.

Un dimanche de la fin du mois d'août, Maureen comprit qu'elle ne pouvait plus retarder son départ et elle eut une conversation sérieuse avec son amant. Elle allait avoir vingt ans, ce qui, pour une année encore, la laissait mineure. Elle devait rentrer chez elle, où ses parents l'attendaient, et poursuivre ses études. Leur merveilleuse histoire s'achevait, ils devaient se dire adieu. Puis elle s'était mise à pleurer, incapable d'imaginer son existence sans Lorenzo. Alors il eut la réaction qu'elle espérait et redoutait : il mit un genou à terre pour la demander en mariage.

Tomas et Mathias étaient absents lorsque Berill reçut, à la banque, deux policiers qui demandaient à la voir. Avec tous les ménagements voulus, ils lui apprirent qu'un homme de soixante-douze ans, qui portait sur lui des papiers d'identité au nom de Vilmos Károly, avait succombé à un malaise cardiaque dans un car se rendant au zoo de Servion. Son corps avait été transporté à l'hôpital le plus proche, où un membre de sa famille devait venir le reconnaître.

Anéantie, Berill mit quelques instants à comprendre, puis à réaliser. Le zoo de Servion, situé à une vingtaine de kilomètres de la ville, était effectivement l'un des buts de promenade de son père. Lorsqu'il s'ennuyait, ou seulement s'il était d'humeur mélancolique, il partait voir les loups et les ours bruns. Berill ne l'y avait accompagné qu'une seule fois, peu de temps après leur installation à Lausanne, heureuse de lui procurer cette distraction qu'eux seuls pouvaient apprécier à sa juste valeur. Elle se souvenait très bien de la main de son père dans la sienne, tandis qu'ils observaient les animaux sauvages à travers les grillages. Ils avaient partagé en silence un moment d'émotion lié à leur passé, et le vieil homme y était souvent retourné pour méditer, se souvenir.

Berill accepta de suivre les deux policiers jusqu'à la morgue de l'hôpital. Elle n'imagina pas un instant demander à Hugh de la soutenir, préférant lui épargner cette vision, et Teresa, trop sensible, ne pouvait lui être d'aucun secours. Aussi fut-ce uniquement escortée de l'un des deux inspecteurs qu'elle se retrouva dans un sous-sol aux murs carrelés de blanc, devant un chariot métallique sur lequel reposait son père. Il portait son costume beige et une chemise à rayures, dont le col avait été ouvert.

— C'est bien lui, souffla-t-elle.

Le policier hocha la tête et expliqua à mi-voix les circonstances du décès. Vilmos avait été pris d'un soudain malaise et s'était effondré sur son voisin, qui avait alerté le chauffeur. Le car s'était arrêté en catastrophe et le chauffeur était parti chercher de l'aide. Lorsqu'il était revenu avec un médecin, Vilmos était déjà mort malgré les soins que les autres passagers avaient tenté de lui prodiguer.

— Un infarctus massif et foudroyant, d'après le légiste. Si vous le souhaitez, madame, je peux vous laisser seule un moment.

— Oui, s'il vous plaît. Rien qu'une minute...

Elle attendit que l'homme se soit éloigné pour s'approcher davantage du chariot et poser sa main sur celle de son père. La peau était froide, mais Berill n'y prêta pas attention.

— Reste derrière moi, chuchota-t-elle, mets tes pas dans les miens. Tu me disais ça...

Elle observa intensément les traits figés, la bouche entrouverte, les cheveux blancs. À ce masque de mort, elle superposa le visage de Vilmos au temps de sa splendeur, quand ses boucles brunes effleuraient le col de son dolman à brandebourgs. Quand il lançait ses ordres aux tigres d'une voix forte, quand il faisait claquer son fouet sur le sol de la piste. Elle l'avait vu ainsi alors qu'elle était enfant, puis plus tard, tandis qu'il renaissait de ses cendres avec elle pour le numéro de « La danseuse et les fauves ». En revanche, ce qu'elle n'avait pas vu, c'est ce qui lui était arrivé dans ce camp près de Salzbourg. Ni les mois d'errance de son évasion. Il n'avait pas raconté ses souffrances, il n'était pas le genre d'homme à se plaindre. Tout comme il n'était jamais arrivé à reparler de l'accident de Londres. « Arrière, Aïcha, arrière ! » Ce cri désespéré et impuissant, combien de fois Berill l'avait-elle entendu résonner dans sa tête ? Et peut-être qu'en réalité Vilmos était mort ce jour-là, sur la piste du grand cirque anglais, de n'avoir pu sauver sa fille des griffes de la lionne.

Berill eut un premier sanglot, venu de si loin qu'il fut comme un haut-le-cœur, et tandis qu'elle suffoquait de chagrin, elle se jura de ramener son père en Hongrie pour l'ensevelir dans sa terre natale, celle qui produisait les plus grands dompteurs du monde.

Budapest, septembre 1947

Il avait fallu deux semaines pour accomplir les formalités nécessaires, mais Tomas s'était arrangé pour tout planifier. Laissant à Berill le soin de consoler Margit, que ce deuil ravageait, Tomas avait fait revenir Maureen d'Italie, puis envoyé Mathias chercher Sandor à Paris.

Ce fut donc la famille au grand complet, arrivée par avion le matin même, qui se retrouva dans l'un des cimetières de Budapest, sur la rive gauche du Danube, où le cercueil plombé de Vilmos les attendait.

Berill savait son père croyant, aussi Tomas avait-il trouvé un prêtre qui se tenait maintenant sur le bord de la tombe, prêt à réciter les prières d'usage. Margit, soutenue par sa fille et ses petits-enfants, semblait hors d'atteinte, presque incohérente. Mathias tenait le bras d'un Sandor un peu ahuri d'être là, voûté de tristesse et noyé dans ses souvenirs, mais toujours aussi robuste. Tomas et Teresa, un peu en retrait, laissaient les Károly se recueillir.

Confiant sa mère à Hugh et Maureen, Berill fut la première à s'avancer pour jeter une rose dans le caveau où venait d'être descendu le cercueil. Lorsqu'elle se détourna afin de céder sa place, elle se figea, incrédule. À vingt mètres d'eux, immobile dans une allée, Arno les observait. Vêtu d'un costume gris, il tenait son chapeau à la main. Son regard croisa celui de Berill. Se croyait-il à l'abri de la haine qu'elle éprouvait à son égard parce que leur mère était là ? Certes, Margit ignorait tout de son ignoble trahison, mais sa présence dans ce cimetière restait inadmissible, scandaleuse, impensable.

En deux enjambées, Berill rejoignit Mathias, qu'elle saisit par le bras, le forçant à faire demi-tour.

— Chasse-le d'ici, articula-t-elle à voix basse. Vite, avant que maman ne le voie !

Les yeux de Mathias s'agrandirent sous l'effet de la stupeur, puis il pâlit d'un coup. D'une démarche mécanique, il se dirigea droit sur son frère. Berill le vit bousculer Arno sans ménagement, le faire reculer de force dans l'allée.

— Qu'est-ce qui se passe ? Qui est-ce, chérie ? Mathias a-t-il besoin d'aide ?

Alarmé par l'expression du visage de sa femme, Tomas s'était rapproché d'elle.

— Rien, laisse..., souffla-t-elle.

Mais là-bas, loin d'eux à présent, les deux hommes étaient en train d'en venir aux mains.

— Berill ! insista Tomas.

Hors d'état de l'écouter, elle fit deux pas en avant, s'arrêta, secoua la tête. Puis elle jeta un coup d'œil par-dessus son épaule pour s'assurer que sa mère ne s'était aperçue de rien. Par bonheur, Margit était de dos, sans doute incapable de s'arracher à la tombe de Vilmos, et toujours soutenue par Hugh et Maureen. En revanche, Sandor suivait la scène, les mâchoires crispées et le regard fou. À le voir, Berill sut que Vilmos lui avait parlé. Peut-être lorsqu'ils s'étaient retrouvés seuls tous les deux à Neuilly, durant tous ces jours où Berill cherchait un moyen de ramener clandestinement son père en Irlande.

La main de Tomas s'abattit sur son épaule, la faisant sursauter.

— J'y vais, décida-t-il.

— Non, tu n'y vas pas !

Elle se dégagea d'un geste sec. Son chagrin l'avait désertée, elle n'éprouvait à cet instant qu'une froide colère qui la faisait trembler. Tout au bout de l'allée, près de la grille d'entrée, ses frères se battaient pour de bon quand l'un des deux s'effondra.

Passablement amoché, Arno avait fui en titubant sans demander son reste. Mathias, dont la main avait été bandée par un pharmacien, s'était chargé de ramener toute la famille à l'hôtel Gellért où des chambres étaient retenues pour la nuit. Après un déjeuner léger, pris dans un silence contraint, Sandor alla s'installer au chevet de Margit, lui murmurant en magyar toute une litanie qui semblait l'apaiser. De leur côté, les enfants partirent visiter la ville en compagnie de Teresa et de Mathias, ce dernier ayant accepté de leur servir de guide.

Tomas et Berill étaient restés seuls au cimetière jusqu'à la fermeture du caveau, puis ils étaient allés régler le marbrier et choisir l'inscription qui serait gravée sur la dalle. Ensuite, Tomas, avec une certaine raideur, proposa à Berill d'aller se restaurer. Ils marchèrent un bon moment avant de trouver l'un de ces cafés regorgeant de pâtisseries, où l'on pouvait manger à toute heure.

Attablés face à face, un assortiment de gâteaux entre eux, ils burent du thé sans se parler jusqu'à ce que Tomas explose.

— Je veux savoir ce qui s'est passé tout à l'heure, Berill ! Qui était cet homme avec lequel Mathias s'est battu ?

Vidée de toute son énergie, elle contempla un moment son mari, hésitant à lui répondre.

— Excuse-moi, reprit-il plus doucement. Je sais que tu es fatiguée et que tu as beaucoup de peine...

Il tendit la main et, d'un geste très tendre, effleura le visage de Berill.

— Pourquoi ne veux-tu pas me parler ? C'est très douloureux pour moi.

Comme toujours, il réclamait sa confiance, sa complicité. S'il avait pu ne faire qu'un avec elle, il aurait été un homme heureux.

— J'ai honte, Tom, lâcha-t-elle à voix basse.

— De quoi ?

— Il y a une tache sur moi que je ne peux pas effacer et qui me salit. Quelque chose que je ne souhaitais pas te révéler, jamais.

Pour fuir son regard inquiet, elle tourna la tête vers la vitre. Dans la rue, les passants semblaient tristes et pressés. Ici, la fin de la guerre avait eu lieu dans une confusion sanglante, après des mois de terreur et de massacres dont les gens portaient encore les stigmates. Le parti socialiste ouvrier, seul désormais au pouvoir, avait introduit le règne d'une police omniprésente qui arrêtait n'importe qui. Comment Tomas s'était-il débrouillé pour obtenir l'autorisation d'enterrer Vilmos ici, et tous les visas indispensables à leur séjour ?

Elle reporta son attention sur lui. Existait-il quelqu'un de meilleur, de plus droit ? Vilmos ne l'avait jamais aimé, ne lui avait jamais rendu justice, et pourtant Tomas venait de l'enterrer comme il l'aurait fait pour son propre père.

— Arno, commença-t-elle, mon autre frère...

— Le clown ?

La question amena les larmes aux yeux de Berill.

— Le nazi, dit-elle sourdement. C'était lui, au cimetière. Je ne sais pas pourquoi il se trouvait là, ni comment il a appris.

— Nazi ? répéta Tomas, d'une voix incertaine.

Durant plus d'une minute, ils restèrent muets, les yeux dans les yeux, puis Berill céda et raconta tout. Lorsqu'elle acheva son récit, Tomas se leva, contourna la table, s'assit lourdement à côté d'elle. Sans un mot, il lui prit la main, la serra très fort.

— Tu n'es pas seule. Tu n'as plus été seule depuis que tu m'as accepté dans ton existence. Pose ta peine sur moi, j'en prendrai soin, mais ne me tiens pas à l'écart, je t'en supplie.

— Nous l'avons fait tous les deux, Tom. Tu ne m'as pas dit ce qui t'était arrivé dans ta prison, à Vienne.

— Parce que j'y ai été frappé, humilié, avili ! se défendit-il. Qui voudrait avouer ça ?

— Eh bien, tu vois...

Il faillit protester mais se ravisa, tout en continuant à broyer sa main.

— Je t'aime comme au premier jour, murmura-t-il. Tu as promis de me montrer l'endroit où tu vivais pendant la Première Guerre. On y va ?

— Non, s'il te plaît. Je ne veux pas m'en souvenir.

Elle ne souhaitait pas se rappeler cette roulotte où elle avait grandi entre ses deux frères, ni du cinéma muet qu'elle commentait de sa voix de gamine, et surtout pas de cette époque de misère noire où, néanmoins, tous les rêves lui étaient encore permis.

Mathias, d'humeur moins sombre que sa sœur et presque ragaillardi d'avoir pu corriger Arno comme il le méritait, s'était montré un guide fantastique. Il avait conduit sa femme et ses neveux d'une rive à l'autre, traversant le Danube par le célèbre pont des Chaînes, leur avait fait prendre le *siklo*, un funiculaire de bois qui offrait une vue imprenable sur tous les monuments néo-gothiques. Ensuite ils s'étaient perdus dans un dédale de ruelles, puis avaient pris un taxi parce que Mathias tenait absolument à leur montrer les bains Széchenyi, les plus populaires de la ville. En fin d'après-midi, ils avaient terminé leur excursion par un endroit beaucoup moins agréable, un coin perdu d'une banlieue escarpée où Mathias, déçu, n'avait rien reconnu du décor de son enfance.

Comme convenu, à l'heure du dîner ils retrouvèrent Tomas et Berill devant le Bastion des pêcheurs, sur la vieille place médiévale du marché aux poissons.

— Cette ville est d'un romantisme fou ! s'exclama Maureen.

La tête renversée en arrière, elle contemplait le château de conte de fées au pied duquel ils se tenaient.

— Oui, mais elle n'est pas gaie, fit remarquer Hugh qui avait été frappé par la mine austère des habitants et l'impression de terreur qui planait dans les rues.

— Nous allons trouver un bon restaurant, décida Tomas. Margit est restée à l'hôtel ?

— Elle est très choquée par l'enterrement, et surtout par le fait de se retrouver ici, à Budapest, expliqua Mathias. Sandor lui tient toujours compagnie. S'ils ont faim ils se feront monter un plateau.

— Demain matin, avant de partir, j'irai faire un plongeon dans les bains de l'hôtel, annonça Maureen. Ils ont une espèce de piscine intérieure extraordinaire, entourée de colonnes et de balcons qui...

— Aurais-tu songé à emporter ton bikini ? l'interrompit sèchement Berill.

Ils étaient venus pour enterrer Vilmos, pas pour prendre des vacances, et Berill jugeait l'attitude de sa fille étonnamment désinvolte. Deux mois de villégiature en Italie ne lui avaient donc pas suffi ?

— À propos, murmura Tomas pour faire diversion, j'aime bien cette mode des maillots deux-pièces, c'est très seyant. Mais bien sûr, ce n'est ni le jour ni l'endroit.

— Désolée, dit Maureen d'un ton contrit. Nous sommes en deuil, je sais, mais je n'arrive pas vraiment à être triste parce que... Parce que j'ai une merveilleuse nouvelle à vous annoncer, même si elle tombe mal !

Ses yeux brillaient, elle ne tenait pas en place et semblait danser d'un pied sur l'autre, très excitée par ce qu'elle avait à dire. Berill lui adressa un sourire interrogateur, tout en remarquant l'air indigné qu'affichait soudain Hugh.

— Mais qu'avez-vous tous les deux ? Bon, vas-y, Maureen, nous sommes tout ouïe.

Tomas, qui consultait un guide touristique de poche pour y choisir un restaurant, releva la tête et regarda sa fille.

— J'ai rencontré quelqu'un, lâcha Maureen d'un trait. Un homme dont je suis tombée amoureuse et qui vient de me demander en mariage.

— On croit rêver ! ricana Hugh.

Ignorant l'interruption, sa sœur poursuivit :

— Vous allez me trouver trop jeune, je sais, mais Lorenzo vit en Italie et nous ne...

— C'est un Italien ? s'enquit Tomas qui ne souriait pas.

— Un vendeur de voitures, précisa Hugh.

Maureen se tourna vers lui et le fusilla du regard.

— Un vendeur de voitures et un coureur de dot, acheva-t-il, impassible.

— Espèce d'abruti ! siffla Maureen, ulcérée.

Il y eut un flottement, puis Berill prit calmement la parole.

— Faut-il vraiment que nous en discutions sur un trottoir ?

Elle n'appréciait ni ce qu'elle venait d'entendre ni le choix délibéré d'un tel aveu à ce moment précis.

— De toute façon, tu es effectivement trop jeune pour te marier, trancha Tomas. Mais nous allons en parler, j'aimerais que tu m'expliques certaines choses…

Il la prit par le bras tout en désignant un store rouge, un peu plus loin.

— Ce restaurant fera l'affaire, je m'étais promis de déguster un goulache et de boire du tokay.

Comme toujours lorsqu'il s'agissait de leur fille, Tomas était enclin à l'indulgence. À l'évidence, il serait plus diplomate que Berill, aussi les laissa-t-elle prendre un peu d'avance.

— Dis-moi… j'ai cru comprendre que tu connais cet homme. Tu l'as déjà rencontré ? demanda-t-elle à Hugh.

— Deux ou trois fois à Lausanne, au mois de mai et au mois de juin.

— Alors, c'est à cause de lui que Maureen a voulu partir en Italie ?

Décidément, les mauvaises surprises se succédaient. Maureen ne s'était pas contentée de mentir par omission, elle avait échafaudé tout un plan pour passer l'été avec cet Italien dont elle était sans aucun doute devenue la maîtresse. Jamais Berill n'aurait pu supposer que sa fille, si intelligente et si volontaire, se comporterait comme une midinette. D'autant plus que, pour mériter la colère de Hugh – qui trouvait toujours des excuses à tout le monde –, il fallait vraiment être le dernier des derniers !

Avant de rejoindre Tomas et Maureen, Berill se retourna pour contempler une dernière fois le Bastion des pêcheurs.

— Nous avons fait un tour dans les collines, tout à l'heure, lui glissa Mathias à l'oreille.

Oubliant Maureen une seconde, Berill adressa un sourire attendri à son frère.

— Tu as retrouvé l'endroit ?

— Non, il n'y a plus rien. C'est différent et c'est

très bien ainsi. Le passé est mort, mais, si on y pense, on peut se dire qu'on s'en est vraiment bien sortis toi et moi. Moi grâce à toi.

Émue, elle esquissa un geste de protestation.

— Tu as toujours été mon ange gardien, Mathias.

— Tu te gardais toute seule, crois-moi ! répliqua-t-il en riant. Mais le monde a changé et tu n'y peux pas grand-chose. Laisse vivre tes enfants, Berill, à présent ce sont des adultes.

Spontanément, Berill glissa sa main dans celle de Mathias qui murmura, en magyar :

— Je suis content que nous ayons pu enterrer papa ici.

C'était ce que Vilmos aurait voulu, elle en était presque certaine. Teresa et Hugh s'étaient éloignés à leur tour, il n'y avait presque plus personne sur la place. Au loin, la silhouette de son fils lui parut très grande à côté de celle de Teresa. Des adultes, ses enfants ? Non, pas encore, ils avaient été trop préservés, sans doute trop gâtés, et ils ignoraient tout du prix à payer pour chaque chose. En leur offrant la jeunesse dorée qu'elle n'avait pas eue, Berill s'était persuadée qu'ils seraient mieux armés qu'elle pour affronter la vie, plus libres de leurs choix et plus maîtres de leur destin, or c'était le contraire. Pour sa première histoire d'amour, Maureen semblait manquer autant de franchise que de discernement. Quant à Hugh, à dix-huit ans, il n'avait aucune idée de son avenir.

— Pourquoi Arno est-il venu, ce matin ? voulut savoir Mathias.

Depuis qu'elle avait parlé à Tomas dans ce salon de thé, Berill était arrivée à ne plus y penser, mais la question de Mathias réveilla toute sa colère.

— Je l'ignore et je m'en moque ! J'espère que la culpabilité l'étouffe et que ses nuits sont peuplées de cauchemars ! Je ne veux plus prononcer son nom, il n'existe plus pour moi.

Au-delà de la fureur et de la rancune, elle éprouvait soudain une véritable souffrance, comme si arracher son frère cadet de son cœur lui était impossible malgré tout. Peut-être que se retrouver à Budapest ranimait trop de souvenirs, peut-être les liens du sang étaient-ils trop forts pour se rompre tout à fait.

Mathias hocha la tête sans faire de commentaires. Au cimetière, il avait éloigné Arno pour l'empêcher d'approcher leur mère, l'avait frappé pour venger leur père, mais sans dire ce qu'il ressentait exactement vis-à-vis de ce frère dont il avait été naguère si proche. La trahison effaçait-elle entièrement les années de galère et de complicité sur les pistes des cirques ? Mathias parvenait-il à oublier le passé mieux que Berill ? Elle avait beau faire, des images impossibles à ternir demeuraient enfouies dans sa mémoire. Les paillettes et les bravos, les rires des enfants, l'orchestre et les projecteurs hantaient encore certains de ses rêves. Et ces nuits-là, lorsqu'elle se réveillait trempée de sueur, elle se levait pour aller mettre sa tête contre le poitrail de Goliath, espérant en vain sentir sur lui l'odeur perdue des fauves.

8

Paris, 1951

Le printemps rendait l'air léger, et tout au long des avenues de Neuilly, les marronniers étaient en fleur. Dans l'hôtel particulier du boulevard du Château, les ouvriers avaient enfin achevé les travaux de rénovation nécessités par presque douze ans d'absence.

Au rez-de-chaussée, Berill avait choisi des carrelages à damiers blanc et noir sur lesquels s'étalaient de somptueux tapis persans, des peintures blanches rechampies d'or et de lourds rideaux damassés. Dans les étages, elle avait préféré des couleurs pastel pour les chambres, avec d'épaisses moquettes. Décidée à beaucoup recevoir, elle avait supervisé elle-même le chantier tandis que Tomas et Mathias couraient Paris à la recherche de locaux pour la banque. Finalement, ils avaient déniché un rez-de-chaussée et un entresol, dans un immeuble très luxueux de la rue François-Ier, où ils avaient installé les bureaux de l'Irish Blaque-Belair, sobrement signalés sur la façade par une plaque de cuivre.

Tomas savait que tout serait à refaire pour retrouver un nom sur la place financière parisienne, ainsi qu'une clientèle privée d'institutionnels – banquiers ou assureurs –, mais sa confiance dans les capacités de Mathias et de Berill était assez grande pour le pousser à investir à la limite de ses possibilités. Depuis l'année précédente, la fixation des salaires avait été rendue libre, le Smig instauré, le Français avait enfin les moyens d'acheter, il devenait un consommateur et le marché intérieur se développait. Parallèlement, pour assurer sa croissance, la France se tournait vers une sorte d'union de l'Europe. Le vieux rêve de la réconciliation avec l'Allemagne venait de prendre timidement corps avec le plan de Robert Schuman pour une production franco-allemande de charbon, de fer et d'acier. Les industriels les plus lucides commençaient à suivre la voie de l'exportation, les indicateurs de l'économie étaient au vert.

Enfant du siècle, Berill allait fêter ses cinquante et un ans, mais le temps semblait avoir peu de prise sur elle. Pour mettre en valeur sa silhouette toujours aussi mince, elle s'habillait volontiers chez Balmain, une jeune maison de couture qui prônait alors une ligne d'épaules large, des jupes droites boutonnées et de grands chapeaux.

Lors de ce retour en France qu'elle désirait tant, elle avait émis l'idée de ne plus occuper son siège à la banque, mais Tomas s'était ingénié à l'en dissuader. D'abord, il avait besoin d'elle, besoin de cette femme élégante et atypique qui ne fonctionnait qu'à l'instinct mais prenait toujours les bonnes décisions. Derrière son bureau, elle fascinait ses interlocuteurs, et quand elle ne connaissait pas la réponse à une question, elle n'hésitait jamais à l'inventer. Au cours des nombreux dîners qu'ils donnaient, elle n'était pas seulement son épouse, mais aussi une femme d'affaires qui avait fait ses preuves, et Tomas renforçait sa légende en expliquant de quelle manière Berill avait su tenir à bout de bras l'Irish durant la guerre.

Devant ses arguments, elle s'était inclinée d'assez bonne grâce, sans se douter que Tomas cherchait surtout à la préserver de l'ennui. Berill, il le savait, n'était pas faite pour l'oisiveté et ne se contenterait pas de rester entre les quatre murs de l'hôtel particulier, surtout maintenant que les enfants avaient pris leur indépendance.

Très secouée par son aventure avec Lorenzo Baldi, Maureen s'était de nouveau jetée dans les études pour oublier le bel Italien dont elle rêvait encore certaines nuits. La rupture avait eu lieu de manière sordide, par téléphone. Dès que Maureen avait annoncé que ses parents s'opposaient au mariage, Lorenzo s'était montré beaucoup moins pressé de la revoir. Conformément au jugement de son frère, il ne s'agissait donc que d'un coureur de dot qui avait vu en Maureen une prise de choix, mais ne comptait pas du tout s'embarquer dans une vaine liaison qui ne lui attirerait que des ennuis et pas un sou. Incrédule, la jeune fille s'était accrochée à ses illusions durant quelques semaines, le temps d'écrire des lettres enflammées qui n'avaient jamais obtenu la moindre réponse.

Solidaire et compatissant, Hugh n'avait pas triomphé, au contraire, il s'était attaché à consoler sa sœur de son mieux, jusqu'à ce qu'elle retrouve assez de confiance en elle pour reprendre le cours de sa vie. Mais si elle offrait, depuis, un visage serein d'étudiante douée, quelque chose s'était vraiment brisé en elle. Sans en avoir eu tout à fait conscience, le modèle de ses parents était celui qu'elle aurait voulu reproduire. Leur mariage d'amour, si follement romantique, leur réussite sociale, leur entente qui ne s'était jamais démentie, cet esprit d'indépendance qui les caractérisait l'un comme l'autre, leur capacité à tout reconstruire ensemble et ailleurs dès que l'envie de bouger les prenait : c'était tout cela qui représentait un couple aux yeux de Maureen. Or elle se rendait bien compte qu'elle n'y arriverait jamais si elle continuait à s'aveugler sur les hommes comme elle l'avait fait avec Lorenzo, si elle croyait à leurs mensonges sans parvenir à les juger. En conséquence, elle était devenue exigeante et cynique, repoussant les avances des garçons de peur de se tromper une deuxième fois. Néanmoins, l'amour lui manquait. Les désirs que Lorenzo avait su éveiller puis combler, la volupté apprise dans ses bras avaient fait d'elle une femme. Or cette femme se morfondait dans son rôle de jeune fille.

Pour sa part, Hugh connaissait d'autres problèmes, très différents de ceux de sa sœur. Toujours réfractaire aux études, il n'avait obtenu aucun diplôme, ce qui désespérait son père. Sportif accompli, intelligent et énergique, bourré de charme, il déclarait avec franchise qu'il ne savait pas ce qu'il allait faire de sa vie puisqu'on l'empêchait d'entrer à la banque où, depuis des années, il voulait rejoindre Mathias. Son affection pour son oncle restait immense, et si Tomas n'en prenait pas ombrage, il y voyait néanmoins la raison de ce pseudo-engouement pour la finance. « Tu n'y connais rien, tu ne nous serais d'aucune utilité ! » avait-il déclaré à son fils avant de lui conseiller de se réinscrire à l'université. Mais Hugh en avait assez d'échouer aux examens et il se trouvait dans une impasse. Tout l'amusait, l'intéressait, mais il ne voulait plus s'asseoir sur les bancs de l'école. S'il avait su clairement exprimer qu'il refusait d'être passif et que, de spectateur, il désirait devenir acteur, sans doute Tomas l'aurait-il mieux compris. Hélas, père et fils ne communiquaient guère, Hugh ayant pris l'habitude de laisser à Maureen le devant de la scène.

Les choses se firent naturellement, presque de manière inéluctable, un samedi après-midi où Hugh était allé assister à un spectacle de la cavalerie Gruss, qui se produisait chez les Bouglione, au Cirque d'hiver. Excellent cavalier, Hugh aimait les chevaux, et il apprécia en connaisseur le travail présenté sur la piste. Malgré le lointain passé de sa mère, le monde du cirque ne lui était pas familier, toutefois il avait souvent entendu son grand-père Vilmos y faire allusion. Sa curiosité en éveil, il revint à la représentation du lendemain, accompagné de Mathias, qu'il bombarda de questions. Son oncle se prêta de bonne grâce au jeu des réponses tout en le mettant en garde : « Ne va pas t'enticher de cet univers, tu n'y trouverais pas ta place et ta mère ne le supporterait pas. »

Mathias l'avait dit parce qu'il était celui qui connaissait le mieux Hugh. Il le savait à la fois capable d'emballements et à la recherche d'un destin. Sans jamais exprimer cette opinion à voix haute, il pensait aussi que Tomas avait tort de fermer la porte de la banque à son fils, prenant ainsi le risque de le voir se précipiter tête baissée dans n'importe quelle autre voie. À vingt-deux ans, Hugh devenait un jeune homme pressé d'exister, surtout dans une famille aux si fortes personnalités.

Bien entendu, Hugh devint un habitué du Cirque d'hiver. Il fit connaissance avec la famille Gruss, puis avec les Bouglione et les Fratellini. Il s'aperçut qu'il adorait arpenter les coulisses, bavarder avec les artistes, se retrouver dans la proximité des animaux. Il y était même si bien qu'il n'en parla à personne, gardant pour lui le projet qui commençait à se former dans son esprit…

Pour une fois, il ne s'agissait pas vraiment d'un dîner d'affaires, bien que le principal invité soit un banquier. De passage à Paris, Felipe avait accepté avec joie l'invitation de Tomas, il était même arrivé en avance, alors que rien n'était prêt, chargé d'un plein sac de cadeaux : deux bouteilles d'un cru de Riojas qu'il voulait absolument faire goûter à Tomas, de somptueux éventails brodés à la main pour les femmes, un poignard de Tolède destiné à Hugh.

Par lettre ou par téléphone, Tomas et Felipe n'avaient jamais cessé de correspondre, ils ne s'étaient pas perdus de vue malgré les années, allant jusqu'à s'informer mutuellement de certaines opportunités boursières, ou s'épauler lors d'investissements importants. Ils n'oubliaient pas leurs années de jeunesse, ni le fameux séjour de Tomas à Madrid, l'année de sa rencontre avec Berill, ni les craintes qu'ils avaient pu nourrir l'un pour l'autre au milieu de toutes les guerres qui, depuis le début du siècle, avaient ravagé l'Espagne, l'Irlande et le monde. Sans avoir souvent l'occasion d'être ensemble, ils se sentaient liés par une indéfectible amitié.

— Je vous en ai toujours voulu de ne pas m'avoir avertie du départ de Tomas pour Vienne, alors que je le croyais tranquillement chez vous et qu'on l'avait déjà jeté en prison ! lui rappela Berill avec un éblouissant sourire. En fait, je ne devrais même pas vous recevoir chez moi... Mais puisque vous êtes par ailleurs à l'origine de notre bonheur, je suis ravie de vous accueillir comme notre meilleur ami.

Elle savait toujours quoi dire pour surprendre les gens ou les amuser, tout en se montrant d'une déroutante franchise. Felipe accepta le compliment et la remontrance en lui rendant son sourire.

— Vous avez décidément les yeux violets, répliqua-t-il, c'est fou ! Il m'arrive de gagner des paris là-dessus, les gens sont persuadés que ça n'existe pas...

Ils prenaient l'apéritif dans le salon où Felipe avait remarqué, au premier regard, deux tableaux modernes d'excellente facture.

— Tu t'intéresses toujours à la peinture ? s'enquit Tomas.

— Oui, et ce que tu as sur ton mur est vraiment bien... Surtout le Max Beckmann.

— Felipe m'a traîné dans tous les musées de Madrid, précisa Tomas.

— Et toi à tous les matchs de rugby !

Lancés dans leurs souvenirs, il fallut l'arrivée de Teresa, annonçant que le dîner était servi, pour les faire changer de sujet. Tandis qu'ils passaient à table, Felipe expliqua qu'il était venu en France pour ses affaires et qu'il envisageait une collaboration plus étroite avec Tomas dans l'avenir.

— Tu as fait le bon choix en te réinstallant à Paris, affirma-t-il. La Suisse est un pays de rentiers ! Ici, tu vas exploser. Du moins, tant que tu auras M. Károly dans ta manche...

Il adressa un signe de tête à Mathias et, comme son verre venait d'être rempli du riesling qui accompagnait les huîtres, il le leva pour porter un toast.

— Vous êtes connu partout comme un exceptionnel trader, ajouta-t-il. J'imagine que la concurrence doit chercher à vous débaucher ?

— Je ne travaille qu'en famille, répondit Mathias en souriant.

— Si tu veux absolument l'un des nôtres, intervint Tomas, je peux te confier ma fille en stage. Elle est très brillante et déjà bardée de diplômes.

Maureen, qui était assise à côté de Felipe, fut sidérée par la proposition de son père. Elle avait supposé qu'il la laisserait entrer à l'Irish dès l'automne, ses études étant achevées, mais n'avait pas imaginé qu'il pourrait lui offrir d'abord un tour d'Europe des banques privées. Se souciait-il d'elle comme d'une collaboratrice de choix plutôt que comme sa fille chérie ? C'était assez flatteur et assez émouvant.

— Il y a peu de femmes dans le monde de la finance, fit remarquer Felipe d'un air malicieux.

— Sauf Marthe Hanau, qui n'a pas laissé un très bon souvenir ! s'esclaffa Tomas, faisant référence à une célèbre escroquerie, organisée en 1928 par la directrice de *La Gazette du franc et des nations*, qui s'était terminée par le scandale et la prison.

— Les stages à l'étranger sont indispensables pour une formation complète, reprit Felipe. J'accueillerai volontiers Maureen si elle veut passer quelque temps chez nous.

Tourné vers elle, il la considérait avec intérêt, sans la moindre condescendance, et elle accepta d'emblée l'invitation, s'amusant à lui répondre en espagnol pour lui prouver qu'elle ne serait pas trop dépaysée. Ce don des langues, hérité de sa mère, lui avait déjà beaucoup servi dans ses études et serait pour elle un atout supplémentaire dans les affaires.

De l'autre côté de la table, Hugh semblait ravi. Il savait se réjouir pour les autres lorsqu'il leur arrivait quelque chose de bien, et jamais il ne manifestait de jalousie ou d'aigreur. Maureen lui adressa un clin d'œil complice, soudain très heureuse de la tournure que venait de prendre la soirée. Excitée par la perspective de son séjour à Madrid, elle commençait à tirer des plans sur la comète tout en écoutant la suite de la conversation d'une oreille distraite. Chez Felipe, elle allait entrer dans un univers professionnel où personne ne lui ferait de cadeau, trouvant ainsi l'occasion de prouver de quoi elle était capable. Depuis la déception sentimentale infligée par Lorenzo, elle se sentait taraudée par le besoin de prendre une revanche. Battre les hommes sur le terrain de la finance serait un bon moyen d'effacer son humiliation. N'être qu'une « ravissante jeune femme » ou un « excellent parti » la rendait folle de rage, et elle savait bien que si elle avait été engagée d'office à l'Irish, tout le monde aurait dit : « Voilà la fille du patron ! » Décidément, la proposition de Felipe était une bénédiction.

Hugh était amoureux. Il n'en avait pris conscience que le matin même, presque par hasard. Jusque-là, il ne s'était pas rendu compte que, s'il fréquentait aussi assidûment le club hippique de Neuilly, c'était davantage pour y croiser une certaine cavalière que pour pratiquer l'équitation. Certes, il adorait ce sport depuis son enfance, mais le manège, en sous-sol, était déprimant à la lumière des néons, et les chevaux qu'on pouvait louer à l'heure n'avaient rien de commun avec un hunter ou un tinker irlandais. Néanmoins, il participait à une reprise tous les samedis matins et restait ensuite pour regarder une leçon de voltige où s'essayaient quelques amateurs. Parmi eux, une jeune fille brune avait attiré son attention, car elle possédait d'immenses yeux noisette dévorant son petit visage de chat, un adorable sourire timide et une silhouette toute menue. Deux ou trois fois, ils avaient bavardé, et depuis ils ne manquaient pas de se saluer s'ils se croisaient. Mais aujourd'hui, Hugh s'était enhardi à l'inviter. Juste un verre, rien d'extraordinaire, sauf qu'elle l'avait embarqué dans sa 4 CV pour trouver un bar où ils s'étaient attardés une heure en sirotant un gin-fizz. Elle s'appelait Isabelle, était l'une des très rares filles inscrites à l'école vétérinaire de Maisons-Alfort, et se passionnait pour les animaux. Elle aussi avait vu la cavalerie Gruss, qu'elle admirait sans réserve, d'où cette inscription à une dizaine de séances de voltige pour comprendre les sensations d'une écuyère. Toutefois elle n'avait aucune prétention de cavalière.

Sous le charme, Hugh l'écoutait et la regardait, tandis que l'heure tournait. Finalement, elle le raccompagna boulevard du Château, et ils convinrent de déjeuner ensemble le samedi suivant. Ils n'avaient même pas échangé leurs numéros de téléphone, encore moins un baiser, se contentant d'une poignée de main amicale. Néanmoins, Hugh se sentait sur un petit nuage. Ses expériences avec les filles se résumaient à très peu de choses : quelques flirts sans suite, une tentative maladroite lors d'une soirée trop arrosée et une brève aventure dénuée de sentiments. Bref, il n'avait rien d'un séducteur et ne comprenait pas pourquoi toutes les femmes se montraient si gentilles avec lui.

À peine rentré chez lui, il eut envie d'aller raconter sa matinée à Maureen, mais elle n'était pas là. Le souvenir du visage expressif d'Isabelle, ajouté au gin-fizz absorbé à jeun, le rendait exubérant. Il voulait absolument parler à quelqu'un. Certain de trouver Teresa à la cuisine, il y fit irruption bruyamment et tomba nez à nez avec son père.

— D'où viens-tu, mon grand ? Tu as l'air surexcité..., constata Tomas en le dévisageant.

Debout devant l'énorme cuisinière à charbon, Teresa remuait le contenu d'une marmite à l'aide d'une cuillère de bois. Elle jeta un coup d'œil pardessus son épaule et lui adressa un sourire.

— Ce sera prêt dans une demi-heure, annonça-t-elle.

— Le temps de te changer, car j'imagine que tu ne comptes pas déjeuner avec tes bottes de cheval ?

De la stricte éducation irlandaise dispensée par Anna, Tomas conservait des principes s'appliquant à toute sa famille, hormis sa femme, bien entendu, à qui il n'avait jamais rien imposé.

— J'en profite pour t'accompagner jusqu'à ta chambre, je voudrais que nous ayons une petite conversation, tous les deux.

Vaguement inquiet, Hugh acquiesça et laissa son père sortir le premier. Sans doute allait-il être question de son avenir, puisque c'était l'unique sujet de leurs discussions. Avec le temps, Hugh ne s'était toujours pas rapproché de son père, qu'il aimait et respectait énormément, mais à qui il n'avait rien à dire. Sa vraie relation filiale, établie depuis l'enfance, s'exerçait avec Mathias, et elle lui suffisait.

Une fois dans sa chambre, il ôta ses bottes tandis que son père prenait place sur un fauteuil, devant la fenêtre, se retrouvant ainsi à contre-jour. En silence, Hugh continua de se déshabiller, puis il enfila une chemise propre, un pantalon et des mocassins.

— Où en es-tu ? demanda enfin Tomas d'un ton neutre.

— Nulle part, j'en ai peur. Du moins, dans le cadre de ce que tu souhaiterais pour moi.

Cette année encore s'achevait sur un fiasco universitaire. D'ailleurs Hugh n'avait quasiment pas mis les pieds à la Sorbonne, où il s'était inscrit pour satisfaire sa famille.

— Tu vas donc aller faire ton service militaire en Irlande, tu ne peux plus bénéficier d'aucun délai.

Amoureux depuis quelques heures à peine, Hugh avait momentanément oublié l'échéance inéluctable.

À force de changer de pays, il ne raisonnait plus tout à fait en Irlandais. Contrarié, il bredouilla une réponse incompréhensible qui ne sembla pas intéresser son père.

— Accomplis les démarches nécessaires sans tarder, tu en seras débarrassé. Mais le problème de ton avenir demeure entier.

— Tu n'as pas voulu de moi à la banque, rappela Hugh.

— À quel titre ? Grouillot ?

— Mathias aurait pu me former.

— Non, sûrement pas. D'abord, il n'a pas le temps, ensuite il n'a rien à t'apprendre. Il agit d'instinct parce qu'il possède le génie des investissements et que l'argent le laisse totalement indifférent, mais je ne crois pas qu'il saurait t'expliquer ce qu'il décide sans même y penser. La négociation est un domaine d'une rare complexité, où Mathias fait figure d'oiseau rare.

— Mais il s'occupera de Maureen quand elle vous rejoindra ?

— Pas davantage. Maureen fera sa place toute seule à l'Irish, si elle se révèle aussi douée qu'elle le paraît, et je la verrais plutôt dans l'analyse financière que comme exécuteur d'ordres. De toute façon, elle va d'abord passer six mois à Madrid, ensuite, j'aimerais qu'elle aille se frotter un peu à la Bourse de New York. La banque est une affaire très sérieuse, Hugh. Tu y vois un aspect ludique parce que Mathias s'y amuse, mais, comme je viens de te l'expliquer, il s'agit d'une exception.

Le ton docte de son père et la longueur du discours annonçaient une discussion difficile. Avant de se résigner, Hugh tenta un ultime argument.

— Maman aussi doit être une exception, alors ?

— Ta mère ne connaît strictement rien aux

affaires, elle en est tout à fait consciente, néanmoins elle peut tenir tête à n'importe qui, dans n'importe quelle langue. Elle m'a trouvé des clients que je n'aurais même pas essayé d'approcher, et qu'elle a subjugués. Pas les institutionnels comme les banques ou les assurances, mais des particuliers qui avaient de grosses fortunes à investir. Disons qu'elle est un... rabatteur hors pair et ma meilleure ambassadrice.

Comme chaque fois qu'il parlait de sa femme, Tomas venait d'avoir une inflexion très tendre, mais il reprit un ton plus ferme pour ajouter :

— À l'heure actuelle, tous les gens qui travaillent à l'Irish sont parfaits à leur poste, grâce à quoi notre entreprise d'investissements est en pleine expansion. Je ne la mettrai pas en péril pour toi, Hugh, sous prétexte que tu ne sais pas ce que tu veux faire dans la vie. Tu me comprends, j'espère ?

Hugh n'avait rien à répondre à cela. Il n'était pas d'assez mauvaise foi pour estimer qu'on favorisait sa sœur. Maureen avait vraiment tout mis en œuvre pour assumer la succession de leurs parents un jour, pour que l'Irish reste entre les mains des Blaque-Belair et de personne d'autre.

— Pendant que tu seras à l'armée, profites-en pour réfléchir, Hugh. Tu ne peux pas être juste un oisif, ou même un dilettante, en tout cas pas à mes frais.

C'était le moment ou jamais d'évoquer ses projets, d'expliquer à son père qu'il n'était pas un jeune homme indécis, paresseux et dépourvu d'idées. Mais comment le formuler ?

— Depuis quelques mois, commença-t-il en bredouillant, je me passionne pour le monde du cirque et plus généralement pour celui du spectacle...

L'expression sidérée de Tomas n'avait rien d'encourageant, néanmoins Hugh enchaîna, sans se laisser démonter :

— Je pense qu'il y a des choses intéressantes à entreprendre dans l'organisation de spectacles. Les tournées ont repris à travers la France, que ce soit du théâtre, du music-hall ou du cirque, parce que les gens veulent maintenant se divertir pour oublier les années d'occupation et qu'ils ont retrouvé un certain pouvoir d'achat. Le divertissement va générer beaucoup d'argent, et moi je me verrais bien là-dedans. Monter et gérer une société organisatrice de spectacles itinérants ou quelque chose comme ça.

Un long silence suivit sa déclaration. Son père avait cessé de l'observer et gardait la tête baissée. Prêt à exploser de rage, ou seulement perplexe ?

— Je ne sais pas, Hugh..., dit enfin Tomas. C'est très inattendu. Et dans ce domaine, Mathias serait de meilleur conseil que moi. Je le dis sans esprit polémique, je respecte votre affection mutuelle et je n'en suis pas jaloux. Tu t'es toujours confié plus volontiers à lui qu'à moi, tu lui exprimeras plus clairement ton idée, qui mérite sans doute d'être creusée.

Cette fois, ce fut Hugh qui resta ahuri. La facilité avec laquelle son père acceptait de considérer le projet, au lieu de tout rejeter en bloc, le laissait pantois. Était-ce grâce à cette inépuisable bienveillance que son père gardait pour le mot « cirque » ?

— N'en parle pas tout de suite à ta mère, conclut Tomas comme s'il avait deviné ses pensées. J'ignore quel est son sentiment vis-à-vis du passé...

Il releva la tête et plongea son regard bleu dans celui de son fils.

— Je ne veux rien qui la heurte ou qui lui fasse de la peine. Mais si ce n'est pas le cas, alors nous pourrons étudier tout cela de plus près à ton retour d'Irlande.

Touché, Hugh se sentit soudain assez démuni. Il n'imaginait pas aller vers son père et l'étreindre, ce genre de démonstration n'ayant jamais eu lieu entre eux. Avec Mathias, il aurait joyeusement chahuté, mais là, il hésitait.

— Il est plus important pour moi de te savoir décidé à quelque chose que de juger ce quelque chose, ajouta encore Tomas avant de quitter la pièce.

Ce ne fut qu'après son départ que Hugh repensa à Isabelle. De quelle manière allait-il s'y prendre pour la conquérir tout en étant enfermé dans une caserne à Dublin ? Son enthousiasme retomba aussitôt. Le temps d'effectuer son service militaire, il risquait de la retrouver amoureuse d'un autre, ou même mariée ! S'il la retrouvait jamais...

À Madrid, Maureen fut accueillie avec une parfaite courtoisie dans la famille de Felipe. Les Sabas étaient banquiers depuis plusieurs générations, et le père de Felipe, d'origine juive, avait été le premier à donner à leur établissement une dimension internationale.

Maureen fit d'abord la connaissance de Josefa, l'épouse de Felipe, une femme replète et affable vivant totalement dans l'ombre de son mari, qu'elle vénérait, puis de Julian, leur fils de vingt-six ans.

Julian était le type même du bel hidalgo. Bien élevé au point d'en paraître rigide, avec une silhouette athlétique et un visage aux traits réguliers, il était la coqueluche des femmes de la bonne société madrilène où il fut chargé de piloter Maureen.

Amusée à l'idée que son propre père et Felipe aient pu concevoir quelques hypothèses sur la rencontre de leurs enfants, Maureen décida que le beau Julian la laisserait indifférente et ne serait pour elle qu'un chevalier servant. Plus gai qu'il n'en avait l'air, il l'emmena d'abord voir des corridas dans les arènes de Las Ventas, puis écouter du jazz au fond des caves à la mode plutôt que du flamenco, et enfin lui apprit à bien danser le rock'n'roll au lieu de la *sardana*. Il se chargea également de lui trouver un studio meublé, où elle pourrait être plus indépendante que chez les Sabas.

En quelques semaines, ils devinrent inséparables. Julian, qui avait un doctorat de droit des affaires, travaillait comme juriste à la banque, et ils s'y retrouvaient chaque matin. Dans les moments de pause, ils parlaient avec passion de cinéma, elle des films de Cayatte, Max Ophuls ou René Clair, lui du génial Buñuel influencé par Dali depuis son premier court-métrage. Se cantonnant à une relation amicale, ils en profitaient pour sortir ensemble presque tous les soirs sans se poser de question, et s'amusaient sans complexe.

Felipe faisait mine de ne pas s'intéresser à eux, ni à leurs apartés ni à leurs fous rires. Durant le premier mois, il traita Maureen en stagiaire, la faisant passer d'un service à l'autre, mais très vite il discerna ses réelles aptitudes et la confia à ses analystes financiers.

Au milieu de l'automne, lorsque Julian émit l'idée d'emmener Maureen en Andalousie, afin de lui montrer Séville, Felipe leur accorda trois jours de vacances sans discuter.

Berill, appuyée sur un coude, regardait dormir Tomas. Si elle se levait, elle risquait de le réveiller, mais décidément elle n'avait plus sommeil. Avec d'infinies précautions, elle se redressa, repoussa les draps et se glissa hors du lit. Dans son gigantesque panier, Goliath leva la tête mais elle lui fit signe de ne pas bouger. Pieds nus sur le tapis, elle écouta un moment la respiration régulière de son mari, puis enfila ses mules et son déshabillé de satin noir avant de sortir sans bruit.

Sujette aux insomnies, elle aimait se promener d'un étage à l'autre de l'hôtel particulier, la nuit, et savait le faire en silence. Elle descendit au rez-de-chaussée, gagna le petit salon bleu où elle alluma deux lampes. Cette pièce, de dimensions modestes, était particulièrement chaleureuse avec ses tentures indigo et ses grands miroirs vénitiens flanqués de flambeaux de cuivre. Berill s'approcha de l'un d'eux pour s'observer avec attention. Malgré tous ses efforts, elle vieillissait. Chaque jour elle voyait ses rides se creuser davantage, l'ovale du visage devenir flou. Bientôt il n'y aurait plus que Tomas pour la croire encore belle.

Elle sourit à cette pensée et trouva le courage d'examiner sa cicatrice. Cette ligne blanche, toujours en relief, avait modifié toute sa vie mais méritait presque sa reconnaissance. Sans elle, quel aurait été son destin ? Néanmoins, il avait fallu la maquiller tous les matins, l'oublier pour garder la tête haute et le sourire conquérant.

Abandonnant son reflet, Berill se détourna. Elle se sentait bien dans cette maison qu'elle avait adorée dès la première visite, elle y était chez elle. Une impression que ne lui avait jamais donné la demeure irlandaise de Parnell Square, et encore moins la propriété louée à Lausanne. Pour elle qui n'avait ni racines ni attaches, seul cet hôtel particulier la tranquillisait. Tomas l'avait bien compris en acceptant de ne pas le vendre durant toutes ces années où ils avaient été au loin.

Un léger bruit lui fit froncer les sourcils, mais elle se souvint que Sandor se levait souvent la nuit, lui aussi. Il habitait l'une des deux chambres que Berill avait fait aménager en bas, pour lui et pour Margit, car ils étaient désormais incapables de monter les escaliers. Ils passaient d'ailleurs beaucoup de temps ensemble, de préférence à la cuisine, essayant de rendre service à Teresa en épluchant des légumes, ou bien perdus dans une de leurs conversations en magyar qui se rapportaient toutes à un lointain passé. Toujours invités par Tomas à se joindre au dîner lorsqu'il y avait des convives, ils déclinaient systématiquement l'offre avec un petit sourire d'excuse.

Berill soupira. Consacrait-elle assez de temps à sa mère ? À présent que Maureen était en Espagne et Hugh sur le point de s'en aller pour l'Irlande, elle devrait essayer de la distraire. Un vœu pieux, car, depuis la mort de Vilmos, Margit ne s'intéressait plus à grand-chose, et le départ de ses petits-enfants n'arrangeait rien.

Après s'être à moitié allongée sur une petite méridienne de velours, Berill ferma les yeux. Mathias lui avait raconté quelque chose de très vague à propos de Hugh qui « aimait bien le cirque ». Drôle d'expression, sonnant comme une mise en garde. Elle s'était promis de trouver l'occasion d'en parler à son fils, mais il sortait tout le temps ces jours-ci, sans doute pour profiter de ses derniers moments de liberté.

— Est-ce qu'un peu de champagne te rendrait le sommeil ? ou au moins le sourire ?

La voix de Tomas fit sursauter Berill qui rouvrit les yeux pour découvrir son mari arrêté sur le seuil du salon, en robe de chambre et porteur d'un grand plateau où s'entassaient une bouteille de Moët et Chandon dans un seau, deux coupes, quelques biscuits de Reims sur une assiette.

— Oh, Tom...

Une vague de tendresse l'empêcha de dire autre chose. Elle le regarda approcher, déposer son plateau au pied de la méridienne, puis s'agenouiller pour déboucher le champagne.

— Tu t'inquiètes pour Maureen ? demanda-t-il. Elle est très bien chez les Sabas.

— Je n'en doute pas. Chaque fois qu'elle m'appelle, elle paraît gaie, passionnée par ce qu'elle fait et ravie d'être en Espagne. Quand tu la récupéreras à l'Irish, tu auras vraiment quelqu'un sur qui t'appuyer.

Tomas eut un rire insouciant en lui tendant sa coupe.

— Je n'ai pas encore besoin d'un bâton de vieillesse ! Mais son heure viendra, c'est certain.

Après avoir bu deux gorgées, Berill murmura, d'un ton plus anxieux qu'elle ne l'aurait voulu :

— Tu ne sens pas le poids des années ? Le temps qui passe, les petites douleurs, les rides, tout ça...

— Non, dit-il posément. Ou plutôt oui, je le sens, mais je n'y pense pas. À quoi bon ? Je ne peux pas m'apitoyer sur mon sort, j'ai la plus belle des vies ! La plus belle des femmes...

Il posa sa main sur le genou de Berill, remonta lentement le déshabillé le long de sa cuisse, jusqu'à ce qu'elle frissonne. Au bout de quelques instants, sous la douceur de ses caresses, elle ferma les yeux. Toujours à genoux sur le tapis, il effleurait son corps du bout des doigts, continuant à repousser le tissu. Il frôla un sein, puis y posa ses lèvres.

— Pas ici, Tom, chuchota-t-elle.

Pourtant elle ne bougeait pas, le souffle court, prête à céder au désir qu'il était en train de faire naître.

— Si quelqu'un vient..., dit-elle encore avant que leurs bouches se rencontrent.

Faire l'amour dans le salon, sur la trop étroite méridienne, ne leur était jamais arrivé, mais il l'embrassait maintenant avec la fougue d'un jeune homme et elle eut une brusque envie de lui. Elle le prit par les épaules, l'attira sur elle. Comme toujours, il avait raison, l'âge ne changeait vraiment rien au plaisir.

Mathias s'était levé à l'aube pour dire au revoir à Hugh. La veille, il lui avait proposé de l'accompagner à l'aéroport du Bourget, mais le jeune homme avait décliné son offre, une « amie » devant venir le chercher.

Face à face dans la cuisine, alors que toute la maison dormait encore, les deux hommes avaient bu leur café presque sans se parler. Il leur suffisait d'être ensemble pour se comprendre. Mathias savait à quel point ce départ consternait Hugh, néanmoins il lui était impossible d'échapper à ses obligations militaires.

— Si tu peux, donne des nouvelles. Un petit mot suffira à rassurer la famille sur ton sort… Et pour ta première permission, si tu as envie de revenir, je te paierai le billet d'avion.

Hugh sourit à son oncle, pas vraiment surpris mais cependant ému par sa gentillesse. Même s'il ne lui avait pas tout raconté, il avait si souvent prononcé le prénom d'Isabelle que son secret n'en était plus un, en tout cas pas pour Mathias.

— C'est dur d'être amoureux et de s'en aller, mais les retrouvailles n'en seront que meilleures, tu verras !

— Peut-être, mais j'ai tellement peur qu'elle rencontre quelqu'un d'autre…

— Alors, ça voudrait dire qu'elle ne t'aime pas, et tu n'aurais rien à regretter. Pendant la guerre, certaines femmes ont attendu le retour du mari, du fiancé ou du petit ami durant des années.

— Nous ne sommes pas en guerre.

— Pour une fois, oui, ironisa Mathias.

Il tendit la main et ébouriffa les cheveux de Hugh, qui se recula trop tard.

— Ils vont te les couper court, tu seras mignon comme tout.

— Mat, arrête...

Ils échangèrent un nouveau sourire, puis Hugh leva les yeux vers la pendule.

— Il faut que j'y aille, elle ne va pas tarder.

Au moins, il aurait ce dernier plaisir de passer un moment avec elle. Il récupéra son sac marin qu'il jeta sur son épaule tandis que Mathias restait assis sans bouger.

— Courage, mon bonhomme, lui dit-il seulement.

Hugh traversa la maison silencieuse, puis le jardin où les oiseaux commençaient à pépier avec les premières lueurs du jour. En ouvrant la grille, il découvrit la 4 CV rangée le long du trottoir et se dépêcha de monter.

— Tu es là depuis longtemps ? s'inquiéta-t-il en étreignant Isabelle.

Elle lui passa les bras autour du cou, s'accrochant à lui comme une noyée.

— Tu ne dois pas rater ton avion, dit-elle enfin d'une toute petite voix.

D'un geste résolu, elle mit le contact et démarra. Il n'y avait pratiquement aucune circulation à cette heure matinale, la voiture filait à toute allure.

— Tu vas tellement me manquer, soupira Hugh qui ne quittait pas la jeune fille des yeux.

Elle portait un kilt, des chaussures plates et une petite veste ajustée qui la faisait paraître encore plus menue que d'habitude. Bien qu'elle ait dû se lever très tôt, elle s'était maquillée, soulignant ses grands yeux noisette de khôl et sa bouche d'un rouge à lèvres discret. À force de la regarder, Hugh avait envie d'elle, envie de retrouver la chaleur de son corps, son parfum, sa douceur. Au premier feu rouge, il en profita pour l'embrasser.

— Je t'aime, Isabelle, je t'aime, chuchota-t-il, éperdu.

Il fallut le coup de klaxon d'un automobiliste pour les faire s'arracher l'un à l'autre et repartir.

— Tu m'aimes comment ? demanda-t-elle en fixant la route devant elle.

Sa question déconcerta Hugh. En général, elle répondait : « Moi aussi, je t'aime. »

— Plus fort que tout, affirma-t-il.

C'était vrai, il était fou d'elle et lui aurait même fait d'extravagantes déclarations d'amour s'il n'avait craint d'être ridicule. Il lui prit la main et, tout le reste du trajet, passa les vitesses avec elle. La séparation allait être insupportable. Déjà il se languissait du petit studio mansardé qu'elle habitait, au dernier étage d'un vieil immeuble de l'avenue des Ternes, où elle l'avait reçu presque chaque soir depuis deux mois.

— Nous sommes arrivés, annonça-t-elle.

Un jour gris s'était levé, aussi sinistre que les pensées de Hugh. Au-delà des bâtiments de l'aéroport, deux avions au sol étaient visibles derrière les grilles clôturant les pistes.

— Je t'écrirai, dit-il de façon mécanique, pour ne pas céder à l'émotion qui l'étranglait.

De nouveau, il la serra dans ses bras, respirant avec désespoir l'odeur de son shampooing, de son eau de toilette.

— Il faut que je te dise quelque chose..., souffla-t-elle, le nez dans son cou. Peut-être que je ne devrais pas, ou pas maintenant, mais j'ai si peur !

Il s'écarta d'elle, la prit par les épaules pour la regarder.

— Peur de quoi, chérie ?

— Eh bien, je n'ai pas... pas eu mes règles, et j'ai pris rendez-vous avec un médecin que je vois tout à l'heure.

Sur le point de se mettre à pleurer, elle fuyait son regard et il dut la secouer pour qu'elle relève les yeux.

— Je suis désolé, bredouilla-t-il, c'est ma faute. Oh, mon Dieu, Isa, je ne peux pas partir !

— Tu n'as pas le choix.

Sa voix était presque inaudible, elle paraissait soudain si fragile et si vulnérable qu'il l'attira à lui d'un mouvement brusque, prêt à la protéger de tout.

— Si tu es enceinte, ce n'est pas une mauvaise nouvelle pour moi. Rien ne nous empêche de nous marier, même pendant mon service. De toute façon, je t'aurais demandé de m'épouser, mais je ne voulais pas que tu me trouves trop pressé. Tout va très bien s'arranger, je te le jure.

Il disait ce qui lui passait par la tête, sincère mais effrayé. Il n'avait pas de situation. En fait, il ne pouvait rien lui promettre, mariage et enfant étaient beaucoup trop prématurés. Qu'adviendrait-il des études d'Isabelle ? De quoi et comment allaient-ils vivre ? Jamais son père n'accepterait de les prendre en charge durant des années, surtout pas après leur dernière conversation au sujet de l'avenir de Hugh. Si un bébé était en route, il compromettait tout, autant pour Isabelle que pour lui.

— C'est l'heure, chuchota-t-elle.

— Écris-moi ce soir, dès que tu sauras.

Il l'embrassa avec tendresse, sans parvenir à chasser son angoisse, ni une sorte de réticence qui lui donnait envie de fuir et qui le dégoûta de lui-même.

9

Madrid, 1952

Le séjour de six mois initialement prévu pour Maureen se prolongeait. À la grande satisfaction des Sabas et des Blaque-Belair, puisque leurs enfants venaient de se fiancer.

Pour faire sa demande officielle à la jeune femme, Julian avait choisi une superbe bague d'émeraudes et de diamants, offerte avec joie par Felipe, que la perspective de ce mariage comblait. En épousant Maureen, son fils unique soudait deux familles amies de longue date et offrait un avenir prometteur à deux banques qui pourraient peut-être s'associer ou fusionner dans l'avenir.

Sans se concerter, sans même en parler, Tomas et Felipe avaient souhaité ce dénouement. Ils n'en revenaient pas de la facilité avec laquelle leurs enfants concrétisaient leurs espérances. La seule question délicate était de savoir où s'installerait le couple. Tomas comptait sur Maureen pour s'intégrer à l'Irish et lui succéder un jour, ce qui nécessitait sa présence à

Paris, mais Julian avait les mêmes obligations à Madrid. En attendant que le problème soit résolu, la noce avait été fixée au mois de septembre, et Berill, intraitable, avait obtenu qu'elle se fasse à Neuilly.

Maureen était heureuse. Du moins en donnait-elle l'apparence, car ce mariage effaçait l'humiliation de son aventure avec Lorenzo Baldi. De nouveau elle se retrouvait dans le rôle de la bonne élève, celle qui avait toujours raflé les prix d'excellence et qui brillait en toute circonstance. Son bel Italien, aujourd'hui rejeté dans les profondeurs de sa mémoire, l'avait davantage marquée que son entourage ne le supposait. Pour lui, elle avait d'abord menti à tout le monde, puis était apparue comme une fille à la fois facile et naïve que n'importe quel homme pouvait embobiner avec son bagout. Et lorsqu'elle pensait – le plus rarement possible – à tout cet été passé dans un appartement sale et miteux de la banlieue industrielle de Turin, où elle avait dépensé beaucoup d'argent à inviter son amant dans les trattorias, elle rageait de se souvenir encore si bien du plaisir qu'elle éprouvait alors dans son lit. Cette image d'elle-même l'exaspérait assez pour qu'elle veuille la détruire à jamais. Épouser Julian Sabas faisait d'elle une autre femme.

Julian s'était montré très respectueux, n'avait eu ni geste ni mot déplacé, il avait traité Maureen en invitée de marque avant de lui faire une cour discrète, puis une déclaration solennelle. Elle le trouvait beau, drôle, intelligent et prévenant, elle avait beaucoup aimé voyager avec lui à travers l'Espagne, de l'Andalousie à la Catalogne ou aux Asturies, ravie de découvrir en lui un guide aussi cultivé. Leur seul désaccord portait sur la politique de l'Espagne franquiste, vue de l'intérieur. Pour Julian, le général Franco n'était pas le monstre dénigré par l'Europe, et sans aller jusqu'à justifier l'extrême rigidité de sa dictature, il rappelait néanmoins que Franco, en s'interposant personnellement auprès de Hitler, avait sauvé du nazisme soixante mille juifs autorisés à rentrer en Espagne. Il rappelait aussi qu'à la fin de la guerre, devant la situation économique désastreuse, Franco avait su se rapprocher des États-Unis en permettant l'installation de quatre bases américaines sur le territoire espagnol. Et qu'enfin si le Caudillo régnait sans partage sur un plan politique, il semblait décidé à libéraliser peu à peu le plan économique. En tant que petit-fils d'un juif et homme de finance, Julian ne pouvait pas tout à fait le condamner. Un discours difficile à accepter pour Maureen, qui avait toujours entendu son père vitupérer ceux qui s'étaient compromis dans leur inadmissible soutien à l'Allemagne nazie. « Mais papa ne supportait même pas qu'il y ait des diplomates allemands en poste à Dublin, alors que l'Irlande était neutre ! » avait-elle dit en riant à Julian. Celui-ci ne s'était pas permis de sourire, car, dans la famille Sabas, Tomas Blaque-Belair était un modèle intouchable.

Invitée permanente de la *casa* Sabas, une luxueuse villa située non loin du théâtre royal, Maureen avait fini par sympathiser avec Josefa, sa future belle-mère, qui lui rappelait Teresa parce qu'elle passait la moitié de sa vie derrière les fourneaux. Presque chaque soir, en rentrant de la banque, elle venait boire un verre de manzanilla et grignoter quelques anchois ou olives dans le patio ombragé. Elle appréciait beaucoup la manière de vivre espagnole, avec ses horaires de repas très tardifs et toute une vie nocturne où Julian l'entraînait gaiement. Lorsqu'il la ramenait enfin chez elle, il se contentait de la déposer devant son immeuble et d'attendre qu'elle soit rentrée. Jamais il n'avait fait la moindre tentative pour monter avec elle, même depuis qu'il avait demandé sa main.

Maureen ne s'inquiétait pas de cette chasteté, car les quelques baisers échangés avec Julian avaient été suffisamment enflammés pour la rassurer. Néanmoins, elle se sentait de plus en plus impatiente. Serait-il un aussi bon amant que Lorenzo ? Et quelle allait être sa réaction en découvrant que sa femme n'était plus vierge mais, au contraire, assez expérimentée ?

Repoussant ces questions, Maureen faisait des projets pour l'été et téléphonait souvent à sa mère afin de mettre au point les mille et un détails de son mariage

— Comment ça, « marié » ? articula Berill avec difficulté.

Incrédule, elle dévisageait Hugh pour s'assurer qu'il ne plaisantait pas, mais il avait déjà répété deux fois la même phrase.

— Isabelle attend un enfant, maman. Je devais l'épouser avant la naissance, tu comprends ?

— Un enfant ? Oui, bien sûr...

Dans son uniforme, il était superbe, si jeune et si charmant que Berill ne parvenait pas du tout à l'imaginer père de famille. Il s'approcha d'elle, hésitant, esquissa un geste qu'il n'acheva pas. En voyant sa main retomber, Berill eut soudain le cœur serré. Il s'était marié loin des siens, en secret et à la hâte, unissant son destin à celui d'une inconnue.

— Mais cette jeune femme, Isabelle, est-ce que tu...

— Oui, je l'aime, et elle ne m'a pas piégé si c'est ce qui t'inquiète. Le bébé arrivera fin juillet ou début août.

— Mon Dieu, où avez-vous prévu de… Écoute, Hugh, je crois que tu ne te rends pas compte !

La perspective d'être grand-mère d'ici à quelques semaines l'atterrait. Elle fit un effort pour se contrôler et parvint à sourire.

— Bien. Nous allons parler de tout ça calmement. Tu n'as pas d'autre nouvelle du même acabit, j'espère ?

Toujours debout, un peu raide, Hugh ne jugea pas nécessaire de répondre à sa plaisanterie.

— Mathias est au courant, je suppose ? À lui tu ne caches jamais rien !

— Ce n'était pas à lui de te l'annoncer, je voulais le faire moi-même. J'ai seulement dû attendre une permission.

Encore sous le choc, désemparée, Berill essaya de rassembler ses idées.

— Où est-elle en ce moment, ton Isabelle ?

— Chez ses parents, en Bretagne. Son année d'études est fichue, tu penses bien, mais elle se réinscrira en septembre à l'école vétérinaire, elle y tient par-dessus tout. D'ici là, il faut que j'organise notre existence.

— Du fond de ta caserne ?

— Eh bien, je m'étais dit que… Qu'elle pourrait peut-être s'installer dans la maison de Parnell Square pour l'été, si vous y consentez papa et toi…

De nouveau, il hésitait, sans doute inquiet de ne pas obtenir son accord alors qu'il avait dû promettre à sa femme de trouver une solution.

— Naturellement, accepta-t-elle aussitôt.

La réaction de Tomas importait peu, elle savait qu'elle parviendrait à le convaincre. Faire rouvrir la maison était facile, d'ailleurs Berill n'aurait qu'à aller à Dublin elle-même pour s'en charger, et ainsi rencontrer Isabelle. Là-bas, la jeune femme serait près de son mari, Hugh pouvant certainement obtenir une permission supplémentaire au moment de la naissance de son enfant. De surcroît, Berill connaissait un très bon médecin installé à deux pas, sur O'Connell Street, qui devait toujours exercer et qui pourrait surveiller la fin de la grossesse.

— Les choses vont s'arranger, Hugh. Ta sœur et toi êtes nés à Parnell Square, ce sera très bien que ton enfant arrive dans cette maison. Elle a été achetée par ton père au moment de notre mariage, elle représente beaucoup pour lui, et je suis certaine que l'idée d'un nouveau bébé Blaque-Belair dans la nursery…

Une boule dans sa gorge la fit s'interrompre. Grand-mère… Vraiment, elle allait être grand-mère ? Elle détailla son fils des pieds à la tête, surprise de découvrir qu'il était un homme adulte, un militaire, et qu'elle le connaissait si mal.

— Assieds-toi, mon chéri. J'aimerais que tu me parles d'Isabelle. Elle veut devenir vétérinaire ? Quel métier magnifique !

— Elle adore les animaux.

— Alors, nous nous entendrons très bien toutes les deux.

— Et elle adhère complètement à mon projet d'organisation de spectacles. Du cirque ou…

— Cirque ? Tu veux rire ?

La question avait claqué, trop sèche, et Berill s'empressa d'ajouter :

— C'est un monde à part, et si on n'est pas né là-dedans, on a peu de chances de se faire accepter.

— Mais je suis ton fils, le petit-fils de Vilmos Károly, donc pas tout à fait un étranger, non ?

— Qu'est-ce que tu crois donc, Hugh ? Que nous avons laissé un souvenir impérissable ? Le cirque de ton grand-père, celui que j'ai connu gamine, avant la guerre de 1914, n'était qu'un petit cirque itinérant, il n'en restait déjà plus rien quand nous avons quitté Budapest. Rien ! Enfin si, deux roulottes hors d'âge abandonnées à nos compagnons de misère du côté de Gênes. Pour le reste, j'ai eu mon heure de gloire, qui n'a pas duré comme tu le sais. Mathias était un mauvais trapéziste et un clown médiocre, il n'y a guère qu'Arno qui était bien parti pour se faire un nom, mais...

Avoir prononcé le prénom de son frère la fit taire de façon abrupte. Très intéressé, Hugh attendait une suite qui ne vint pas.

— Tu me raconteras l'histoire d'Arno, un jour ? demanda-t-il au bout de quelques instants.

Elle secoua la tête, furieuse, et quitta son fauteuil pour se mettre à faire les cent pas.

— Je ne veux pas parler de cirque maintenant. Et d'Arno, jamais ! Tu es là à cause d'Isabelle et de cet enfant qui va arriver, c'est ça l'urgence.

Allant et venant de la fenêtre à sa coiffeuse, elle tenta de planifier ce qui pouvait encore l'être.

— Maureen se marie en septembre, comme je te l'ai écrit, mais si le bébé est trop petit pour voyager, vous n'aurez qu'à rester tranquillement à Dublin jusqu'à la fin de ton service. Ta sœur comprendra. Quand dois-tu repartir ? demain soir ? Je vais t'accompagner pour m'occuper de la maison. En deux ou trois jours ce sera prêt, et Isabelle pourra s'y installer.

Son fils la suivait du regard, l'expression de son visage se modifiant à mesure qu'il reprenait espoir. Avait-il cru qu'elle ne ferait rien pour lui ? Qu'elle le rejetterait, lui et la famille qu'il était en train de fonder à son tour ?

— Eh bien, acheva-t-elle gaiement, le moins qu'on puisse dire est que 1952 sera une sacrée année !

La vie n'était jamais telle qu'on la projetait, Berill en avait fait l'amère expérience à Londres vingt-cinq ans plus tôt, et elle savait affronter l'imprévu.

L'économe serré entre ses doigts noueux, Margit épluchait des pommes de terre. C'était l'un des services qu'elle pouvait rendre, assise à la grande table de la cuisine, et elle le faisait d'autant plus volontiers qu'elle aimait bien Teresa. À force de lui tenir compagnie près des fourneaux, elle avait fini par apprécier sa belle-fille et essayait même de la mêler à ses interminables échanges de souvenirs avec Sandor. Lorsqu'elle commençait une phrase par : « Quand Mathias était petit... », elle savait que Teresa allait tourner la tête vers elle d'un air intéressé.

Mais pour l'heure, Teresa s'inquiétait des éclats de voix en provenance de l'office où Tomas et Mathias se disputaient, ce qui ne leur arrivait jamais. En fait, Tomas avait assez mal pris la nouvelle du mariage secret de son fils comme de sa prochaine paternité. Que Mathias ait pu tout savoir de cette situation sans jamais en dire un mot le mettait hors de lui, ou plus exactement le blessait. Teresa en avait la conviction. L'immense affection unissant l'oncle et le neveu n'avait pas posé problème dans le passé, mais aujourd'hui, Tomas devait se sentir vraiment tenu à l'écart, peut-être même rejeté.

Teresa songea que si Berill n'intervenait pas rapidement, les deux hommes risquaient de se dire des choses très regrettables.

— Ma parole, c'est de famille ce goût du mystère, ce manque de confiance ! rageait Tomas d'un ton agressif.

Il fit irruption, porteur d'un panier de bouteilles qu'ils étaient allés chercher à la cave. Derrière lui,

Mathias gardait le silence pour ne pas envenimer la querelle.

— Hugh se marie à la sauvette avec une parfaite inconnue qui est enceinte de lui, et tu ne juges pas nécessaire de m'en informer. Je trouve ça un peu raide !

— Il avait peur de ta réaction, il...

— De la mienne, mais pas de la tienne apparemment !

Voilà, c'était dit. Teresa rentra la tête dans les épaules, aussi chagrinée pour son mari que pour son frère. Frustré d'un amour filial que Hugh ne lui avait jamais manifesté, Tomas s'exprimait enfin, et maintenant qu'il avait ouvert les vannes...

— Qu'est-ce qui se passe, ici ?

Berill venait d'entrer par l'autre porte, aussi élégante que de coutume avec sa jupe corolle, son chemisier de soie et ses escarpins à hauts talons. Elle lança un regard interrogateur à son mari, puis se tourna vers Teresa.

— Jette-les hors de la cuisine s'ils viennent parler de leurs affaires de banque ici, lui dit-elle en souriant. Ils sont tout le temps en train de se disputer à propos de l'emprunt Pinay, c'est le sujet qui fâche. Tu nous prépares une blanquette ? Hugh va se régaler !

Peut-être avait-elle entendu mais, fine mouche, préférait ignorer l'incident.

— Ce soir, vous dînez avec nous dans la salle à manger, ajouta-t-elle à l'adresse de Margit et de Sandor, sinon Hugh ne vous le pardonnera pas.

Tomas la regardait, pas dupe mais admiratif devant le charme qu'elle déployait. Pour lui faire plaisir, il entra dans son jeu en lançant à Mathias :

— Antoine Pinay incarne tellement bien le Français moyen que tout le monde a confiance en lui ! Mais son emprunt a beau être un immense succès, avec le retour des capitaux sous amnistie fiscale, je n'aime toujours pas sa politique économique.

Berill vint le prendre par le bras, d'un geste infiniment tendre, et l'entraîna vers la porte.

— Tu as remonté du champagne ? Tant mieux, je meurs de soif !

Enlacés, ils quittèrent la cuisine sous l'œil amusé de Mathias.

— Elle le fait manger dans sa main et il adore ça, constata-t-il.

L'intervention de Berill les avait sauvés d'une dispute qu'il ne souhaitait pas. Pour lui, et depuis longtemps, Tomas était comme un frère, il avait d'ailleurs pris la place d'Arno dans son cœur.

— Je savais bien qu'un jour ou l'autre il te le dirait, murmura Teresa.

— Quoi donc ?

— Que Hugh est son fils, pas le tien.

— Bien sûr, mais je n'ai rien fait pour attirer Hugh, ni pour devenir son confident. Et Tomas en a tout à fait conscience. Seulement voilà, quand les enfants étaient petits, Tom craquait devant Maureen et voyait à peine Hugh. Il était fou de sa fille parce qu'il croyait reconnaître Berill en elle. Or c'est tout le contraire, Maureen est vraiment Blaque-Belair, et Hugh est terriblement Károly.

Saisie par la justesse de ce qu'il venait d'exprimer, Teresa hocha lentement la tête. Puis une légère odeur de brûlé la fit se précipiter vers sa marmite.

Isabelle arriva à Dublin au mois de juin. La première fois qu'elle était venue en Irlande, trois mois plus tôt, lors de ce trop court week-end où elle avait épousé Hugh, la ville lui avait semblé froide, presque hostile, tout comme le petit hôtel mal chauffé où ils avaient passé leur nuit de noces. Mais un été exceptionnellement doux était en train de s'installer sur l'Irlande, et le souvenir de son précédent voyage s'effaça dès qu'elle débarqua du bateau.

Accueillie par Berill dans la superbe maison de Parnell Square, la jeune femme, un peu intimidée au premier abord, se sentit rapidement très à l'aise. Hugh avait eu beau lui décrire sa mère, Isabelle fut surprise de la découvrir si élégante, si chaleureuse, si différente des femmes de sa génération. Ses nombreux voyages à travers l'Europe et son enfance de saltimbanque expliquaient sans doute sa façon d'être, à la fois directe, anticonformiste, et sans concession. Elle ponctuait ses phrases d'éclats de rire communicatifs, semblant s'amuser de tout sans juger personne, et la couleur de ses yeux était absolument envoûtante. Sous le charme, Isabelle sut tout de suite qu'elles allaient être amies, d'autant plus que, à la seconde où elles se mirent à parler d'animaux, elles se révélèrent aussi intarissables l'une que l'autre.

À l'intention d'Isabelle, Berill avait fait mettre un grand lit dans la chambre de Hugh, des bouquets de fleurs partout, des provisions dans le garde-manger de l'office, et elle avait même acheté un réfrigérateur qui trônait maintenant dans la cuisine. Nettoyée de fond en comble, la nursery était prête pour le bébé avec des piles de langes fraîchement repassés et un adorable berceau qui avait été celui de Maureen, puis de Hugh. « Vous êtes ici chez vous », avait affirmé Berill en lui remettant un jeu de clefs.

Le lendemain, elles étaient allées ensemble voir le docteur Kilmore, ensuite elles s'étaient promenées dans les rues ensoleillées et sur les berges de la Liffey en bavardant à bâtons rompus pour essayer de mieux se connaître. « Ma belle-mère était aussi aimable qu'une porte de prison, je vous promets de ne pas lui ressembler ! » s'était esclaffée Berill en poussant la porte d'un des innombrables pubs où elles avaient sagement bu du thé.

Hélas, Berill ne pouvait pas s'attarder comme elle l'aurait voulu, et elle prit un avion pour Paris deux jours plus tard, sans avoir vu Hugh, qui réservait ses permissions en prévision de la naissance. Restée seule, Isabelle se sentit la châtelaine de Parnell Square et retrouva un enthousiasme d'étudiante pour parcourir Dublin. Elle voulait visiter la cité médiévale, le grand marché aux fruits et légumes, tous les monuments, et en particulier la bibliothèque du Trinity College.

La première semaine de son séjour fut merveilleuse, mais peu à peu la jeune femme commença à éprouver une immense fatigue qui la faisait somnoler dès qu'elle s'asseyait quelque part. Le terme de sa grossesse approchant, elle n'y prit pas garde. Après tout, elle pouvait se reposer, elle n'avait aucune autre obligation que s'occuper d'elle-même. Paressant au lit toute la matinée, elle réfléchissait aux prénoms d'Eleonor pour une fille et de Douglas pour un garçon, sur lesquels son choix était arrêté. Dans les deux cas, il s'agissait d'aïeux, en l'occurrence sa propre grand-mère et le grand-père de Hugh. Ainsi, les traditions seraient respectées.

Les fenêtres ouvertes de sa chambre lui apportaient la douce chaleur de juillet et les bruits de la rue, mais des migraines de plus en plus fréquentes l'empêchaient de s'endormir malgré sa lassitude. Elle avait beaucoup grossi ces derniers jours, elle éprouvait une sensation de lourdeur désagréable et, dès qu'elle se levait, des papillons noirs dansaient devant ses yeux. Elle se mit à souhaiter une délivrance rapide, mais ne trouva pas le courage d'aller consulter le docteur Kilmore.

Stupéfaite d'apprendre le mariage furtif de son frère, Maureen s'était fait toutes sortes de reproches. Pourquoi ne s'était-il pas confié à elle ? Dans leur enfance, ils avaient été complices, et ils l'étaient restés jusqu'au jour où Lorenzo Baldi avait fait son entrée dans la vie de Maureen. Au premier coup d'œil, Hugh avait jugé l'Italien, désapprouvant ouvertement sa sœur, ce qu'elle avait détesté. Mais une fois la rupture consommée, il l'avait aidée à passer le cap et elle ne se souvenait pas du moment où ils s'étaient éloignés l'un de l'autre. À présent, il était marié, il attendait un enfant. Incroyable...

Cependant, Maureen avait d'autres soucis en tête que son frère. Son propre mariage approchait, et soudain elle n'était plus certaine de vouloir épouser Julian. Certes, il continuait d'être irréprochable, pourtant elle se demandait parfois si son attitude n'était pas une façade destinée à donner le change. Par exemple, elle le savait enclin à s'amuser, à rire et à boire plus que de raison avec ses amis, alors que chez les Sabas il se montrait toujours très sérieux. D'autre part, pour un homme décidé à ne pas toucher sa fiancée avant d'être passé à l'église, il avait une manière de regarder les jolies filles qui laissait peu de doutes sur ses intentions de prédateur. Dans les nombreuses soirées où il avait escorté Maureen, toutes les « camarades de faculté » qu'il avait eu l'occasion de lui présenter ressemblaient plutôt à d'anciennes conquêtes et se pendaient à son cou.

Aux questions de Maureen, il répondait qu'il avait connu quelques « bonnes fortunes » lors de son cursus universitaire, mais sans jamais être amoureux. Il ne manquait pas d'ajouter à ses pseudo-aveux une petite déclaration d'amour très conventionnelle qui, loin de rassurer Maureen, la faisait douter un peu plus chaque jour. Julian était-il celui qu'il prétendait être ? S'amuser ou faire du tourisme avec lui ne suffisait pas pour se connaître, elle avait parfois l'impression qu'elle allait épouser un parfait étranger. Dans ces moments d'incertitude, elle essayait de se tranquilliser en songeant à ses parents, qui s'étaient mariés alors qu'ils n'avaient même pas déjeuné une seule fois en tête à tête, ainsi que Mathias le racontait en riant. D'autre part, Julian n'était pas un coureur de dot, la banque Sabas affichant une belle prospérité que Maureen avait pu vérifier elle-même. Néanmoins, son angoisse persistait, une petite voix intérieure lui soufflait qu'elle était en train de se tromper.

À qui en parler ? Hugh était trop loin, et sa propre situation devait lui causer assez de soucis pour que sa sœur vienne y ajouter les siens. Quant à son père, il tenait les Sabas pour des gens merveilleux. De plus, l'amitié vouée à Felipe risquait de le rendre très partial. N'avait-il pas exulté lorsque Julian avait demandé la main de Maureen ? Restait sa mère, mais comment lui avouer qu'une fois encore elle était peut-être en train de se fourvoyer, faute de savoir juger les hommes ?

Non, décidément, ce mariage jugé parfait par les deux familles ne pouvait pas être remis en question pour de vagues impressions. Maureen devait se débrouiller avec ses incertitudes et y trouver toute seule des réponses.

Hugh longeait le quai Wellington d'un bon pas, son sac de toile négligemment jeté sur l'épaule. Le service militaire lui permettait au moins de refaire du sport, et finalement ses contraintes de soldat lui avaient offert l'occasion de retrouver une excellente condition physique.

De temps en temps, il jetait un regard aux grandes constructions georgiennes qui dominaient les eaux du fleuve, dont les plus monumentales étaient l'œuvre de l'architecte James Gandon. À Dublin, Hugh se sentait chez lui, et ni Paris ni Lausanne ne lui avaient fait oublier sa ville natale. Il s'intéressait à tout ce qui s'y passait, admirant les efforts entrepris par De Valera en direction de l'Europe, à condition qu'on reconnaisse l'intégralité territoriale de l'État libre d'Irlande, ainsi que sa volonté de moderniser et de faire prospérer le pays. Très attaché à certains détails lui rappelant son enfance, Hugh aimait toujours entendre le son grêle des cornemuses et des tambours lors de grandes fêtes comme la Saint-Patrick. Le vert restait sa couleur fétiche, et il conservait depuis longtemps le tableau d'un trèfle à trois feuilles – symbolisant le mystère du Dieu unique – qui lui avait été offert par sa grand-mère Anna pour sa communion.

Isabelle aussi se disait enchantée par Dublin, mais dans sa dernière lettre elle mentionnait une immense fatigue l'empêchant désormais d'arpenter la ville. Un peu inquiet, Hugh avait donc demandé une permission de vingt-quatre heures, aussitôt accordée par ses supérieurs, car tout le monde à la caserne connaissait sa hâte et son angoisse à l'idée d'être père.

Il s'engagea sur le pont O'Connell sans ralentir l'allure. Isabelle allait être ravie de le voir, elle devait trouver le temps bien long si elle ne pouvait même plus se promener. Une fois encore, il se demanda ce qu'il lui offrirait pour la naissance de leur enfant. Un cadeau s'imposait traditionnellement, mais il n'avait pas d'argent, hormis les subsides de ses parents, et dès qu'il en aurait terminé avec l'armée, il lui faudrait travailler. En attendant, son père lui avait fait savoir qu'il lui verserait une rente. Un geste généreux, essentiellement dû à l'arrivée du bébé, mais dont Hugh ne comptait pas profiter au-delà du strict nécessaire.

Arrivé devant la maison de Parnell Square, le jeune homme éprouva une bouffée de joie. Derrière ces murs familiers se trouvait la femme qu'il aimait. Une merveilleuse jeune épouse qui ferait aussi une formidable jeune maman, il n'en doutait pas, et qui, pour l'instant, devait somnoler dans la chambre où Hugh avait grandi.

Il grimpa d'un bond les marches du perron et, retrouvant un geste d'enfance, frappa trois coups avec le heurtoir de cuivre, soudain très pressé de serrer sa femme dans ses bras. Il lui fallut néanmoins attendre cinq longues minutes avant qu'Isabelle ne lui ouvre. Surpris et effrayé par son apparence, il la dévisagea en silence. Les paupières bouffies, le teint marbré, elle semblait à bout de force.

— Hugh, souffla-t-elle. Oh, je suis contente que tu sois là ! Je ne me sens pas très bien...

Elle vacillait sur ses jambes enflées et plissait les yeux comme pour mieux le voir. Il la prit dans ses bras, la souleva pour la porter sur l'un des sofas du salon où il la déposa délicatement tout en la pressant de questions.

— Tu n'as pas appelé le docteur Kilmore ? Je vais le faire tout de suite ! Depuis combien de temps es-tu dans cet état ?

— Hier encore, ça n'allait pas si mal, se défendit-elle d'une voix haletante. C'est venu petit à petit, je ne sais pas... Toutes les mères disent que les derniers jours sont les plus pénibles...

Il se précipita sur le téléphone du vestibule, mais tandis qu'il parlait à la secrétaire du médecin, il entendit Isabelle gémir. L'accouchement serait-il en train de commencer ? Revenant dans le salon, très inquiet, il annonça que Kilmore allait arriver dès que possible. Toujours allongée, sa femme ne le regardait pas, elle semblait avoir les yeux révulsés.

— Isa ? Isabelle !

D'un seul coup, elle parut s'arc-bouter sur le sofa, puis sa tête remua frénétiquement. S'agenouillant près d'elle, il essaya de lui saisir les mains, mais ses membres étaient pris de mouvements convulsifs, comme dans une crise d'épilepsie.

— Reste calme, je t'en supplie, le docteur est en route, se mit-il à psalmodier entre ses dents.

Peut-être fallait-il appeler une ambulance, cependant il ne pouvait pas la laisser car elle s'agitait de plus en plus, cognant sa tête et ses poignets, respirant par saccades, tout son corps violemment secoué de spasmes. Terrorisé, impuissant, Hugh essaya juste de la protéger d'elle-même.

Six heures plus tard, dans un couloir du St Brendan's Hospital où il devenait fou d'angoisse à force d'attendre, Hugh apprit sans ménagement que sa fille, née par césarienne, se portait bien, mais que sa femme, arrivée dans le coma, venait malheureusement de succomber à une complication majeure de l'éclampsie.

Le docteur Kilmore était parti faire ses visites, puis revenu, et par chance il se trouvait au côté de Hugh lorsqu'on lui assena la nouvelle. Kilmore était un brave homme, ainsi qu'un bon médecin, de surcroît il avait connu Hugh enfant, aussi fut-il d'un véritable secours pour le jeune homme effondré. Il l'accompagna d'abord dans le service de maternité où le bébé avait été confié aux bons soins des infirmières. A priori, c'était une petite fille bien constituée, qui n'avait pas trop souffert de la crise convulsive de sa mère et qui dormait paisiblement. Hugh trouva le courage d'annoncer à la surveillante que ce nouveau-né porterait le prénom d'Eleonor, et il vérifia lui-même l'orthographe sur le bracelet qu'on glissa autour du minuscule poignet.

Ensuite, Kilmore escortant toujours Hugh, ils descendirent jusqu'à la morgue de l'hôpital, où la dépouille d'Isabelle venait d'être transférée. Hugh resta debout à côté d'elle durant un très long moment, silencieux malgré les larmes qui ruisselaient sur ses joues. Il scrutait le visage de la jeune femme, cherchant les traces de sa souffrance, mais la mort était survenue durant son coma et ses traits semblaient très apaisés.

La nuit tombait lorsqu'ils quittèrent le St Brendan's Hospital. Une nuit tiède de juillet, avec de nombreux jeunes gens qui se promenaient bras dessus bras dessous, quelques accords de musique celte qui s'échappaient des pubs jalonnant les rues, et partout un petit air de fête estivale qui anéantissait Hugh. Hagard, il aurait eu du mal à rentrer chez lui sans l'aide de Francis Kilmore.

À Parnell Square, ils trouvèrent la maison telle qu'ils l'avaient quittée dans la matinée, sans autre désordre qu'un coussin du sofa tombé sur le tapis.

— Tu vas boire quelque chose, décida le médecin.

Il fureta au hasard dans les meubles du salon avant de trouver le bar d'où il sortit une bouteille de whisky Bushmills. Il servit deux généreuses rasades dans des verres de cristal et vint en apporter un à Hugh.

— Cul sec, exigea-t-il.

Ils burent ensemble, puis Kilmore les resservit avant de pousser Hugh vers un fauteuil.

— Quand dois-tu être rentré dans ta caserne ?

— Demain matin. Mais je...

Incapable d'achever, Hugh eut un geste d'impuissance qui trahissait l'étendue de son chagrin.

— Je pense qu'ils te libéreront avant la fin de ton service. Ce ne sera qu'une formalité et ils se montreront forcément compréhensifs, car ta fille va avoir besoin de toi.

Hugh se pencha en avant et se prit la tête à deux mains. Son avenir immédiat l'épouvantait, il n'était pas certain de pouvoir faire face à ce qui l'attendait. Avant tout, prévenir les parents d'Isabelle. Les appeler, leur annoncer le décès, mais comment ? Et puis, enterrer sa femme. *L'enterrer...* Il se mordit les lèvres pour ne pas hurler de désespoir à l'idée de mettre Isabelle dans un cercueil qu'on refermerait sur elle à jamais.

— Eleonor est un beau prénom, murmura Kilmore. Crois-moi, cette enfant finira par te consoler, parce que tu vas l'adorer.

— Non !

— Bien sûr que si. Je te connais, Hugh. Et puis elle n'aura que toi, alors tu dois être fort. Dis-toi bien qu'elle n'est pas responsable de la mort de sa mère. Isabelle aurait dû venir me voir, je ne comprends pas pourquoi elle ne l'a pas fait.

— Parce qu'elle ne parle... ne parlait pas très bien anglais, répondit-il entre ses dents. En plus, elle était seule ici.

— Et peut-être a-t-elle pris les premiers symptômes à la légère ? La prééclampsie se traite si on la dépiste, mais quand les convulsions se déclenchent, il est quasiment trop tard. D'après mes confrères du St Brendan's, ta femme a fait un œdème cérébral, ainsi qu'une hémorragie. Il n'y avait rien à tenter pour elle, même s'ils ont tout essayé. Au moins, la césarienne a été pratiquée à temps, il n'y a pas eu de souffrance fœtale. Si tu étais arrivé ici une heure plus tard, tu risquais de les trouver mortes toutes les deux.

— Mon Dieu...

Est-ce que vraiment les choses auraient pu être pires encore ? Hugh se redressa et tendit son verre à Kilmore, qui eut cette fois la main plus légère.

— J'ai encore des visites à faire, annonça-t-il d'un ton contrarié, alors je vais devoir te laisser. Soûle-toi si tu veux, mais arrange-toi pour être demain matin devant ton capitaine. Non, ne bouge pas, je connais le chemin.

Sans doute était-il désolé de partir, néanmoins il avait consacré la majeure partie de sa journée à Hugh et ses patients l'attendaient. Sur le seuil du salon, il se retourna pour demander :

— Est-ce que ça ira ?

Hugh acquiesça d'un signe de tête et écouta ses pas décroître sur le carrelage du vestibule, puis la porte d'entrée se refermer avec un bruit sec. Dans le silence de la maison, le jeune homme connut un instant de détresse absolue.

Tomas déposa l'enveloppe contenant les billets sur le bureau de sa secrétaire.

— Vous les annulerez, Solange, ainsi que les autres réservations. Nous ne partons plus.

Malgré son habituelle discrétion, la secrétaire le dévisagea en ouvrant de grands yeux stupéfaits.

— Un deuil de famille, dit-il en guise d'explication.

Il regagna son bureau et s'y enferma. Il se sentait encore sous le choc du coup de téléphone de son fils, la veille au soir. C'était lui qui avait décroché, alors qu'ils allaient passer à table, et longtemps encore il entendrait cette voix hachée, pleine de sanglots déchirants, la voix de son grand garçon qui venait de vivre son premier drame. Un cauchemar. Le savoir si loin, et tout seul... Pendant ce temps-là, en provenance du salon, des éclats de voix lui parvenaient, des rires, ceux des invités en train de boire du champagne. Tomas avait parlé à Hugh en alignant des phrases de circonstance pour ne pas pleurer avec lui. Quand Mathias était venu voir pourquoi il tardait, il lui avait tendu le téléphone et était resté à côté de lui. Mathias, lui, avait su trouver les mots, des tas de mots.

Tomas baissa les yeux sur son sous-main. Le luxueux prospectus de la croisière du *Queen-Elizabeth* ne le tentait plus, il ne ferait pas la surprise à Berill alors qu'il s'en était tant réjoui par avance. Il avait prévu de déposer les billets sur la coiffeuse de sa femme pour qu'elle les trouve au moment où elle se brosserait les cheveux avant de se coucher. Il s'était imaginé son étonnement, puis sa joie en découvrant la destination : New York. Ce vieux rêve d'Amérique qu'elle conservait en elle et qu'il avait espéré combler. À l'aller, un long tête-à-tête à bord d'un paquebot de prestige, puis l'arrivée dans le port face à la statue de la Liberté, ensuite toute une semaine au Waldorf Astoria pour avoir le temps de visiter la ville, enfin un rapide retour en avion : le voyage idéal. Mais qui n'aurait pas lieu.

Heureusement, Berill n'étant pas au courant de son projet, elle ne serait donc pas déçue. À l'heure actuelle, elle devait déjà être au Bourget avec Mathias, pressée de prendre le premier vol à destination de Dublin. Avec Mathias, Tom l'avait décidé lui-même, la mort dans l'âme, mais trop honnête pour ignorer de qui son fils avait réellement besoin auprès de lui.

Il prit le prospectus et le jeta dans la corbeille. Adieu l'Amérique, pour l'instant il ne fallait plus y songer. Le mariage de Maureen devrait également être reporté à la fin de l'automne, par décence vis-à-vis de Hugh.

« Bon sang, comment va-t-il s'en remettre ? Il n'a même pas de métier pour s'abrutir de travail… Et qui va élever son enfant ? »

La réponse semblait évidente, car le nouveau-né allait forcément arriver à Neuilly, où Teresa le prendrait aussitôt sous son aile protectrice. Hugh n'aurait pas d'autre solution que confier son bébé à la famille.

— Eleonor Blaque-Belair…, articula Tom à mi-voix.

Le nom sonnait bien. Et après un pareil départ dans l'existence, la petite Eleonor méritait d'être choyée, préservée, aimée. Tout ce que Teresa savait faire. Elle l'avait déjà prouvé avec Maureen et Hugh lorsque Berill s'était un peu éloignée de ses enfants pour prendre la banque en main.

À ce souvenir, Tomas esquissa son premier sourire de la journée. Qu'aurait pensé Douglas s'il avait pu prévoir qu'un jour une femme s'assiérait dans son fauteuil de directeur à la banque ? Pas n'importe quelle femme, non, celle du numéro de cirque « La danseuse et les lions ». Qu'avait-il dit, déjà, en détaillant la coupure de journal que Tomas lui avait mis sous le nez ?

— Mes compliments, elle est très belle…

Ah, ce cher Douglas, ce vieil original à qui Tomas devait tant ! Eh bien oui, peut-être riait-il, d'où il était, de voir une dompteuse devenue banquière chez les Blaque-Belair. Ce qui n'était qu'un début, car Maureen allait entrer à l'Irish à son tour, et qui sait si cette petite Eleonor ne prendrait pas un jour le même chemin ?

Tomas se redressa, tendit la main vers les quotidiens que sa secrétaire avait posés sur son bureau, selon la coutume, et il alla directement aux pages de la Bourse. Il avait du travail, surtout en l'absence de Berill et de Mathias, il fallait qu'il oublie Hugh pour l'instant.

Dans Phoenix Park, le jardin zoologique de Dublin, Hugh et Mathias marchaient côte à côte sans beaucoup se parler. Le soleil inondait les allées encore désertes à cette heure matinale, la journée allait être belle et chaude, comme les précédentes.

— J'ai officiellement deux semaines de permission, au cours desquelles les formalités de libération se feront automatiquement. Ils ont été très compréhensifs, marmonna Hugh.

— Tu pourras donc quitter l'Irlande à ce moment-là ?

— En principe... Mais je ne sais pas si j'ai envie de partir. Au fond, je me sens chez moi, ici.

— Je sais. Et je sais aussi que tu vas chercher à t'accrocher au dernier souvenir d'Isabelle, c'est normal. Néanmoins, tu deviendras fou si tu habites seul à Parnell Square pour y ressasser ton malheur.

Mathias et Berill, arrivés quatre jours plus tôt, avaient organisé l'enterrement, accueilli les parents d'Isabelle, aplani toutes les difficultés. Installé dans une chambre d'amis – car il ne voulait pas remettre les pieds dans la sienne –, Hugh avait longuement réfléchi sans parvenir à une décision.

— Que vais-je faire maintenant, Mat ?

— Sortir de ton lit chaque matin et mettre un pied devant l'autre.

— Dans quelle direction ?

— Celle que tu avais choisie. Tu voulais organiser des spectacles, vas-y, lance-toi.

— En France ?

— Commence par là.

Mathias n'avait pas besoin d'ajouter qu'il allait l'aider, c'était sous-entendu.

— Quoi que tu puisses croire, rien ne te retient à Dublin, et rien ne t'empêchera d'y revenir.

À un carrefour, Mathias laissa Hugh choisir leur chemin. À gauche se trouvait le parc aux cerfs, tout droit on apercevait le début des nombreuses volières, à droite une flèche indiquait la ménagerie. Ils prirent à droite. Après un nouveau silence, Hugh déclara :

— J'ai passé peu de temps avec Isabelle, mais je l'aimais pour de bon.

Comme il ne trouvait rien à répondre, Mathias se borna à acquiescer d'un hochement de tête. Hugh était un garçon vulnérable, que cette épreuve rendrait sans doute plus fort, à condition qu'elle ne le détruise pas.

— Je crois qu'il y a un tigre blanc, dans le dernier enclos...

Le jeune homme avait un tout petit peu accéléré l'allure, se dirigeant vers de hauts grillages renforcés de poteaux en ciment. Au-delà de cette solide protection, quelques fauves vivaient là dans un espace acceptable. Le tigre blanc n'était pas en vue, seule une lionne paressait au soleil, non loin d'eux.

— C'est bien de ne pas les mettre en cage, constata Hugh en s'approchant.

Une barrière de sécurité l'empêcha d'aller plus loin, mais d'où il était il pouvait observer la lionne à loisir. Il resta longtemps silencieux, les yeux rivés sur elle.

— Maman avait vraiment la passion des fauves ? finit-il par demander.

— Oui, vraiment. Comme ton grand-père Vilmos. Davantage, même ! Ils exerçaient sur elle un attrait irrésistible, au point qu'elle n'a jamais eu peur.

— Jusqu'à son accident ?

— Après non plus, si étrange que ce soit. Elle les aime toujours, les chiens ne sont pour elle qu'une petite consolation. Je sais qu'elle n'a pas pu s'empêcher de les revoir de près, à Vienne, un jour où elle avait réussi à persuader papa.

Apparemment fasciné par la lionne qui s'était mise à bâiller, Hugh resta songeur quelques instants. Du coin de l'œil, Mathias l'observait avec curiosité. Se pouvait-il que le jeune homme éprouve à son tour une attirance pour les animaux sauvages ?

— Quand j'étais tout gamin, enchaîna-t-il, j'ai vu papa dresser des ours. À l'époque, ce genre de numéro était apprécié. Je me souviens qu'il avait essayé avec des loups, mais ils sont impossibles à discipliner et beaucoup moins spectaculaires.

— Est-ce que grand-père était un grand dompteur ?

— Grand ? Je ne crois pas. Il était seulement bon, parce qu'il connaissait le métier à fond, mais il rechignait à trop contraindre ses bêtes. Il disait qu'on n'a pas le droit de ridiculiser un fauve en lui faisant faire le beau, lui se contentait de les mettre en valeur.

Sans raison apparente, la lionne venait de se lever. Elle s'étira au soleil, tourna la tête vers les deux hommes qu'elle scruta un instant de son regard topaze, puis elle s'éloigna lentement, d'une démarche chaloupée.

— Pour toi, Mat, le cirque a-t-il encore de l'avenir ?

— Sans doute. C'est une si vieille tradition ! Il y aura toujours des amoureux de la piste, mais à mon avis nous ne sommes plus dans les grandes années de gloire.

Hugh médita la réponse avant de se détourner de l'enclos. Il cligna des yeux, comme émergeant d'un rêve, peut-être surpris de ne pas avoir pensé à Isabelle pendant tout le temps de leur conversation.

— C'est l'heure d'aller voir Eleonor au St Brendan's, dit-il d'une voix hésitante. Ils y allaient ensemble chaque matin, mais il avait fallu que ce soit Mathias qui sorte le bébé de son berceau pour le mettre dans les bras de Hugh. Intimidé et maladroit, le jeune homme avait d'abord subi le contact avec réticence, puis avait serré sa fille contre lui, cédant à une vague de tendresse qui lui avait mis les larmes aux yeux.

— Il y a un magasin de jouets à la sortie du parc, pourquoi ne pas s'y arrêter ? proposa Mathias.

— Bonne idée, je vais lui acheter un ours en peluche !

— Elle n'a pas encore l'âge, Hugh. Je pensais plutôt à un hochet...

Hugh réussit à sourire mais, avant de se mettre en route, il jeta un dernier regard vers le grillage.

— On reviendra demain, d'accord ? proposa-t-il. Peut-être aura-t-on la chance d'apercevoir le tigre blanc.

— Peut-être, oui, murmura Mathias.

Songeur, il posa sa main sur l'épaule de son neveu. L'avenir ne serait pas simple, il en eut soudain l'absolue certitude.

10

Paris, 1955

Berill gara sa DS 19 flambant neuve au coin de la rue François-Ier. De loin, elle observa la façade de la banque avec attention. Les ouvriers avaient bien travaillé, l'immeuble offrait une impression d'opulence discrète avec sa haute porte cochère repeinte en bleu de France, comme le fer forgé des balcons, et qui tranchait sur la pierre de taille très blanche depuis le ravalement. La plaque de cuivre, un peu agrandie, restait néanmoins sobre : *Irish Blaque-Belair Bank, Fusions et Acquisitions.*

Le chantier était enfin terminé, et Berill était fière de l'avoir dirigé de bout en bout. Elle pénétra dans le hall, ses talons claquant sur le sol de marbre, puis monta au premier étage où se trouvaient les bureaux de la direction. Là, une épaisse moquette noire étouffait les bruits de pas, tandis que le regard était attiré par de sublimes aquarelles pendues à des cimaises. Les portes capitonnées ne laissaient filtrer aucune conversation, même si tout le monde était en train de hurler au téléphone.

Négligeant de frapper, Berill entra chez Tomas. Dès qu'il la vit, il eut un sourire ravi, ce sourire particulier qu'il lui réservait depuis près de trente ans.

— Mes compliments à la décoratrice. J'ai étrenné mon bureau ce matin et je l'adore. Tu connais bien mes goûts, ma chérie, tu n'as rien oublié...

Il désignait le vieux sous-main de cuir rouge dont il n'avait jamais voulu se séparer, mais aussi les boiseries de merisier posées par un ébéniste pour lui rappeler l'Irish de Dublin, les tapis de Kairouan choisis dans des tons de rouge et de bleu qu'il aimait, une superbe lampe Art-Déco dont Berill lui avait fait la surprise.

— Maintenant, je m'adresse à la directrice. Puisque tout est en place, seras-tu plus disponible pour nos affaires ?

— Tu n'as pas besoin de moi, tu as Maureen, rappela-t-elle d'un ton léger.

Leur fille était entrée à l'Irish l'année précédente, et elle y faisait du très bon travail.

— Maureen passe trop de temps ici, soupira Tomas.

Presque chaque soir, elle s'attardait dans son bureau du deuxième étage comme si elle n'avait aucune envie de rentrer chez elle. Certes, l'analyse financière la passionnait, néanmoins Tomas trouvait cet excès de zèle incompréhensible venant d'une jeune mariée. Dix-huit mois plus tôt, elle s'était installée avec Julian dans un bel appartement du boulevard de Courcelles, dont les fenêtres donnaient sur le parc Monceau. Julian avait été engagé à un poste intéressant par une grande banque publique. En principe, le couple avait tout pour être heureux. Or Tomas devinait que quelque chose n'allait pas entre eux, malgré toutes les dénégations de Maureen lorsqu'il essayait de l'interroger.

— Elle devrait se consacrer davantage à son mari. Il a accepté de quitter son pays, ce n'est pas pour se retrouver tout seul quand il rentre le soir !

— Tu voudrais qu'elle soit là à l'attendre, prête à lui donner ses pantoufles ? s'esclaffa Berill. De toute façon, ils sortent très souvent, Maureen n'a rien d'une femme d'intérieur, je ne l'imagine pas mijotant des petits plats à longueur de soirée ! Quant à Julian, il n'a rien sacrifié, il voulait travailler à l'étranger plutôt qu'avec son père et il a obtenu une excellente situation.

— Qui lui laisse des loisirs. Il quitte sa banque à cinq heures, fit remarquer Tomas.

— Tant mieux pour lui, mais dans une banque privée Maureen ne peut pas s'offrir la même chose et elle le sait.

Berill ne voulait pas que Tomas s'angoisse au sujet de leur fille, même si, au fond, elle partageait ses doutes. Maureen avait beaucoup maigri, elle affichait en permanence un sourire artificiel, et lorsqu'elle venait dîner à Neuilly avec Julian, elle ne donnait pas l'impression d'être une femme heureuse, peut-être même pas amoureuse.

— N'oublie pas que nous avons des invités ce soir, ajouta Berill.

Les réceptions données par les Blaque-Belair à Neuilly étaient très courues dans le petit monde de la finance. Berill savait toujours qui convier, elle avait l'art de présenter des gens qui, justement, cherchaient à se rencontrer, et on ne s'ennuyait jamais chez elle. L'expérience aidant, elle avait acquis de la diplomatie tout en conservant son originalité et son franc-parler. Elle donnait un tour particulier aux conversations, citant les chiffres de la Bourse comme une femme d'affaires ou n'hésitant pas à lancer un sujet politique brûlant. Pour leurs clients comme pour leurs partenaires, les Blaque-Belair représentaient un trio familial aussi solide qu'insolite, entre la sagesse de Tomas, le flair légendaire de Mathias et le culot de Berill.

— Hugh sera des nôtres ? s'enquit Tomas d'un ton plein d'espoir.

Malgré toutes ses tentatives, il ne s'était pas vraiment rapproché de son fils. C'était Mathias – encore lui ! – qui avait trouvé des solutions en suggérant d'aménager une aile pour Hugh dans l'hôtel particulier, afin que le jeune homme soit à la fois proche de la petite Eleonor et tout à fait indépendant. Hugh vivait donc dans une sorte de charmant duplex relié au reste de la maison par un couloir-bibliothèque passant au-dessus du garage, mais il avait son entrée privée sur le boulevard. S'il venait volontiers déjeuner pour profiter de sa fille, en revanche il dînait chez lui, fuyant les mondanités des Blaque-Belair.

— Je ne pense pas que nos invités l'intéressent, mon chéri, rappela Berill d'un ton léger.

Elle s'approcha de son mari, lui déposa un tendre baiser sur la tempe, et s'apprêtait à partir lorsqu'il la retint par le poignet.

— Attends une minute, veux-tu ? J'aimerais que nous parlions sérieusement de nos enfants, je ne les sens heureux ni l'un ni l'autre.

— En parler ne changera rien à leur vie, Tom. Hugh a du mal à se remettre de la mort d'Isabelle, et peut-être que Maureen n'a pas fait le bon choix avec Julian, mais nous ne pouvons plus rien pour eux. Ils font l'apprentissage de l'existence, qui n'est pas toujours idéale…

— Elle l'a été pour moi parce que tu étais là, répliqua fermement Tomas.

La tête levée vers elle, il la regardait avec amour et il ajouta, plus bas :

— Dieu que j'ai eu de la chance !

— Non, Tom. La chance, tu l'as forcée, je ne voulais pas de toi, souviens-toi.

— Comment pourrais-je oublier ça ? s'esclaffa-t-il. J'étais prêt à te poursuivre jusqu'en enfer !

Il s'était levé, l'avait prise par la taille. Le baiser qu'ils échangèrent fut assez passionné pour provoquer un désir incongru et joyeux qui les fit rire ensemble.

— Je ferme la porte à clef ? suggéra Tomas.

— Tu es complètement fou ! protesta-t-elle en se dégageant. De toute façon, il faut que je file chez le coiffeur, ensuite chez le fleuriste, je suis déjà en retard.

Elle ramassa son sac et traversa le bureau. Sur le seuil, elle s'arrêta une seconde, se retourna.

— J'aimerais que nos enfants aient hérité de la moitié de ta volonté, Tom, dit-elle avant de sortir.

Julian paressait dans un bain plein de mousse, écoutant distraitement la chanson diffusée par son transistor dernier cri. La récente miniaturisation de la radio le ravissait, il transportait son appareil dans toutes les pièces de l'appartement.

Il se fit un shampooing puis se rinça soigneusement les cheveux. Sa dernière conquête, avec qui il venait de passer un cinq à sept délicieux, portait un parfum très entêtant dont il devait se débarrasser. Une fille de plus à son tableau de chasse, qu'il ne reverrait pas car il appréciait surtout la nouveauté. Découvrir un corps, une peau, et faire l'amour avec des mots crus, sans retenue, parfois même avec violence, voilà qui le comblait.

— *Méditerranée...*, se mit-il à chantonner pour accompagner Tino Rossi.

Maureen n'allait plus tarder, il fallait qu'il se sèche et se rhabille. De quelle humeur serait-elle, ce soir ? S'il avait cru, au début, pouvoir s'en faire une amie, voire une complice, il s'était bien trompé. En réalité, elle n'était pas la femme indépendante et affranchie qu'elle prétendait être. Le soir de leur mariage, elle s'était même excusée, embarrassée, d'avoir eu une liaison avant lui ! Un peu plus, il l'aurait félicitée ; il ne tenait pas à se retrouver encombré d'une oie blanche. D'ailleurs n'avait-il pas supposé, à voir l'assurance de Maureen en toutes circonstances, qu'elle avait eu plus d'un amant ? Avec davantage d'humour et d'expérience des hommes, elle aurait pu faire une partenaire agréable, malheureusement elle se révélait sentimentale, or les grands sentiments faisaient rire Julian.

Déçu, il s'était résigné. Maureen ne serait pas l'épouse dont il avait rêvé, ils ne s'amuseraient pas ensemble de leurs frasques respectives. Certes, elle n'était pas maladroite au lit, mais elle restait désespérément classique, s'effarouchant des nouveautés qu'il proposait, comme s'il existait une morale dans le plaisir ! Depuis longtemps, Julian avait pour sa part franchi toutes sortes d'interdits et il ne s'encombrait plus d'aucun tabou. Apparemment, sa femme ne le suivrait pas dans cette voie et c'était bien dommage.

Debout face au miroir en pied, des gouttes d'eau glissant le long de ses muscles, Julian s'étudia sans complaisance. Il était grand, mince, athlétique, avec tout ce qu'il fallait pour plaire si on aimait les beaux ténébreux et, selon l'expression de son visage, il pouvait être ange ou démon. Personne n'y avait résisté jusque-là.

Il enfila une chemise blanche, puis un costume

trois-pièces bleu marine. La perspective d'aller dîner chez ses beaux-parents ne le réjouissait guère, mais ce genre de corvée faisait partie du jeu. Le jeu du fils, du gendre, de l'époux idéal ! Tout de même, comment une fille aussi intelligente que Maureen n'avait-elle pas compris qu'il cherchait juste un alibi en se mariant ? D'abord vis-à-vis de son père, qui l'observait parfois d'un regard songeur en se posant de trop évidentes questions, et vis-à-vis de toute une société au sein de laquelle il tenait à conserver sa place. Une place confortable, enviable, qui lui ouvrait toutes les portes. Et dire que Maureen avait cru à son pseudo-sacrifice lorsqu'il avait accepté de la suivre en France ! C'était exactement ce qu'il souhaitait : échapper aux Sabas et mener une vie débridée à Paris.

Songer à son père lui fit froncer les sourcils. À une époque, il avait eu envie de lui ressembler, mais le modèle était trop inaccessible, il y avait vite renoncé pour des plaisirs plus immédiats. Felipe Sabas, comme Tomas Blaque-Belair, était un homme irréprochable, fidèle en amour et honnête en affaires. Il appartenait à une génération forgée par les guerres et dont les valeurs suprêmes étaient le sens du devoir, le patriotisme, le courage, le travail… Un programme épuisant !

— Tu es prêt ? s'exclama Maureen, entrant en coup de vent. Je suis en retard…

Elle l'était presque chaque soir tant elle s'appliquait à bien tenir son rôle d'analyste financier. Déjà, à Madrid, il avait remarqué sa manière de s'investir professionnellement, mais il avait cru qu'elle faisait du zèle. Aimait-elle à ce point la finance ?

Tandis qu'il ajustait son nœud de cravate, elle ouvrit la porte du dressing et s'y engouffra. Elle ne l'avait pas embrassé, il le nota avec une pointe de contrariété. Quelques mois plus tôt, elle se serait jetée dans ses bras à peine arrivée. Bien sûr, c'était une attitude mièvre et exaspérante, néanmoins, le changement n'augurait rien de bon.

Il entendit le bruit des cintres qui s'entrechoquaient. Sur le chapitre de l'élégance, elle était imbattable. Non seulement elle savait s'habiller, mais en plus tout lui allait. Même en partant travailler le matin, elle avait l'air d'une gravure de mode ! Il fit deux pas vers le dressing afin d'observer le spectacle. Maureen était en train de se déshabiller, inconsciente du regard qui suivait tous ses gestes. En soutien-gorge et porte-jarretelles, elle rangea le tailleur qu'elle venait de quitter puis chaussa des escarpins vernis à très hauts talons. Toujours immobile, Julian avala sa salive, le souffle court. Il avait envie de se plaquer derrière elle pour la prendre comme un hussard, cependant il devina qu'elle allait protester et il resta où il était. Il la vit enfiler un fourreau de satin ivoire ajusté, fendu sur le côté.

— Comment me trouves-tu ? demanda-t-elle en accrochant ses boucles d'oreille.

— Très bandante.

Choquée par l'expression crue, elle se détourna. De dos, ses fesses moulées par le tissu brillant, elle était encore mieux. S'il n'avait pas sommeil en rentrant, il lui ferait l'amour dans l'ascenseur, qu'elle soit d'accord ou pas. Peut-être que la bousculer un peu l'émoustillerait ? Et peut-être admettrait-elle enfin que se retrouver tous les soirs dans le même lit avec la même personne était d'un mortel ennui. À défaut de changer de partenaire, elle pouvait bien changer de décor !

D'un geste incroyablement sensuel, elle venait de mettre une touche de parfum sur ses poignets, puis au creux de son décolleté, entre ses seins.

— Tu dois les rendre fous à l'Irish, dit-il d'une voix rauque.

Cette fois, elle lui lança un regard indéchiffrable, et il préféra ne pas insister. De toute façon, ils devaient se dépêcher, Berill Blaque-Belair ne supportait pas qu'on arrive en retard à ses dîners.

Dans la petite cuisine de son duplex, Hugh s'était préparé des œufs au bacon. Il ouvrit une bière dont il avala deux longues gorgées, puis ramassa les dessins et les crayons de couleur abandonnés par Eleonor.

Au début de son installation dans cette aile, c'était lui qui empruntait le couloir tapissé de livres pour se rendre dans l'hôtel particulier et assister au bain d'Eleonor ou à son dîner. Mais depuis quelques semaines, la petite fille voulait aller jouer « chez papa », et Teresa l'accompagnait puis revenait la chercher.

Avec un sourire attendri, il rangea le tout dans le tiroir de la table. Quelles qu'aient pu être ses réticences au cours des premiers mois, la fillette avait su se faire aimer, aujourd'hui il était fou d'elle. Néanmoins, il jugeait plus sage de la laisser à Teresa et au reste de la famille. D'une part, il était trop occupé pour prendre soin d'elle et, d'autre part, il se souvenait des conseils de Mathias : ni s'accrocher à Eleonor comme à la réincarnation d'Isabelle, ni la rejeter en la rendant responsable de la mort de sa mère. Naviguant entre ces sentiments extrêmes, Hugh avait fini par trouver un point d'équilibre.

Il s'attaqua à ses œufs, presque froids à présent, mais il n'y fit pas attention, encore plongé dans les images du film qu'il avait vu l'après-midi même : *La Strada*, de Fellini. Il était sorti du cinéma bouleversé, avec l'impression d'avoir découvert le monde dont il était issu. Ces forains lui avaient paru terriblement familiers, semblables aux récits trop rares de Mathias, aux souvenirs qu'évoquaient Margit ou Sandor lorsqu'il les pressait de questions.

Après la séance, il était repassé à son « bureau », deux pièces étroites en rez-de-chaussée sur cour, louées dans un immeuble du quartier des Batignolles. Sans doute une ancienne loge de concierge, mais pour l'instant ce local faisait très bien l'affaire. Seul Mathias avait été autorisé à visiter l'endroit, car Hugh lui avait demandé un coup de main pour tout repeindre en blanc. Des photos d'artistes, des affiches et des programmes accrochés au mur constituaient la décoration. À ce jour, Hugh n'avait encore organisé aucun spectacle, cependant il comptait déjà beaucoup d'amis parmi les gens du cirque et du théâtre. Il suivait avec intérêt les succès du music-hall ou des opérettes en vogue, observait la rivalité opposant Bouglione et Amar lors de leurs tournées à travers la France, et saluait les idées novatrices de Pinder qui n'avait pas hésité à engager Luis Mariano pour lui faire faire son tour de chant au milieu des numéros de cirque. Il assistait aussi à bon nombre de premières, méditant sur les raisons d'un triomphe ou d'un échec, et réfléchissant à ce qu'il entrevoyait de son propre avenir. Dans le même temps, il était également devenu un familier du château des Forgets, où était installé Jim Frey, un dompteur célèbre. La proximité des animaux sauvages le subjuguait de plus en plus, il éprouvait désormais pour les fauves une attirance encore plus forte que pour les chevaux.

Il avala la dernière bouchée de ses œufs, termina sa bière. Même s'il n'en parlait pas encore, il commençait à avoir une idée précise de ce qu'il voulait faire. Le plus simple aurait été d'aller en discuter avec son père pour étudier le financement et la rentabilité de son ambitieux projet. Mais comme toujours, il ne s'en sentait pas assez proche et, surtout, il redoutait son jugement. Quant à sa mère, elle risquait de rejeter violemment tout ce qui la ramènerait à son passé. Pas parce qu'elle en avait honte, mais parce qu'elle y serait trop sensible. De toute façon, ses parents étaient férocement attachés à l'Irish, à leur statut de banquiers modernes et efficaces, à la place enviée qu'ils occupaient dans le petit cercle parisien de la finance. Les idées fantaisistes de Hugh ne manqueraient pas de les heurter. N'avaient-ils pas toujours refusé de le laisser entrer à la banque sous prétexte qu'il manquait de diplômes ? En conséquence, il était vraiment temps pour lui de faire ses preuves tout seul.

— Sans aide, je n'y arriverai jamais, marmonna-t-il.

Avant de se lancer, il devait encore peaufiner les détails, constituer un vrai dossier, proposer des partenaires. Jusqu'ici, il avait seulement trouvé le lieu. Avec un long soupir, il débarrassa son assiette, mit la poêle dans l'évier et fit couler de l'eau chaude. Le souvenir d'Isabelle s'estompait peu à peu, elle lui manquait moins qu'au début, pourtant il ne se décidait pas à regarder les autres femmes. Son existence de célibataire n'était pas désagréable, d'autant qu'il avait un but, un moteur, une raison de vivre : sa fille. Seulement voilà, un jour prochain Eleonor allait se mettre à poser des questions, curieuse et sans pitié comme tous les enfants, et ce jour-là, Hugh serait obligé de lui fournir une réponse claire. Il n'avait plus beaucoup de temps devant lui, il allait devoir se forger un destin.

Sandor était allé réveiller Mathias. À présent ils étaient debout de chaque côté du lit, aussi bouleversés l'un que l'autre. Endormie pour toujours,

Margit avait entrepris son dernier voyage, celui qui la conduirait sans doute au paradis des saltimbanques. Sur sa table de chevet, le flacon de ses somnifères était vide, à côté de la carafe d'eau et du verre. Il y avait aussi une petite feuille de papier, pliée en quatre, que Sandor tendit à Mathias. L'espace d'un instant, leurs mains se croisèrent au-dessus de Margit, dont les yeux n'étaient pas tout à fait clos.

« Je vais rejoindre Vilmos, il m'attend depuis trop longtemps. »

Rien d'autre. Ni phrase d'adieu ni demande de pardon. Margit avait jeté l'éponge, abandonnant une vie qui ne l'intéressait plus.

— Elle n'était pas bien ici, avec toi, ses enfants, ses petits-enfants et même son arrière-petite-fille ? chuchota Mathias.

Sandor secoua la tête, impuissant à répondre. Son menton tremblait. La disparition de Margit allait le priver de sa meilleure amie, refaire de lui un solitaire, un vieil homme perdu.

— Elle a trop parlé de ses souvenirs ces temps-ci, répliqua-t-il enfin d'une voix rauque. Hugh lui a posé tant de questions qu'elle s'est remise à penser à Vilmos, à leur jeunesse…

— Hugh ?

— Tu sais bien, il veut apprendre, il cherche.

Mathias baissa les yeux vers sa mère. Il aimait chaque ride de son visage, ses cheveux blancs, et cette petite croix d'argent qu'il lui avait toujours vue au cou. Il se pencha pour l'embrasser sur le front en murmurant des mots de remerciement. Elle les avait élevés, Berill, Arno et lui, dans des conditions incroyablement difficiles, et elle avait dû être heureuse de les voir réussir – au moins pour deux d'entre eux puisque le destin d'Arno lui était resté inconnu.

Contournant le lit, Mathias alla prendre le flacon

de médicaments vide et l'enfouit dans sa poche. Il fit de même avec la feuille de papier, puis planta son regard dans celui de Sandor.

— Nous sommes d'accord ? demanda-t-il.

— Oui, répondit le vieil homme en magyar. De toute façon, elle s'est éteinte dans son sommeil, on dira que c'est de sa belle mort.

Margit aurait eu bientôt quatre-vingts ans, elle devançait l'appel de peu, personne ne se poserait de question. À quoi bon culpabiliser Hugh ? Ou même Berill, qui risquait de se faire d'inutiles reproches.

— Je vais la veiller, décida Sandor.

Il alla s'asseoir sur un petit fauteuil crapaud tandis que Mathias joignait les mains de sa mère puis posait ses doigts sur les paupières. Obtiendraient-ils l'autorisation de retourner à Budapest pour enterrer Margit près de Vilmos ? Et si c'était le cas, Arno allait-il encore surgir, mystérieusement averti ?

Avant de quitter la chambre, Mathias alluma la bougie qui trônait sur la commode en cas de coupure d'électricité. Sandor semblait abîmé dans une prière, la tête basse et les lèvres remuant silencieusement. Quel âge avait-il donc ? Mathias avait l'impression de l'avoir toujours connu vieux, vieux et solide comme un roc, mais pour lui aussi la fin approchait.

— Mathias ?

Relevant les yeux, Sandor eut une ombre de sourire qui creusa son visage parcheminé.

— Je lui parlerai, moi, au gamin. Je lui raconterai l'histoire de sa famille si personne d'autre ne veut le faire. Le cirque Károly… Tu étais trop petit, tu ne dois plus t'en souvenir.

C'était faux. Mathias se rappelait beaucoup de choses, des images soigneusement rangées au fond de sa mémoire et que la mort de sa mère faisait ressurgir de manière aiguë. Vilmos entre deux ours qui ne portaient pas d'anneaux dans le nez, même pas de muselières. Margit dans un maillot bleu roi, en équilibre au bout d'un tremplin. Et bien plus tard, ce numéro de clown monté avec Arno. Son frère avait du talent, un sens aigu du comique, il savait faire rire ou émouvoir, il improvisait sur la piste pour s'adapter au public, et il jouait du violon ou de la trompette comme un vrai musicien. Mathias, lui, aurait voulu s'envoler dans les airs avec les trapézistes, mais il n'était pas doué. « C'est à nous dans une minute ! » avertissait Arno, méconnaissable sous son maquillage. Et puis l'orchestre, la lumière, les bravos. Arno, son frère, le clown hideux qui avait vendu leur père aux nazis. Arno qui n'avait pas pu embrasser leur mère devant le cercueil de leur père parce que Mathias s'y était opposé. Pas de baiser de Judas sur la joue de Margit, non. À présent, où elle était, elle savait.

Submergé de tristesse, Mathias se détourna et sortit sans bruit.

Julian avait remonté le boulevard Bineau si vite qu'il eut du mal à tourner boulevard du Château. Cette voiture était fantastique ! D'une souplesse étonnante, d'une conception révolutionnaire. Décidément, Citroën était le meilleur constructeur d'Europe, et Berill savait choisir ses automobiles.

Il se rangea devant les grilles de l'hôtel particulier, descendit du véhicule et fit le tour de la DS 19 en détaillant sa ligne. Pourquoi ne pas s'en acheter une ? Après tout, son salaire et celui de Maureen permettaient ce genre de folie, il aurait tort de s'en priver. Récupérant le trousseau de clefs que Tomas lui avait confié, il pénétra dans le domaine des Blaque-Belair. Jusqu'ici, il n'y était venu qu'en invité, mais durant deux jours il avait le droit de se comporter en propriétaire. Toute la famille, Maureen comprise, était partie pour la Hongrie, et il se retrouvait chargé de garder les lieux. Abrité derrière un prétexte professionnel, il avait fait semblant de regretter, mais en fait il n'aurait assisté à cet enterrement pour rien au monde. D'abord, il connaissait à peine Margit, une vieille femme affligée d'un épouvantable accent et qui s'attifait n'importe comment, et puis il se moquait pas mal de son décès.

Il commença par visiter les lieux, ouvrant les portes au hasard, amusé par la décoration originale et chaleureuse. Berill était vraiment quelqu'un d'imprévisible. Il salua mentalement cette femme à forte personnalité qu'il ne pouvait pas s'empêcher d'admirer. Tout le contraire de sa propre mère. De ce point de vue au moins, Maureen avait de la chance, Berill Blaque-Belair était d'une tout autre trempe que Josefa Sabas !

La comparaison le fit se souvenir qu'il devait appeler son père. Il gagna le bureau de Tomas, à côté du salon, s'empara du téléphone et demanda l'international. Lorsqu'il obtint la communication, il commença par les politesses d'usage, expliqua le deuil de sa belle-famille puis voulut passer à autre chose, mais son père l'interrompit, apparemment stupéfait que Julian n'ait pas accompagné Maureen.

— J'ai trop de travail, éluda-t-il. D'ailleurs, Maureen n'est pas seule, ils sont partis tous ensemble.

Il omit d'ajouter que ces deux jours de liberté le comblaient. Pour sa première soirée, il avait déjà plein d'idées, et dès qu'il se serait débarrassé de son père il allait passer quelques coups de fil à des amies sachant se divertir. Au moins, s'il rentrait à l'aube, personne ne lui ferait de scène ! Maureen avait pris l'exaspérante habitude de bouder lorsqu'il revenait un peu éméché ou un peu en retard, ce qui n'arrangeait pas leurs rapports.

Felipe posa encore quelques questions sur Tomas, puis s'enquit de la situation de Julian dans sa banque et du temps qu'il faisait à Paris. Une fois la conversation terminée, Julian se renversa en arrière dans son fauteuil, très soulagé. Même à distance, son père l'effrayait toujours un peu. Si jamais il apprenait de quelle manière vivait son fils en France… Mais c'était improbable, Maureen avait trop d'orgueil pour se plaindre de quoi que ce soit et, vis-à-vis du reste des Blaque-Belair, Julian soignait son image de gendre parfait. La preuve, on lui avait confié l'hôtel particulier !

Il éclata de rire et gagna le salon où il se servit un whisky bien tassé. Tomas en possédait toujours des réserves, en bon Irlandais, et nulle part Julian n'en avait goûté de meilleur. Dans une splendide cave à cigares parfaitement humidifiée, il choisit un havane qu'il alluma en connaisseur. Encore une chose que Maureen n'appréciait pas, mais elle n'était pas près d'arriver à le censurer, la pauvre ! Quelques jours plus tôt, d'un ton dégoûté, elle l'avait traité de « dépravé ». Cinglant, il avait répliqué qu'elle ignorait le sens de ce mot et que, très malheureusement, elle refusait d'apprendre.

— On ne garde pas un homme uniquement avec des bonnes manières, ma chérie, il faut un autre piment..

Pourquoi y mettait-elle tant de mauvaise volonté ? Trouvait-elle vraiment plus excitant de parler de marchés financiers, de taux et de performances, d'entrées en Bourse ? Pourtant elle n'était pas frigide, il était bien placé pour le savoir, alors pourquoi refusait-elle de franchir certaines barrières ? De peur d'y prendre goût ?

Il se remit à rire et s'octroya une deuxième dose de whisky. La nuit était à lui, il comptait bien en profiter pour tenter de nouvelles expériences. Cette perspective lui procura un frisson de plaisir anticipé. Desserrant son nœud de cravate, il posa les pieds sur la table basse en marqueterie. À cette heure-ci, la bonne était partie, il pouvait faire ce qu'il voulait, et même recevoir ici, pourquoi pas ? Organiser une partie fine chez ses beaux-parents était une idée si amorale qu'elle le réjouissait d'avance.

Le crépuscule arrivait, noyant les contours des tombes. Dans une demi-heure à peine, le gardien du cimetière fermerait la grille, aussi Arno se décida-t-il à avancer. Il savait, pour l'avoir épiée de loin, que la famille était partie depuis un moment, mais il avait attendu encore un peu afin d'être sûr qu'aucun d'entre eux ne reviendrait dire une prière.

Vêtu d'un long pardessus noir qui flottait sur ses épaules maigres, Arno gagna le caveau des Károly. Une sépulture presque prétentieuse pour des gens qui avaient été si simples. Sans doute une volonté de Berill, qui avait toujours des idées excentriques.

Berill, sa grande sœur... La dernière fois qu'il l'avait vue, à Lausanne, elle s'était montrée si glaciale, si méprisante ! Il ne l'aurait pas crue capable de haine, et pas davantage Mathias dont il avait encaissé les coups sans broncher, dans ce même cimetière, huit ans plus tôt. Une raclée qui lui avait procuré un certain soulagement sur le moment, comme si se laisser battre pouvait l'absoudre de ses fautes. Hélas, la culpabilité était vite revenue le hanter.

La dalle de granit était juste posée, pas encore scellée, mais on pouvait lire le nom de Margit en lettres dorées, à côté de celui de Vilmos déjà un peu terni. Arno n'avait pas apporté de fleurs, il y en avait bien assez comme ça, et une sorte de superstition l'avait retenu. Rien que le fait de se trouver là le mettait mal à l'aise, il n'était pas sûr d'en avoir le droit. Pourtant, il avait demandé sa journée de congé à l'administration municipale où il travaillait dès qu'il avait appris la date de l'enterrement. Ce genre de formalité passait par son service, et même si Károly était un nom très répandu en Hongrie, en revanche une requête signée de Mme Blaque-Belair n'était pas chose fréquente. Cette fois encore, comme pour Vilmos, le dossier était appuyé par l'ambassade et les autorisations avaient été plutôt rapides quand on connaissait les lourdeurs de l'appareil communiste.

Machinalement, Arno jeta un coup d'œil derrière lui. À Budapest, on avait toujours l'impression d'être surveillé. Surtout depuis le retour au pouvoir de Rakosi, un stalinien convaincu. Avant lui, Imre Nagy, plus modéré, avait tenté de dénoncer les abus – exécutions, procès truqués, camps de travail – et avait été expulsé.

Arno ne faisait plus de politique depuis longtemps, mais il haïssait ce régime qui finirait fatalement par conduire les Hongrois à la révolution. Il n'était devenu communiste que pour sauver sa peau, faisant valoir que la Wehrmacht l'avait chassé de ses rangs en raison de ses origines tziganes, et que jamais, au grand *jamais*, il n'avait adhéré aux idées du nazisme. Ainsi, de mensonge en trahison, Arno poursuivait inexorablement sa descente aux enfers.

Les yeux rivés sur la tombe, une bouffée de colère le souleva. Contre lui-même d'abord, puis contre son frère et sa sœur qui s'étaient construit des vies en or. Tout ça grâce au coup de foudre d'un Irlandais ! Lui n'avait pas eu cette chance. La femme dont il était tombé amoureux l'avait conduit au pire avant de l'abandonner. Aujourd'hui il était seul, livré à des remords qui le rongeaient comme de l'acide.

Combien de fois s'était-il trompé, fourvoyé, déjugé ? Il avait par-dessus tout voulu réussir, or il allait finir en bas de l'échelle, petit fonctionnaire effacé qui marchait la tête basse. Avec, sur la conscience, un poids si lourd qu'il se réveillait souvent, au cœur de la nuit, en sueur et claquant des dents, appelant sa mère au secours.

À présent Margit était là, devant lui, dans son cercueil sous la terre, elle ne pourrait plus ni l'aider ni lui pardonner. Ah, que n'aurait-il pas donné pour revenir en arrière, remonter le temps jusqu'à se retrouver dans la roulotte glaciale où il dormait avec Mathias et Berill ! Mais cette époque était révolue, aussi morte que Margit, rien ne lui rendrait plus sa jeunesse et son innocence.

Il se détourna du caveau, s'éloigna à pas lents. Pourquoi était-il venu ? Pour rouvrir la plaie ? Avec l'espoir dément qu'il oserait aborder son frère ou sa sœur ? Quelle idiotie ! Tout le monde le reniait, et ce n'était sans doute que le début du châtiment.

Clown... Penser qu'il avait été clown – et drôle, en plus – lui procurait une amertume infinie. Il avait fait rire aux éclats des enfants, des adultes, parfois même des garçons de piste, il s'était maquillé avec plaisir des centaines de soirs, avait aimé les gens du voyage parce qu'il était des leurs. Ensuite, la honte était venue, il avait jeté son costume avec horreur, prêt à endosser l'uniforme qui ferait de lui un héros, puis un bourreau.

Parvenu à la grille où le gardien l'attendait, impatient de fermer, il vérifia une fois encore que personne ne l'observait. Mais non, la rue grise était déserte, il pouvait rentrer chez lui à pied, afin d'économiser le ticket d'autobus. Il boutonna son pardessus, mit ses mains dans ses poches pour se protéger du vent. Dans quel hôtel sa famille était-elle descendue ? Sans doute un de ces établissements hors de prix exclusivement réservés aux étrangers. Étrangers, pas touristes, car il fallait être fou pour venir à Budapest par plaisir. Dommage, c'était une si belle ville ! Arno y était revenu parce qu'il ne savait où aller et qu'au moins, ici, il avait de bons souvenirs. Penser que son frère et sa sœur étaient en train de respirer le même air que lui, tout proches bien qu'inaccessibles, allait sûrement l'empêcher de dormir. Comment ne pas les imaginer reprenant l'avion, demain matin, puis atterrissant à Paris, libres, riches, peut-être même heureux ? Pendant ce temps-là, il ferait la queue devant la salle de bains de l'appartement qu'il partageait avec d'autres locataires, avant d'aller faire son travail ingrat et mal payé, au nom d'une idéologie qu'il ne partageait pas.

Un goût de bile dans la bouche, il remonta son col et se fondit dans le soir tombant.

Après avoir frappé, Tomas entra dans la chambre de Sandor, qu'il trouva, comme prévu, occupé à faire jouer le chiot.

— Voilà la vedette ! dit le vieil homme en souriant. Et il n'a que deux mois…

Le petit leonberg était évidemment craquant avec ses trop grosses pattes et son faux air de lionceau. Tomas avait choisi cette race dès que le vétérinaire lui avait montré la photo d'un beau mâle adulte, impressionnant par sa taille, son allure et sa fourrure fauve. Il ne ressemblait en rien au magnifique Goliath, mort l'année précédente, auquel Berill était si attachée qu'elle n'avait pas voulu le remplacer. Mais la disparition de Margit avait créé un vide affectif plus grave que Tomas voulait combler, aussi avait-il pris la décision d'acheter un nouveau chien à sa femme. Pour lui en faire la surprise, il s'était mis d'accord avec Sandor. Trop âgé, perclus de douleurs pour effectuer le voyage jusqu'à Budapest, Sandor était sagement resté à Neuilly durant l'absence de la famille et, la veille, il était allé chercher le chiot en taxi.

— Il devrait plaire à Berill, apprécia Tomas en prenant l'animal sous le bras. Merci de vous être chargé de lui.

De sa main libre, il ramassa le petit panier et la balle de caoutchouc tandis que le vieil homme précisait :

— Il s'appelle Bosco. Le vétérinaire vous donnera ses papiers quand vous irez faire le rappel des vaccins.

Tomas hocha la tête. Alors qu'il s'apprêtait à sortir, Sandor le retint, posant une main sur son épaule. Le geste était tellement inhabituel que Tomas s'arrêta net.

— Je voulais vous dire quelque chose d'important...

Sur le visage parcheminé, Tomas lut de l'indécision et de la gêne.

— Oui ? dit-il d'un ton encourageant.

— Vous ne devriez peut-être pas faire une totale confiance à votre gendre. Ce n'est pas un homme bien.

Abasourdi, Tomas attendit quelques instants, mais le vieil homme n'ajouta rien.

— Y a-t-il autre chose que je devrais savoir ? insista-t-il doucement.

— J'ai dit ce que j'avais à dire, maugréa Sandor.

À son expression butée, Tomas comprit qu'il n'en tirerait pas un mot de plus.

— Je vais donc y réfléchir et faire attention. Merci, Sandor...

Ils continuèrent à se regarder durant deux ou trois secondes, sachant que ce qui venait d'être échangé était grave. Puis Tom se décida à sortir, plus contrarié qu'il ne l'aurait voulu. Sandor était vieux mais pas fou, et en aucun cas affabulateur. Y avait-il eu un problème entre lui et Julian ? En remettant les clefs de l'hôtel particulier à son gendre, Tomas avait surtout songé à lui témoigner une marque de confiance, tout en soulageant Sandor d'un rôle de gardien que le pauvre homme avait de plus en plus de mal à tenir à son âge. Il passait beaucoup de temps à somnoler dans le fauteuil à bascule de sa chambre, et autant il était encore capable d'une petite excursion chez le vétérinaire, autant il aurait été impuissant en cas de cambriolage.

— Pas un homme bien ? marmonna Tomas entre ses dents.

Julian semblait toujours si courtois, si affable... Et Maureen n'avait jamais émis la moindre critique à son sujet. Ni Felipe, qui devait pourtant connaître son fils par cœur. Néanmoins, Sandor était digne de foi, son avertissement ne pouvait pas être pris à la légère.

Sans bruit, Tomas monta au premier et gagna la salle de bains où il installa le chiot dans son panier. Puis il referma soigneusement la porte avant de rejoindre sa femme dans leur chambre. Elle était assise devant sa coiffeuse, occupée à attacher ses cheveux qu'elle venait de brosser. Son visage aux traits tirés émut Tomas, qui vint l'embrasser dans le cou.

— Fatiguée par le voyage, ma chérie ?

— Oui. Et très triste, aussi...

Elle n'avait pas besoin de l'avouer, le chagrin se voyait dans ses yeux, ses cernes, son sourire pathétique. À présent que Maureen était rentrée chez elle avec son mari, Mathias et Teresa partis se coucher, et Hugh retiré dans son aile, elle pouvait enfin se laisser aller.

— Je suis laide, constata-t-elle en fixant son reflet dans le miroir.

Elle ne cherchait pas les compliments, n'attendait pas qu'il prétende le contraire, elle constatait seulement les ravages du temps.

— Tu dois me trouver futile, mais c'est dur pour une femme de vieillir.

— C'est dans l'ordre des choses, sauf que toi, tu seras belle jusqu'au bout.

Penché au-dessus d'elle, il la serra dans ses bras, impuissant à lui dire combien il l'aimait.

— Qu'est-ce que tu sens ? demanda-t-elle avec curiosité.

Elle humait la paume de sa main, sans doute intriguée par l'odeur du chiot.

— Tu veux le savoir ? Viens avec moi, j'ai une surprise. Allez, viens...

Il la précéda jusqu'à la salle de bains, pressé de voir sa réaction, ouvrit la porte, alluma la lumière et s'effaça pour la laisser découvrir Bosco endormi dans son panier, roulé en boule.

— Tom, tu n'as pas... Oh, Tomas, c'est quoi ? Un leonberg ? Tu m'as trouvé un petit lion ?

Elle s'était mise à pleurer, mais en même temps elle se précipita vers le panier, se jetant à genoux sur le carrelage.

— Tu sais ce que ça mange, ces bêtes-là, une fois adultes ? hoqueta-t-elle à travers ses larmes. Il va nous ruiner !

Au lieu de réveiller le chiot, elle se contentait de le regarder, déjà éperdue d'amour, et quand elle posa une main légère sur lui, il se mit sur le dos, ventre offert à la caresse, sans interrompre son somme.

— Tomas Blaque-Belair, chuchota Berill, tu n'as pas fini d'acheter des caisses de viande.

Il vint près d'elle, s'agenouilla aussi.

— Tu te souviens de Madrid ? demanda-t-il à voix basse.

— Le restaurant s'appelait le Lhardy, et tu as attendu que Mathias s'absente pour me demander si tu pouvais me faire la cour. Sans la caisse de viande offerte aux fauves, je n'aurais pas accepté ce déjeuner...

La main de Berill quitta le chiot et vint se poser sur la cuisse de Tomas.

— Tu es la meilleure chose qui me soit arrivée, Tom.

— Je tiens à le rester. Je t'aimerai et je te désirerai toujours, c'est ton bonheur que je veux.

Il ne pouvait pas lui rendre sa jeunesse et le visage qu'elle avait eu à vingt ans, avant les coups de griffe d'Aïcha, il ne pouvait pas non plus combler le vide laissé par la disparition de Vilmos puis celle de Margit, mais tout le reste, il le lui avait donné de son mieux. Avec son pouce, il essuya délicatement la trace d'une larme accrochée à la cicatrice, puis il prit Berill dans ses bras et se mit à la bercer.

D'abord un peu effaré, mais rapidement attentif, Mathias avait suivi Hugh à travers tout le domaine qui comptait cent soixante hectares d'un seul tenant et était entièrement clos. La maison, un ancien relais de chasse, n'était pas en meilleur état que les dépendances.

— Les toitures et les charpentes sont saines, c'est le principal ! affirma Hugh qui débordait d'enthousiasme. Le propriétaire est mort il y a six ans, et depuis, les héritiers cherchent à vendre. Mais qui voudrait de toutes ces terres ? Moi, j'en aurai l'usage, en fait c'est à peine assez grand pour mon projet. Car je ne veux pas que ça ressemble au zoo de Vincennes, ce sera au contraire une réserve d'animaux sauvages en liberté qu'on pourra venir observer de près et en famille. Et quand je dis en liberté, ça signifie qu'au lieu de cages ce seront des enclos vraiment vastes et que les grillages seront très discrets, quasiment intégrés au paysage. Tu verras dans le dossier que j'ai réfléchi à tous les détails avec des spécialistes, dont un architecte et deux vétérinaires. Il faut que ce soit un paradis, pour les bêtes comme pour les gens qui seront là à regarder en ouvrant de grands yeux !

— Attends une minute, Hugh. Qu'est-ce que tu entends par « grillages discrets » ? Il y a des normes de sécurité à respecter pour tous les endroits ouverts au public.

— Bien sûr ! Mais dans le cas des éléphants par exemple, qui sont incapables de sauter, un fossé est beaucoup plus efficace que n'importe quelle barrière. Quant aux fauves, on peut imaginer des douves en eau, car ils ne savent pas nager. L'idée est de les voir évoluer comme s'ils étaient dans leur milieu naturel. Que le public puisse se croire en Afrique, et je te garantis le succès !

— Pour le public, on est un peu loin de Paris...

— Ah, évidemment ! Pas question de faire ça à Versailles ou à Chantilly, au prix des terrains. Ici, on pourra venir en week-end, en vacances, ce sera un but d'excursion. Il faudrait d'ailleurs que je pense à une forme d'hébergement, je n'ai prévu que la restauration.

Sourcils froncés, Hugh était déjà en train d'y réfléchir. Mathias le contempla une seconde puis regarda de nouveau autour de lui. Ils se trouvaient quelque part entre Orléans et Tours, dans une belle campagne au climat agréable. Pas trop loin des châteaux de la Loire, principal intérêt touristique de la région, et peut-être le projet de Hugh pourrait-il bénéficier de cet afflux de visiteurs.

— Mais l'hiver ? soupira Mathias.

— Il y aura une morte saison, c'est évident, qui permettra de replanter et de vérifier toutes les installations pendant que les animaux resteront au chaud dans la fauverie ou dans des abris.

— Donc huit mois sur douze d'exploitation, environ ?

— Huit ou neuf, c'est à voir. En tout cas, ce sera forcément fermé du 30 novembre au 1er mars.

Un inconvénient supplémentaire pour ce très ambitieux programme qui, décidément, semblait chimérique.

— Parle-moi de l'aspect financier, Hugh.

Ce serait l'obstacle infranchissable, Mathias en était persuadé. L'investissement était non seulement vertigineux mais sans aucune garantie de rentabilité. Un parc animalier de cette envergure allait coûter une fortune à construire, puis à entretenir. Et rien ne permettait d'affirmer que les clients seraient au rendez-vous.

— J'ai établi quelques prévisions de budget, annonça le jeune homme d'une voix ferme. Viens, allons nous asseoir.

Mathias se laissa entraîner jusqu'au relais de chasse visité deux heures plus tôt. Il était fatigué d'avoir arpenté toutes les terres, Hugh ne lui ayant fait grâce de rien hormis d'un petit bois trop broussailleux pour être accessible. Ils allèrent s'installer sur un banc oublié près d'une haute cheminée, dans l'immense pièce vide qui constituait l'essentiel du rez-de-chaussée. Comme les portes-fenêtres avaient été ouvertes par l'agent immobilier, un rayon de soleil jouait sur les motifs du carrelage ancien, et le chant des oiseaux leur parvenait distinctement. Un instant, Mathias essaya de se représenter son neveu vivant là, dirigeant cette entreprise qu'il rêvait de créer, faisant grandir Eleonor au milieu d'animaux exotiques.

— L'acquisition d'abord, commença Hugh.

Il sortit un premier feuillet du porte-documents avec lequel il s'était promené toute la journée.

— Ensuite, les travaux d'aménagement du terrain, défrichage, terrassement et nivellement, création d'une colline et d'une fosse, tranchées et plantations, clôtures, palissades.

Au fur et à mesure, Mathias lisait les chiffres avec intérêt, surpris de constater que Hugh n'avait pas cherché à les minimiser.

— La réhabilitation des bâtiments annexes. Dans l'une des deux granges, je prévois trois logements pour le personnel à demeure, l'autre abritera tout le matériel et les réserves de nourriture. Les anciennes écuries seront transformées en salle d'accueil, guichets, ainsi qu'un grand salon de thé et, au premier, dans les anciens greniers à foin, j'installerai les bureaux pour la partie administrative.

Combien de temps avait-il passé à tout estimer, à obtenir des devis précis, à traquer le moindre détail ? Mathias se sentit soudain plus concerné qu'il ne l'aurait voulu, presque prêt à admettre que cette utopie puisse devenir un jour une réalité.

— Ici, la fabrication des abris, sur chacune des parcelles. Et, enfin, la construction d'une ménagerie ou hiverneront les animaux fragiles, au bout de laquelle se trouvera leur infirmerie.

L'addition était de plus en plus folle, astronomique, pourtant Hugh poursuivit tranquillement :

— Maintenant, l'achat des pensionnaires. Ces prévisions ont été établies par les Bouglione et par

Jim Frey, qui ont l'habitude de ce genre de transactions et qui connaissent les filières. J'ai beaucoup discuté avec eux, et aussi avec Michel Klein, l'un des rares vétérinaires sachant soigner un lion ou un éléphant.

Son entrain était communicatif, néanmoins Mathias pensa qu'il était temps de redescendre sur terre.

— Mon Dieu, Hugh, c'est vraiment un dossier bien fait, solide, malheureusement…

— Attends encore, je n'ai pas terminé. Sur cette feuille, tu vas trouver un devis annexe qui concerne quelques attractions pour les enfants, toutes liées au monde de la jungle et destinées à rendre le parc encore plus attrayant. Des trucs éducatifs et ludiques. Cette partie-là n'est pas obligatoire dans l'immédiat, toutefois ce serait un atout supplémentaire.

Mathias ne savait plus quoi penser, il décida qu'il allait avoir besoin de temps avant d'émettre le moindre avis, aussi garda-t-il le silence tandis que Hugh sortait une dernière page de son porte-documents.

— Les frais de fonctionnement pour la première année d'exploitation. Salaires et charges, approvisionnement, assurances… Voilà, c'est fini, je crois n'avoir rien oublié.

— Et cette maison ? Qui serait *ta* maison, d'après ce que je comprends.

— Ici ?

Hugh regarda autour de lui, puis il eut un sourire désarmant.

— Si les choses devaient se faire, je me contenterai de camper, dans un premier temps. Petit à petit, je ferai moi-même mes travaux, mais ce n'est pas ça qui compte.

— Tu as pensé à ta fille ? Eleonor ne peut pas vivre dans…

— Oh, Mat ! Je n'ai jamais envisagé de l'embarquer dans cette galère dès la première année. Elle est trop petite, et je serai trop occupé. Par la suite, oui, bien sûr... De toute façon, Teresa m'arracherait les yeux si je parlais de la lui enlever, non ?

Il avait strictement tout prévu, tout planifié. Restait à sonder ses intentions réelles avant de le décourager.

— Au vu de l'investissement que ce projet implique, déclara prudemment Mathias, que proposerais-tu comme montage financier ? Aucune banque ne te suivra sur quelque chose d'aussi hasardeux. L'amortissement va s'étaler sur vingt ou trente ans, avec toute la propriété en hypothèque... Même tes parents risquent d'avoir une crise cardiaque en découvrant ces chiffres.

— Les parents ? Je ne veux pas les mêler à ça, Mat ! L'Irish est une banque privée, je n'en attends rien.

— Alors, quoi ?

— Eh bien c'est là que tu interviens : à toi de me dire à quelles portes je dois frapper.

— Oh ! là, là...

Le problème était si vaste que Mathias secoua la tête, cherchant par où commencer. Mais n'avait-il pas promis à Hugh de l'aider ? Il se souvint de leur triste promenade à Phoenix Park, le jardin zoologique de Dublin, juste après la mort d'Isabelle. « Vas-y, lance-toi. » C'est ce qu'il avait dit, et, au fond, Hugh l'avait écouté, sauf qu'il choisissait quelque chose de trop difficile. Un projet d'une telle ampleur ferait peur à tout le monde, à moins de dénicher des partenaires prêts à courir de très gros risques.

— Tu vas me laisser y repenser à tête reposée. Tu m'as soûlé, Hugh, je te jure !

— D'accord, mais tu dois au moins me dire une chose... Tu es connu pour ton flair infaillible, papa affirme que personne ne possède ton sens inné des bonnes affaires. Alors, ici, que te souffle ton instinct ?

Pour lui répondre sincèrement, au lieu de chercher à lui faire la morale, Mathias se leva et se dirigea vers l'une des portes-fenêtres. Le paysage était séduisant, on pouvait tout imaginer dans ce cadre de verdure, avec le petit cours d'eau qui serpentait à travers les prés en friche, et l'ombre des nombreux grands arbres. Un parc animalier s'y concevait aisément. Des familles arpentant les allées pour apercevoir un tigre couché au soleil, un éléphant en train de boire, des zèbres occupés à brouter... Pourquoi pas ? Malgré l'énormité de la mise, la réussite n'était pas tout à fait impossible. À condition de voir grand, Hugh avait raison, car un demi-succès se révélerait vite un échec financier retentissant. Créer une société ? proposer des parts ? s'associer avec un groupe hôtelier ? En Amérique, Walt Disney venait d'ouvrir Disneyland, un parc à thème qui tenait de la fête foraine et dans lequel une véritable fortune avait été engloutie, mais qui triomphait. Hugh était-il un visionnaire ? À l'échelle de la France – ou même d'une simple région –, et en pariant sur un certain engouement pour les animaux sauvages, pour l'exotisme...

— Ce n'est pas tout à fait impossible, dit-il lentement. Mais trouver les fonds sera un vrai casse-tête. Laisse-moi en parler à ton père. Juste lui en parler, et qu'il me donne son avis.

— Son avis ou son aval ? Écoute, Mat, je ne suis plus un gamin et je ne fais pas un caprice. Je préfère laisser papa en dehors de ça pour l'instant, parce que je ne voudrais pas qu'il pense que... que... Oh, tu sais bien ! Dès que maman entendra le mot « lion », elle sera folle de joie ou folle de rage, mais sûrement pas impartiale. Tu comprends ?

— Très bien, oui.

— Toi, c'est différent, tu as oublié tout ce qui touche au cirque et…

— Oublié ? s'esclaffa Mathias. Qu'est-ce qui te fait croire ça ? C'est un monde qu'on ne peut pas oublier, mais, pour ma part, je ne regrette pas d'avoir fait autre chose. Grâce à ton père, d'ailleurs. C'est un homme aux idées larges.

— Pas quand il s'agit de maman.

Indiscutablement, Tom avait toujours placé Berill au-dessus de tout, y compris de leurs enfants. Aujourd'hui, Hugh essayait de se lancer dans la vie, et il voulait y parvenir sans l'aide de ses parents, alors qu'il n'hésitait pas à solliciter Mathias. Sans doute une manière de prendre sa revanche sur son père, qui l'avait un peu trop ignoré dans son enfance.

— C'est ton projet, Hugh, à toi de choisir avec qui tu veux en discuter ou pas. Mais ne te trompe pas sur le compte de Tomas. Même s'il n'a pas su te le montrer, il t'aime.

— Moins que toi ou Teresa ! s'exclama le jeune homme.

Son cri du cœur déconcerta Mathias. L'immense affection qu'il portait à Hugh depuis toujours avait-elle fini par créer un fossé entre le père et le fils ? Jamais il n'avait souhaité se substituer à Tomas, mais le résultat était là. De nouveau, il regarda au-dehors. Fallait-il que ce soit lui – et lui seul – qui épaule Hugh dans l'aventure ? Bien sûr, il s'agissait d'un coup de poker, mais que faisait-il d'autre, à longueur de journée, à l'Irish ? Parier sur les fluctuations de la Bourse, négocier des titres à l'intuition, deviner le marché, écouter son inspiration pour flairer la bonne affaire : un vrai numéro de funambule.

« Sauf qu'il n'y a pas de hasard, au fond… » Hugh devait tenter sa chance, et Mathias s'arrangerait pour que, en cas d'échec, le gamin ne soit pas totalement aspiré dans la faillite.

— Je te préviens, ce sera dur, déclara-t-il sans cesser de scruter les abords du relais de chasse.

Il entendit Hugh s'approcher et s'arrêter à côté de lui. Durant un moment, ils restèrent silencieux, perdus dans la contemplation de ce qui serait peut-être, un jour, un parc très visité. Le soleil n'allait plus tarder à disparaître, les ombres s'allongeaient démesurément, il fallait penser à regagner Paris.

— Nous dînerons quelque part sur la route, décida Mathias.

Deux ou trois idées étaient en train de se préciser dans son esprit. Sans en avoir conscience, il avait déjà commencé à réfléchir sérieusement.

11

Paris, 1957

Maureen avait tout essayé pour s'endormir mais, à deux heures du matin, elle finit par capituler et ralluma. Elle ne se demandait plus où était Julian, résignée depuis longtemps à le voir rentrer au milieu de la nuit. Il prétextait vaguement des dîners « d'affaires » ou des sorties « entre copains », ne se donnant même pas la peine de mentir avec conviction. Sans doute avait-il des maîtresses, ou une passion pour le jeu, ou encore un goût immodéré pour les boîtes de strip-tease ! Maureen s'en moquait, peu à peu elle s'était détachée de lui, et dernièrement elle avait commencé à songer au divorce. Mais à présent, que faire ? La visite chez le médecin avait confirmé ce qu'elle redoutait par-dessus tout : elle attendait un enfant.

Rabattant les couvertures, elle quitta son lit et fila pieds nus à la cuisine. Une boisson chaude la calmerait peut-être, de toute façon elle ne pouvait pas ignorer le problème, il fallait qu'elle réfléchisse jusqu'à trouver une solution.

Quelle serait la réaction de Julian si elle lui annonçait la nouvelle ? Heureux de cet atout supplémentaire dans sa panoplie d'homme parfait ? Contrarié par la perspective de devenir père de famille ? Amusé de constater que, bien que rares, leurs étreintes conjugales avaient été fécondes ? En réalité, Maureen n'éprouvait plus de plaisir dans ses bras et il la laissait souvent tranquille, même si, certaines nuits, il la harcelait jusqu'à ce qu'elle lui cède. S'il avait bu, il pouvait même se montrer brutal ou cynique. Dans ces moments-là, elle se maudissait de ne pas avoir eu le courage de consulter un avocat pour mettre fin à leur mariage, et elle se promettait de prendre rendez-vous avec un as du barreau dès le lendemain.

Devait-elle le faire aujourd'hui ? Et le bébé ? Elle ne s'imaginait pas élever toute seule un enfant qu'elle n'avait pas désiré. Ah, pourquoi n'avait-elle pas envoyé Julian au diable ! Elle s'était mariée sans être vraiment amoureuse, avec l'espoir que ses sentiments grandiraient au fil des mois, persuadée que s'installer à Paris les rapprocherait l'un de l'autre et qu'ils finiraient par devenir un vrai couple… Quelle naïveté !

Elle sursauta en entendant claquer la porte d'entrée. Tendant l'oreille, elle suivit la progression de son mari à travers l'appartement. D'abord il s'arrêta dans leur chambre, puis devant la salle de bains, avant de remonter le couloir d'un pas lourd.

— Tu bois en douce ? lança-t-il depuis le seuil de la cuisine.

— Une tisane, oui.

Elle le dévisagea, cherchant à deviner son état. Il ne semblait pas ivre, mais sa chemise était toute froissée et sa cravate pendait, à moitié dénouée.

— Tu aurais pu te rhabiller tout à fait..., laissa-t-elle tomber d'une voix glaciale.

Peu lui importait de savoir avec qui il avait passé sa soirée, mais elle refusait d'être traitée avec une telle désinvolture.

— Jalouse, ma chérie ? ironisa-t-il en s'approchant. Si tu étais plus accueillante, plus imaginative et plus... libertine, je n'irais pas m'amuser ailleurs !

Arrêté juste derrière elle, il resta silencieux quelques instants puis, par surprise, l'embrassa dans le cou tout en écartant son peignoir. Quand elle sentit qu'il prenait ses seins à pleines mains, d'un geste de propriétaire, une bouffée de colère la submergea.

— Laisse-moi !

Au lieu de la lâcher, il eut le tort d'insister, sans douceur, et elle se retourna d'un bloc pour lui administrer une claque retentissante.

— Tu n'as pas eu ton compte, cette nuit ? Tu es encore en manque ? Alors, retourne d'où tu viens te faire finir !

Elle lui avait littéralement craché les mots au visage. Il recula d'un pas, laissa retomber ses mains.

— Tu es plutôt belle, en colère, dit-il à mi-voix. Un peu vulgaire, mais belle.

Exaspérée, elle eut néanmoins la prudence de quitter son tabouret et de mettre un peu d'espace entre eux deux. Elle pouvait annoncer qu'elle était enceinte, ou au contraire qu'elle souhaitait divorcer. Le moment n'était pas plus mal choisi qu'un autre pour avoir une explication, et de ce qu'elle allait dire dépendrait tout son avenir.

— Julian, j'en ai assez de toi.

Elle le vit se raidir, de surprise ou de fureur, puis il pâlit et, sur sa joue gauche, la trace de quatre doigts rouges devint plus nette.

— Maureen..., souffla-t-il seulement.

Craignait-il de rentrer à Madrid la tête basse ? Avait-il peur du scandale, peur de détruire l'image qu'il voulait tant donner de lui ? Si Maureen décidait de le quitter, elle s'en expliquerait sans détour avec la famille Sabas, dénonçant ses infidélités et son penchant pour la boisson. Comment se justifierait-il devant son père ? Sans compter les Blaque-Belair, qui allaient le clouer au pilori.

Maureen songea avec tristesse à l'enfant qu'elle attendait. Face à elle, le visage défait, Julian la regardait fixement.

— Tu veux me quitter ? articula-t-il enfin.

Elle le connaissait assez pour discerner la rage dans sa voix, mais pas une ombre de chagrin.

— Qu'avons-nous à faire ensemble, Julian ? Nous ne nous aimons pas, nous sommes juste des colocataires dans cet appartement ! Tu passes la moitié de tes nuits ailleurs, tout ce qui t'intéresse dans la vie, c'est faire la fête !

— Et toi, Maureen ? Dis-moi donc ce qui te passionne en dehors de tes foutues analyses financières. Tu crois que c'est sexy, comme conversation ? Quand je veux t'emmener en voyage, tu me réponds que tu ne peux pas quitter la banque, à croire que l'Irish n'arriverait pas à se passer de toi !

— En voyage ? railla-t-elle. Où ça et avec qui ? Si tu me parles d'une croisière en compagnie de tes prétendus amis, encore plus dépravés que toi, merci bien, je ne tiens pas à faire de la figuration dans vos bacchanales !

— Que tu es ennuyeuse, mon Dieu...

— Tu me l'as dit cent fois, entre autres reproches, mais il se trouve que tu ne m'amuses pas non plus.

Cette escalade ne les mènerait nulle part, et Maureen commençait à se sentir fatiguée. Au point d'incompréhension où ils en étaient, mieux valait abandonner la partie. Alors qu'elle s'apprêtait à quitter la cuisine, Julian lui barra le passage.

— Non, tu ne vas pas aller te coucher bien tranquillement après m'avoir annoncé que tu ne m'aimes pas.

Il la prit par la taille, l'attira de force contre lui tandis qu'elle se débattait pour lui échapper.

— Tu ne m'aimes vraiment pas ? insista-t-il, d'une drôle de voix.

— J'ai cru aimer quelqu'un qui n'existe pas !

— Allons, chérie... C'est juste une crise passagère, tous les couples en connaissent.

— Nous ne formons pas un couple, Julian. Je vais avoir trente ans et ce n'est pas avec toi que je veux passer le reste de ma vie, ni faire des enfants !

En le disant, elle eut une brusque envie de pleurer qu'elle refoula aussitôt. Une fois encore, elle essaya de se dégager, mais il la tenait trop serrée. Curieusement, elle ne le sentait pas agressif, il y avait presque de la tendresse dans la manière dont il l'empêchait de s'éloigner de lui. Était-il en train de jouer la comédie ? Elle se souvenait de sa façon d'être lorsqu'il avait voulu passer pour un fiancé épris et respectueux. Non, elle ne se laisserait pas avoir une fois de plus.

— S'il te plaît, Maureen, chuchota-t-il. Je sais que je fais des bêtises depuis un moment, mais j'avais une telle soif de liberté ! Tu n'imagines pas la rigidité de l'éducation que j'ai reçue. Mon père peut être un homme terrifiant, il a fait de moi un petit garçon coincé qui rêvait en secret de briser toutes ses chaînes. Et Paris m'est monté à la tête, je l'avoue. Pourtant je ne veux pas te perdre, donne-moi une autre chance.

Il s'était mis à caresser doucement ses épaules, sa nuque, sans chercher à aller au-delà alors que son peignoir était à présent largement ouvert. Existait-il une part de sincérité dans ce qu'il venait de dire ? À l'évidence, Felipe avait dû se montrer sévère, voire intransigeant, et Josefa n'était pas de taille à intervenir entre lui et leur fils unique. Mais était-ce vraiment une excuse ? Pouvait-il changer, abandonner ses folles nuits de débauche, devenir un mari acceptable ? Maureen n'y croyait pas, cependant il y avait longtemps qu'elle ne s'était pas abandonnée dans les bras d'un homme, longtemps qu'elle luttait, seule, pour sauver les apparences et garder la tête haute. Un désir inattendu la fit tressaillir lorsqu'il effleura ses lèvres.

Le chantier durait depuis plus d'un an, mettant les nerfs de Hugh à rude épreuve. Il y avait d'abord eu d'énormes trous creusés par les pelleteuses, des monceaux de terre déplacés, des tranchées et de la boue : un vrai paysage de champ de bataille sans cesse traversé par des engins à chenille et des hommes casqués. Au milieu du désastre, seul l'architecte, flanqué d'un arpenteur et d'un paysagiste, semblait deviner à quoi ressemblerait le parc une fois terminé. Et tandis que le terrain se relevait ou s'aplanissait selon les besoins, deux équipes de maçons s'étaient attaquées aux différents corps de bâtiment, accentuant l'impression de chaos qui régnait partout.

Hugh se réfugiait souvent dans le relais de chasse qu'il se bornait à nettoyer de son mieux. Après avoir poncé tout seul les parquets du premier, puis décapé le carrelage du rez-de-chaussée, il avait lessivé les murs et donné un coup de peinture blanche. Pour la salle d'eau, trop vétuste, il s'était fait aider d'un plombier.

Tout en travaillant, il guettait les bruits du dehors et, dès que les ouvriers s'en allaient, il filait voir les progrès du chantier. Luttant contre le découragement, il passait presque toutes ses fins d'après-midi à parcourir son domaine ravagé. Il n'avait pas imaginé l'ampleur de ces travaux d'Hercule, ni les innombrables dépassements de budget. Y aurait-il vraiment, un jour prochain, des fauves couchés sur l'herbe, des ours dans leur fosse, des singes pendus aux branches des arbres ? Quant à ses partenaires financiers, jusqu'à quel point Mathias pourrait-il les faire attendre ?

Une ou deux fois par semaine, Hugh quittait son campement précaire et retournait à Neuilly pour voir Eleonor. Elle l'interrogeait inlassablement sur ce parc magique où il passait tout son temps, dévorée de curiosité et folle d'impatience. Durant quelques heures, il lui répondait de son mieux, la faisait jouer, la câlinait, ensuite il reprenait la route de la Touraine, retrouvant ses angoisses.

À ses parents, il s'était contenté d'annoncer qu'il travaillait sur un vaste projet auquel il était associé, sans rien préciser. « Associé » était un euphémisme, en cas d'échec il serait entièrement responsable. Et si cette catastrophe arrivait, comment expliquer qu'il ait pu être assez dément pour contracter de telles dettes ?

Une à une, les étapes avaient été franchies grâce au soutien indéfectible de Mathias et à son calme olympien. Néanmoins, Hugh avait parfois surpris dans le regard de son oncle un peu d'effarement, comme s'il était, lui aussi, pris de vertige.

Le début du mois de mars était assez doux, et cet après-midi-là, Hugh venait de faire son habituel tour d'inspection à travers ses terres. Pour la première fois, il en revenait un peu réconforté. Les plantations de l'automne avaient bien supporté l'hiver, l'herbe commençait à pousser dans les enclos, et quelques palissades de bambou étaient déjà posées contre les grillages. Avec une bonne dose d'optimisme, on pouvait croire que le parc ouvrirait à la mi-juin, comme prévu. Mais, désormais, le moindre retard dans les travaux mettrait en péril la première saison d'exploitation, or tous les comptes prévisionnels reposaient sur cette date.

Lorsqu'il fut en vue des bâtiments d'habitation, Hugh remarqua une voiture garée devant le relais de chasse. En s'approchant, il reconnut la Frégate de Mathias, et toutes ses inquiétudes revinrent d'un coup.

— Papa ! Papa ! cria Eleonor.

La petite fille s'échappa de la main de Teresa pour courir vers lui et se jeter dans ses bras, surexcitée par tout ce qu'elle venait de découvrir.

— Je veux vivre avec toi ici, surtout quand les lions seront arrivés, et les éléphants !

Sa manière de s'exprimer évoquait irrésistiblement celle de Maureen au même âge. Hugh sourit en se souvenant que « Je veux ! » avait été l'expression favorite de sa sœur durant leur enfance. Ce qui attendrissait beaucoup leur père, évidemment, lui faisant prédire que Maureen aurait le même caractère fort que Berill.

— Elle n'y tenait plus, expliqua Teresa. Depuis le temps qu'elle rêve de cet endroit, elle finit par ne plus penser qu'à ça, et puis il faisait si beau aujourd'hui...

Guettant son approbation, Teresa lui souriait tendrement.

— Bien sûr, c'est une bonne idée, s'empressa-t-il de la rassurer. Mais la route est longue et il fera bientôt nuit. Vous êtes ici depuis longtemps ?

— Un moment, oui. Nous avons tout visité et je commençais à désespérer de te trouver ! En tout cas, c'est magnifique, Hugh.

— Disons que ça le deviendra peut-être un jour.

Il tenait toujours Eleonor dans ses bras, heureux de la sentir contre lui.

— J'ai faim, je veux manger dans le salon de thé ! claironna-t-elle.

— Impossible, ma puce. Pour le moment, il n'y a rien à manger, rien n'est prêt, nous venons seulement de recevoir les tables. Mais je vais vous emmener dîner au restaurant, d'accord ?

La petite fille poussa un cri de joie et s'agita jusqu'à ce qu'il la repose doucement à terre. Avec sa robe de velours et son gilet bleu marine, elle avait déjà l'air d'une écolière. À la rentrée de septembre elle apprendrait à lire et à écrire. En attendant, Teresa lui faisait réciter l'alphabet, qu'elle chantait à tue-tête. Menue pour ses cinq ans, elle possédait les grands yeux noisette pailletés d'or de sa mère, et chaque fois qu'elle regardait son père, il retrouvait un peu d'Isabelle.

— Avez-vous vu ma future maison ? demanda-t-il à Teresa tandis que la fillette gambadait devant eux.

— Oui, et ton sac de couchage sur un lit de camp ! Franchement, Hugh, tu n'en es plus à quelques centaines de francs près, tu devrais t'installer mieux que ça puisque tu passes presque tout ton temps ici.

— Si tu me parles d'argent, je vais me mettre à pleurer, dit-il en riant.

Il ne voulait pas évoquer ses soucis avec Teresa. À quoi bon l'inquiéter ? Elle avait bien assez à faire entre Eleonor, dont elle s'occupait vingt-quatre heures sur vingt-quatre, et toute l'intendance de l'hôtel particulier. Cette visite surprise n'avait pas dû être facile à organiser, d'autant que Teresa n'aimait guère conduire, ayant peu d'expérience de la route. Néanmoins, égale à elle-même, son désir de faire plaisir à Eleonor était passé avant tout.

— Je vais aussi vous trouver une chambre pour

cette nuit, décida-t-il, il y a un adorable petit hôtel-restaurant à quelques kilomètres d'ici. On en profitera pour appeler Mat, je n'ai pas encore le téléphone.

— On va dormir à l'hôtel ? s'exclama Eleonor en revenant vers eux. C'est vrai ?

— À condition que tu...

— Promis, je serai sage ! le coupa-t-elle avec une assurance un peu étonnante pour une enfant de cinq ans.

Hugh lui adressa un sourire perplexe. Peut-être n'était-elle pas aussi facile qu'elle le paraissait. En présence de son père, elle se montrait toujours gaie, bavarde et raisonnable, mais ils ne passaient que peu de temps ensemble. Depuis un an, le chantier du parc avait entièrement absorbé Hugh, et même avant, lorsqu'il vivait dans son aile de l'hôtel particulier de Neuilly, Eleonor ne venait qu'au moment du goûter et il ne l'avait pas vraiment vue grandir. Il se promit d'interroger Teresa, accablé de constater à quel point il avait pu se décharger sur elle. Reproduisait-il inconsciemment l'attitude de ses propres parents ? À l'époque, Tomas et Berill étaient accaparés par la banque, par la politique, puis par la guerre, et Teresa, déjà, avait adopté ce rôle de seconde mère où elle excellait. Et lui, à quel moment avait-il abandonné son rôle de père ? Quand on lui avait fait comprendre qu'il risquait de tenir l'enfant pour responsable de la mort d'Isabelle ? Entre ce deuil et ses projets, les années avaient filé.

La petite fille le regardait, réjouie par la perspective d'une soirée exceptionnelle, et toute prête à lui faire du charme pour qu'il ne change pas d'avis. Oui, elle avait bien les yeux d'Isabelle, mais sans le moindre doute, elle n'aurait pas sa douceur. Du sang irlandais et tzigane coulait aussi dans ses veines. Un jour ou l'autre, Hugh allait devoir la prendre avec lui, peut-être dans deux ans, lorsqu'elle aurait atteint l'âge de raison. Néanmoins, faire vivre une fillette au milieu des bêtes sauvages, dans un endroit perdu de Touraine qui se voulait un petit coin d'Afrique, n'était pas une solution raisonnable. Et la mettre en pension serait un crève-cœur.

— Alors, on y va ? lança-t-elle d'une voix impatiente.

Apparemment, rien ni personne ne résistait à cette petite fille très déterminée, et Hugh comprit que, dans un avenir proche, le parc ne serait pas son unique problème.

Précédée d'un maître d'hôtel, Berill traversa l'immense salle de La Grande Cascade jusqu'à la table où Tomas l'attendait. L'énorme Bosco marchait à côté d'elle, impressionnant mais discipliné. Berill ne l'avait pas dressé à proprement parler, pourtant le chien la suivait comme son ombre, obéissant au moindre geste, en osmose avec elle.

Tomas se leva pour accueillir sa femme et attendit qu'elle ait pris place, tandis que Bosco se couchait à leurs pieds.

— Tu es magnifique, dit-il d'un ton admiratif. Quelle entrée remarquable ! Tout le monde nous regarde, tout le monde m'envie…

Elle portait une robe ivoire Guy Laroche, bustier ajusté et jupe évasée, avec un adorable petit chapeau assorti, posé de biais sur son chignon.

— Je suis une vieille dame respectable, Tom ! chuchota-t-elle gaiement.

Il éclata de rire, tant l'expression était inappropriée. Jusqu'à son dernier souffle, Berill le charmerait, il en avait la certitude.

— Que me vaut le plaisir de ce tête-à-tête ? s'enquit-il en souriant.

Lorsqu'elle l'avait appelé à la banque dans la matinée, elle avait parlé d'une surprise sans préciser de quoi il s'agissait. Il s'était alors débrouillé pour se libérer de ses obligations, se faisant remplacer par Mathias au déjeuner d'affaires qui l'attendait. Toujours ravi de donner rendez-vous à sa femme, il avait choisi le restaurant du bois de Boulogne qu'elle préférait, où il était arrivé en avance afin de pouvoir la regarder entrer.

— Comme tu ne nous fais plus guère l'honneur de venir à l'Irish, j'ai pensé que tu serais bien ici.

Berill avait peu à peu abandonné ses fonctions à la banque, afin que Maureen s'y sente plus à l'aise. « Travailler avec son père, sa mère, et son oncle en prime doit être absolument asphyxiant pour elle ! » avait-elle expliqué à Tomas. De toute façon, Berill s'ennuyait derrière un bureau et se sentait plus utile dans son rôle de maîtresse de maison, à Neuilly, où elle continuait d'organiser des dîners entre financiers et hommes politiques.

— Pour la deuxième fois, nous allons être grands-parents, mon chéri ! annonça-t-elle triomphalement.

— Maureen ? Oh, mon Dieu... Comment le sais-tu ?

Il avait dû laisser paraître sa contrariété car Berill le dévisageait en fronçant les sourcils, surprise de sa réaction.

— Parce qu'elle me l'a dit, Tom. Mais pourquoi fais-tu cette tête-là ? C'est une merveilleuse nouvelle, non ?

— Non. Enfin, oui, peut-être. Je t'avouerai que...

Il cherchait de quelle manière formuler ses doutes à l'égard de son gendre. L'avertissement de Sandor, dix-huit mois plus tôt, l'avait rendu observateur, et il s'était vite aperçu que sa fille jouait à la femme heureuse alors que son regard était souvent triste ou inquiet. Quant à Julian, pour se faire une opinion plus précise sur lui, il avait interrogé le banquier qui l'employait, obtenant un jugement assez défavorable. Julian arrivait souvent en retard, il n'était pas très performant sur ses dossiers, et son travail ne semblait pas le passionner. En revanche, il jouissait d'une réputation de joyeux fêtard parmi ses collègues.

— Est-ce que Maureen est contente ? demanda-t-il prudemment.

Sa femme le dévisagea attentivement avant de lui répondre.

— Contente, mais pas folle de joie. Et toi non plus, semble-t-il. Y a-t-il une chose que j'ignore, Tom ?

— Eh bien, pour être franc, je ne sais pas trop quoi penser de Julian. Au début, j'ai supposé que le fils de Felipe était forcément un garçon merveilleux, et je me disais que Maureen avait eu la main heureuse en le choisissant. Mais depuis quelque temps, je me pose des questions. Ils n'ont pas l'air très amoureux, n'est-ce pas ? Et tu remarqueras que Maureen ne parle pas de leur vie, ne raconte rien, à croire qu'ils ne sortent jamais et qu'ils n'ont aucun projet ! Elle s'investit tellement dans son travail à l'Irish que je finis par me demander si elle a envie de rentrer chez elle le soir.

— Tu exagères…

— Pas du tout. Je sais ce que c'est qu'être amoureux. En ce qui me concerne, je ne peux pas m'empêcher de parler de toi, je me gargarise des mots « ma femme » ou « Berill », que je prononce dix fois par jour, ce qui amuse beaucoup mes collaborateurs.

Attendrie, Berill eut un de ces éblouissants sourires qui le faisaient fondre, mais il ne se laissa pas distraire.

— En fait, c'est Sandor qui m'a mis la puce à l'oreille, avoua-t-il.

— Sandor ? Il connaît à peine Julian, il n'a pas échangé dix phrases avec lui ! Tu sais bien qu'il sort de moins en moins de sa chambre et...

— Chérie, j'ai toute confiance en ton vieux Sandor. S'il y a bien quelqu'un qui ne parle jamais à la légère, c'est lui. Il ne m'a d'ailleurs rien dit de précis, il m'a seulement mis en garde contre Julian, alors je me suis mis à le considérer d'un autre œil. Et maintenant, je suis persuadé qu'il n'est pas celui qu'il veut paraître. C'est un coureur de femmes, il les suit toutes du regard, il a aussi un sérieux penchant pour l'alcool, il n'est pas très assidu au travail, et il lui arrive de parler à Maureen sur un ton inadmissible lorsqu'il ne se contrôle pas.

Berill l'avait écouté en silence, son expression passant peu à peu de la surprise à la contrariété. Elle prit le temps de réfléchir pendant que Tomas passait commande au maître d'hôtel, puis au sommelier. Presque toutes les tables étaient occupées, sous l'immense verrière, et autour d'eux les gens devisaient gaiement.

— Mon Dieu, Tom, pourquoi ne m'as-tu pas alertée plus tôt ?

— Parce que tu ne peux rien y faire, ma chérie, et moi non plus. Maureen va avoir trente ans, c'est une femme mariée, nous n'avons pas à intervenir dans sa vie. Intelligente comme elle est, je pense qu'elle a remarqué tout cela avant moi, et si elle ne nous a pas fait de confidences...

— Elle ne voudra pas reconnaître qu'elle s'est trompée une fois de plus ! Pas devant toi, en tout cas. Tu es son Dieu. Peut-être devrions-nous essayer de raisonner Julian ?

— Non, chérie, ça non plus. Nos rapports avec lui

sont superficiels, polis, froids. Il est réfugié derrière son masque de courtoisie, et si je le pousse dans ses retranchements sous prétexte d'une conversation « d'homme à homme », il n'en sortira rien de bon. Et Maureen risque d'en faire les frais ! Imagine qu'il ne veuille plus mettre les pieds à la maison...

— Alors appelle Felipe, parle-lui.

— C'est fait...

Le sommelier vint leur faire goûter le chablis, que Tomas trouva à son goût, tandis qu'on disposait devant eux les turbots sauce hollandaise. Berill leva son verre en direction de son mari.

— À toi, Tom, et à tout ce que tu entreprends sans me le dire !

Il avait préféré ne pas l'inquiéter avec ses soupçons, et à présent il le regrettait. Berill risquait de lui en tenir rigueur, elle détestait les cachotteries, même si elle était la première à garder ses secrets. Durant combien d'années lui avait-elle caché la vérité au sujet d'Arno ? Il avait souvent l'impression de ne pas la connaître tout à fait, parce qu'il aurait voulu fusionner avec elle, ne faire qu'un, vivre dans sa tête. Il l'aimait toujours avec une passion que rien n'avait apaisée.

— Je supposais qu'entre mère et fille elle t'avait peut-être confié des choses...

— Non, rien. Quand elle m'a annoncé sa grossesse, elle a ajouté : « On va bien voir. » J'ai trouvé l'expression étrange, c'est tout.

Maureen était coincée avec cet enfant qu'elle attendait, et sans doute espérait-elle que Julian changerait en devenant père. Elle allait être déçue et, avec son caractère, elle finirait par le quitter. À ce moment-là, que deviendrait l'enfant ? Serait-ce encore à Teresa de l'élever ? Et comment les Sabas prendraient-ils un divorce ? Depuis sa conversation avec Felipe, Tomas était sans illusion. Son vieil ami n'avait paru ni choqué ni même vraiment surpris, et pas un instant il n'avait mis en doute ce qu'il entendait. Que son fils ne soit pas un bon époux le consternait d'autant plus qu'il se sentait responsable de son éducation, mais depuis Madrid, il ne pouvait rien faire, il laissait Tomas seul juge. Ensemble, ils avaient décidé de ne pas chercher à intervenir dans le jeune couple et d'attendre, aussi peinés l'un que l'autre par l'échec d'un mariage qui les avait comblés.

Tomas avait baissé la tête, songeur, et lorsqu'il la releva, il vit que Berill l'observait toujours.

— Je suis désolé, murmura-t-il. Nous devrions être en train de nous réjouir, n'est-ce pas ?

Il tendit la main à travers la table, effleura les doigts de Berill.

— Tout s'arrangera. Tout finit toujours par s'arranger. Veux-tu une coupe de framboises ?

Déconcertée, elle hésita une seconde, puis se mit à rire en acquiesçant. Ce rire en cascade et ces yeux couleur d'améthyste étaient ce que Tomas avait de plus précieux au monde, mais il fallait qu'il retourne travailler. Et qu'il affronte un problème dont il ne pouvait absolument pas parler à sa femme. Un mystère de plus qu'elle lui reprocherait un jour, mais il avait donné sa parole.

Mathias était au téléphone lorsque Tomas entra dans son bureau.

— Les résultats de ce secteur, en termes de performance économique, sont indéniables, dit-il à son interlocuteur en faisant signe à Tomas de s'asseoir. Et d'un point de vue boursier, l'hésitation n'est plus permise...

Sur une fiche où s'étalait une série de chiffres, il dessinait des petits bonshommes, ce qui était sa façon de réfléchir tout en parlant.

— Un institutionnel est en train de sortir, et il y aura une remise de capital sur le marché, oui... Très bien, c'est entendu, je vous tiens au courant.

Il raccrocha avec une moue dubitative, puis s'appuya au dossier de son fauteuil.

— Ce métier est amoral, Tom, soupira-t-il.

— Pourquoi ?

— En tant que négociateur, je touche une commission sur les ventes *et* sur les achats. Donc, quoi qu'il arrive, je ne prends aucun risque. Certains vendent aux abois, d'autres achètent en y mettant jusqu'à leur dernier sou, mais dans n'importe quel cas mon tiroir-caisse fonctionne.

— Le leur aussi, je crois que tu as fait beaucoup d'heureux, Mat ! Tu cherches toujours l'intérêt des clients et ils le savent. Ne minimise pas ton talent. Si tu ne travaillais pas déjà pour moi, je te ferais un pont d'or pour t'embaucher.

Tomas était sincère, ce n'était même pas un compliment. Les qualités de trader de Mathias avaient beaucoup fait pour le succès de l'Irish. Ils échangèrent un coup d'œil complice, puis Tomas désigna la pendulette de bureau.

— Nous avons une demi-heure devant nous avant mon prochain rendez-vous, alors allons-y, étudions le dossier.

Sortant une liasse de feuilles d'un tiroir, Mathias les feuilleta puis les poussa vers Tom.

— Comme tu le sais, nos partenaires nous ont suivis uniquement parce que nous nous sommes mouillés les premiers dans l'affaire. Si nous n'avions pas posé sur la table la mise initiale, personne ne s'y serait risqué. Je crois toujours fermement à la réussite de ce projet, mais les retards commencent à énerver tout le monde et il va falloir rester sereins.

— On donnera l'exemple, affirma Tomas d'un ton grave.

— Certes... Toutefois nous devrons nous réunir sous peu, pour les modifications de délais et dépassements de budget, or Hugh ignore toujours que tu es des nôtres.

Jusque-là, Mathias avait conduit seul toutes les négociations. Il avait inventé un montage financier très ingénieux, prenant des risques calculés et offrant des garanties raisonnables. En tête de liste, il s'était inscrit comme le premier investisseur, avec ses fonds personnels. Hugh venait en second afin que le nom de Blaque-Belair, connu sur la place de Paris, serve de référence. Tomas n'apparaissait nulle part, bien entendu.

En ce qui le concernait, Mathias n'avait pas hésité à jouer gros. Après avoir obtenu l'accord de Teresa, il avait prélevé une part importante de leurs économies, avec laquelle il s'était mis à spéculer à court terme. Son flair ne l'avait pas trahi, même si c'était la toute première fois qu'il faisait fructifier son propre argent. Lorsque Tomas, intrigué par son manège, s'était intéressé à ses transactions, il n'avait pas hésité à lui dire la vérité, sous le sceau du secret. « Ton fils a besoin de capitaux, c'est pour lui que je boursicote, pas pour moi ! » Immédiatement, Tomas avait voulu participer au projet de Hugh, tout en gardant l'anonymat. Après discussion, Mathias et Tom s'étaient rendus chez un notaire pour signer un accord privé stipulant que Tomas « prêtait » des fonds à Mathias.

Au vu de la somme, considérable, ainsi investie, les partenaires avaient vite afflué, et une grande banque d'État avait accordé un prêt à Hugh. Le taux était intéressant, les remboursements s'étaleraient sur vingt ans, et la première échéance ne tomberait qu'au bout de six mois d'exploitation du parc.

— Il doit absolument ouvrir en juin, et la saison doit être bonne, rappela Mathias.

— C'est faisable ?

— Pas impossible. Pour l'ouverture, il s'y emploie, crois-moi, il est l'ouvrier le plus zélé de son chantier ! Je ne l'avais jamais connu aussi actif, inventif, il travaille dix-huit heures par jour. Qui aurait pu imaginer qu'il se passionnerait de la sorte ?

— Toi... Tu l'as toujours compris mieux que moi

— Il est très Károly, je te l'ai déjà dit. Mais rassure-toi, il est également têtu comme un Irlandais !

L'expression arracha un petit sourire à Tomas, qui se pencha sur les feuilles étalées devant lui. Après les avoir étudiées un moment, il siffla entre ses dents.

— Impressionnant...

— Quoi ?

— Tous ces chiffres avant la virgule.

Mathias récupéra le dossier, qu'il classa d'un geste insouciant avant de le jeter dans le tiroir.

— Vraiment, soupira Tom en le regardant faire, tu es le seul homme que l'argent laisse indifférent à ce point.

— Ce n'est qu'un jeu, ce n'est pas mortel.

— Je n'en suis pas si sûr. On a vu des gens se suicider pour des faillites. Si ça t'arrivait, tu pourrais repartir de rien ?

— Je pourrais me *contenter* de rien. Ne fais pas cette tête-là, Tom ! De quoi as-tu peur ?

— Que nous ayons lancé Hugh dans une aventure hors de nos moyens à tous. Si ça ne marche pas, je me reprocherai de l'avoir encouragé dans sa folie, et si ça marche... eh bien...

Son hésitation s'éternisa, mais il parvint à conclure honnêtement :

— Je continuerai à me demander pourquoi je n'ai pas été le premier à aider mon fils. Pourquoi il a fallu que je le fasse en secret, de peur d'être rejeté. Et pourquoi tu lui consacres quasiment tout ce que tu possèdes.

— Pourquoi ? répéta Mathias d'une voix très douce. Parce que je n'ai pas d'enfant, Tom. Alors je me suis un peu... approprié ton fils.

— Ce n'est pas ce que je voulais dire ! Je ne te reproche rien et tu le sais. Hugh a toujours eu un allié avec toi, il en avait besoin. Mais là, sincèrement, ce projet pharaonique me flanque le vertige. Quant à imaginer de quelle manière je vais l'annoncer à Berill...

Mathias esquissa un sourire. Comme d'habitude, Tomas ramenait tout à Berill.

— Ne lui annonce rien. Quelques jours avant l'ouverture, emmène-la et montre-lui le parc.

— Il faudra que tu m'indiques la route ! ironisa Tomas en se levant.

Une petite pointe d'aigreur dans sa voix venait de trahir sa frustration d'être resté dans l'ombre depuis des mois. Mathias le regarda sortir et, dès la porte refermée, son sourire s'effaça. Il rouvrit le tiroir, reprit le dossier et l'étala devant lui. S'il s'était trompé, au bout du compte, il ferait plus de mal que de bien à Hugh.

Teresa ferma précipitamment l'une des fenêtres tandis que Berill se ruait vers l'autre. Les derniers jours du mois de mai avaient été si chauds que la violence de l'orage n'avait rien d'étonnant. Une série d'éclairs précéda un long roulement de tonnerre, puis la pluie se mit à tomber, portée par des rafales de vent.

Le courant d'air avait fait voler jusqu'au milieu de la chambre les chapeaux que Berill était en train d'essayer.

— Oh non, Bosco, ne mange pas ça ! s'écria-t-elle en retirant délicatement de la gueule du chien une ravissante capeline.

Déçu, le leonberg soupira avant de reposer sa tête sur ses grosses pattes.

— Le Prix du Jockey-Club est un concours de chapeaux avant d'être une course de chevaux, plaisanta Berill. Il me faut ton avis, Teresa ! Tiens, celui-ci, façon Grace Kelly, qu'en penses-tu ?

Indifférente à l'averse qui fouettait les vitres, elle s'amusait devant la glace en pied, sous le regard indulgent de Teresa.

— Tout te va, Berill. Tu pourrais bien te mettre une boîte à chaussures sur la tête...

Elles éclatèrent de rire, heureuses de partager un moment d'intimité. Quand Teresa ne s'occupait pas d'Eleonor, elle était plongée dans l'élaboration d'une nouvelle recette, et si Berill voulait lui parler, elle la rejoignait à la cuisine. Cette pièce était à certaines heures le cœur de la maison, tout le monde finissant par s'y retrouver pour boire un thé ou un porto tout en humant les délicieuses odeurs qui s'échappaient des marmites. Mais pour l'heure, Berill avait réussi à attirer Teresa chez elle, et après l'avoir poussée dans un confortable fauteuil de velours, elle s'était amusée à lui présenter les tenues entre lesquelles elle hésitait encore.

— Je crois qu'on a sonné, fit remarquer Teresa en se redressant.

— Ne bouge pas, Mélanie ira ouvrir au courageux visiteur, répliqua Berill. Il faut être fou pour sortir par un temps pareil !

Elles prêtèrent l'oreille quelques instants puis, alors que Berill sortait un autre chapeau d'un carton, la voix inquiète de la femme de chambre leur parvint.

— Que dit-elle ? marmonna Berill. Viens...

Les deux femmes quittèrent la chambre, vaguement alarmées, et se hâtèrent vers l'escalier. À mi-chemin, elles tombèrent sur Mélanie qui montait en courant.

— C'est Mme Sabas, madame ! Je crois qu'elle ne se sent pas bien, et puis elle est trempée, alors je vais lui chercher un peignoir.

— Oui, dépêchez-vous ! lança Berill avant de dévaler les marches jusqu'au vestibule, Teresa sur ses talons.

Maureen était affalée sur une bergère, les cheveux défaits et collés par la pluie, le maquillage de ses yeux dilué sur ses joues, sa veste mouillée et ouverte sur son ventre proéminent. Elle arrivait à six mois de grossesse et avait pris beaucoup trop de poids. Berill s'assit à côté d'elle, lui passa un bras autour des épaules.

— Que t'arrive-t-il, ma chérie ? Attends, tu vas te sécher d'abord, on parlera après...

Elle l'aida à ôter sa veste, ses chaussures et ses bas, puis lui enveloppa la tête d'une des serviettes que Mélanie venait de descendre.

— Mets mon peignoir et mes mules, tu te sentiras mieux.

Elle entendit Teresa demander qu'on leur serve du thé dans le petit salon bleu et elle y conduisit Maureen en la soutenant.

— Installe-toi sur une méridienne, tu pourras allonger tes jambes...

Muette, Maureen gardait les mâchoires serrées, le visage fermé. Berill échangea un coup d'œil avec Teresa. Elles pensaient toutes les deux à Julian, cependant elles s'abstinrent de poser la moindre question jusqu'à ce que Mélanie leur ait apporté le plateau.

— Voulez-vous que je vous laisse ? proposa Teresa.

— Oh non, reste ! s'écria Maureen.

Teresa alla fermer la porte du salon et vint s'asseoir à côté de Berill. Dans le silence qui suivit, elle versa le thé, tendit une tasse à Maureen.

— Je préférerais un cognac.

— Pense à ton bébé.

— J'y pense, ne t'inquiète pas... Et c'est à cause de lui, ou plutôt grâce à lui que je vais divorcer !

En articulant les derniers mots, elle s'était tournée vers sa mère. Pour elle, Teresa représentait toute la tendresse du monde, mais dans le cadre d'une décision radicale, c'était de sa mère qu'elle attendait du secours.

— Je suppose que tu as de bonnes raisons, dit lentement Berill.

La colère l'envahissait peu à peu, elle savait que ce qu'elle allait entendre la mettrait hors d'elle.

— Julian est une brute ! explosa Maureen. On s'est disputés, on en est même venus aux mains. Il était ivre et je l'ai giflé, alors il m'a secouée, bousculée, finalement je suis tombée contre un meuble et... et il...

Elle éclata en sanglots convulsifs, à bout de nerfs, incapable d'achever. D'un regard aigu, Berill l'examina des pieds à la tête et fut soulagée de constater qu'elle ne portait aucune marque visible de cette dispute.

— Maintenant, j'ai peur de lui ! hoqueta Maureen. Je ne veux plus le voir, jamais, c'est à mon avocat qu'il aura affaire.

— À ton père, d'abord, prédit Berill entre ses dents.

Tomas allait devenir fou en apprenant ce qui s'était passé.

— Attends, souffla la jeune femme.

Reprenant le contrôle d'elle-même, elle s'essuya les yeux avec la manche du peignoir.

— Il ne m'a pas battue, maman.

— Encore heureux !

Maureen dut avaler sa salive à plusieurs reprises avant de pouvoir se forcer à avouer la suite, qu'elle raconta d'une voix blanche.

— Au lieu de m'aider à me relever, il est venu me narguer, il m'a dit que j'étais comme une toupie, et il m'a donné un petit coup de pied dans le bas du dos, pas violent, mais tellement méprisant ! Je n'ai jamais été aussi humiliée de toute ma vie. Sur le coup, j'ai pensé que j'avais épousé un monstre et j'ai eu envie de le tuer. Je l'aurais fait s'il était resté là, j'aurais pris un couteau de cuisine ou n'importe quoi. Heureusement il est parti.

Berill ferma les yeux une seconde. Elle visualisait la scène avec Maureen n'arrivant pas à se redresser, gênée par son poids, inquiète pour le bébé, et Julian qui venait lui botter les fesses en ricanant, complètement saoul. Il avait voulu la vexer, la ridiculiser, et il y était parvenu au-delà de ses espérances. Maureen ne lui pardonnerait pas, et tout le clan Blaque-Belair se rangerait à ses côtés.

— Nous commencerons par aller chercher tes affaires, ton père et moi, déclara-t-elle d'une voix à peu près calme. En attendant, Mélanie va repasser ta robe. Si tu veux prendre un bain ou te reposer avant le dîner, ta chambre est toujours prête, tu sais bien.

Tout en parlant, elle passait en revue les avocats qu'elle connaissait. Julian Sabas n'avait pas fini de regretter son geste, elle se le jura, cependant elle éprouvait une immense tristesse pour l'enfant qui allait naître d'ici à trois mois, arrivant au milieu d'une famille en train de se déchirer. Elle ramassa la robe humide de Maureen et, en se redressant, croisa le regard de Teresa. À l'évidence, elles songeaient à la même chose. Se pouvait-il qu'après Eleonor un autre bébé arrive ici avec un parent unique ? D'un infime signe de tête, Teresa fit comprendre à Berill qu'elle était prête à faire face.

Tomas préféra patienter jusqu'au lendemain, car il ne voulait pas parler à un homme ivre. Il refusa la présence de Berill comme celle de Mathias et se rendit seul boulevard de Courcelles, à sept heures du matin.

Son irrésistible envie d'en découdre fut tempérée par le spectacle de son gendre. Douché et rasé de frais, déjà habillé, Julian lui ouvrit avec l'air piteux d'un homme prêt à tout subir, tout entendre.

— Tomas, dit-il seulement en s'effaçant pour le laisser entrer.

Après avoir fermé la porte, il s'y appuya en soupirant, la tête basse. Au bout d'un assez long silence, il se sentit obligé de prendre la parole et il marmonna :

— Je ne pense pas que vous accepterez mes excuses, néanmoins je vous les présente. Je suis tout à fait désolé, j'avais bu, j'ai dû me comporter de manière impardonnable mais je n'en ai pas le souvenir exact.

— Dommage, répliqua Tomas d'un ton froid, vous comprendriez mieux pourquoi Maureen demande le divorce. Je suis venu chercher quelques vêtements, ne vous mettez pas sur mon chemin.

Il se détourna et s'engagea dans le couloir qui menait aux chambres. Celle de Julian et Maureen était sens dessus dessous, son gendre ayant dû s'écrouler pour cuver, la veille au soir. Tomas ouvrit d'abord la fenêtre, puis les portes de toutes les penderies où il finit par dénicher deux valises. Après les avoir jetées sur le lit, il commença à y ranger les vêtements de sa fille. Il choisit ce qu'il lui avait vu porter récemment à la banque, quelques tenues amples avec les chaussures assorties.

— Je peux le faire, si vous préférez, dit Julian derrière lui. Je sais ce qu'elle aime, et en ce moment elle...

— Vous ne savez rien d'elle, je le crains, coupa sèchement Tomas.

Sans hâte, il acheva de remplir les deux valises, qu'il ferma. Puis il se redressa et jeta un coup d'œil circulaire.

— J'organiserai un déménagement dans les jours à venir, déclara-t-il. Vous ferez le tri de tout ce qui ne vous appartient pas. Et faites-le avec soin, je n'ai pas l'intention de revenir. Maintenant, vous allez porter ces bagages jusqu'à ma voiture.

Docile, Julian hocha la tête sans protester et le suivit à travers l'appartement puis dans l'escalier. Garé devant l'entrée de l'immeuble, Tomas attendit que son gendre ait posé les valises dans le coffre.

— Je me suis trompé sur votre compte, Julian, et croyez que je le déplore, sinon j'aurais mis Maureen en garde. Vous donnez assez bien le change, mais quelqu'un de mon entourage vous avait percé à jour, aussi je vous observe depuis un certain temps. Vous êtes un médiocre, un faible, sans valeur ni honneur, tout à fait indigne de votre père, pourtant je n'aurais pas supposé que vous pourriez vous en prendre à votre femme. Vous avez été jusqu'à l'humilier délibérément, si j'ai bien compris.

— Non, je ne...

— Épargnez-moi le numéro de l'ivrogne amnésique, ayez au moins le courage de vos actes !

Julian ne parvint pas à soutenir le regard de Tomas. Il enfouit ses mains dans les poches de son pantalon pour se donner une contenance.

— Si je lui demande de me pardonner en promettant de..

— Je ne vous laisserai pas l'approcher. Vous la reverrez au tribunal, rien d'autre.

— Elle attend un enfant de moi ! protesta Julian.

— C'est tout le problème. Désormais, c'est le nôtre.

— Tomas, je comprends votre fureur et je ne cherche pas à minimiser l'incident d'hier, mais vous n'avez pas à intervenir dans mon couple. Maureen souhaitera peut-être une réconciliation au moment où le bébé arrivera et…

— Un « incident » ? C'est le mot que vous choisissez pour ce coup de pied à une femme enceinte tombée à terre ?

— Bon sang, ce n'est pas la fin du monde ! Je ne lui ai pas fait mal, j'en suis sûr.

— Vous vouliez seulement la rabaisser pour vous sentir plus grand ? Je crois que vous supportez mal la comparaison avec elle qui est plus intelligente que vous, plus volontaire, plus brillante et plus honnête. C'est une femme très au-dessus de vos moyens, Julian, il est normal que vous la perdiez.

— Eh bien, si c'est comme ça, je ne la regretterai pas, parce que c'est aussi une emmerdeuse !

Touché dans son orgueil, Julian était enfin sorti de ses gonds, et Tomas ne manqua pas l'occasion d'en profiter. Son poing jaillit, cueillant le jeune homme à la mâchoire et l'expédiant contre la voiture. Sonné, Julian se retrouva à genoux dans le caniveau.

— Vous voilà à votre place, affirma Tomas.

À soixante ans, il était encore en bonne condition physique et son geste l'avait un peu soulagé de toute cette colère qu'il contenait à grand-peine depuis la veille. Il patienta quelques instants encore puis, voyant que Julian ne montrait aucun signe de combativité, monta dans sa voiture et démarra.

Recru de fatigue, Hugh venait d'accomplir un dernier tour du parc. Ainsi que le lui avaient affirmé ses employés, les animaux semblaient tranquilles dans leurs enclos. Certains d'entre eux étaient arrivés près d'un mois plus tôt et avaient eu le temps de s'acclimater. D'autres, plus récemment débarqués, exploraient leur nouveau territoire avec prudence ou curiosité.

L'ouverture officielle, fixée le 16 juin, aurait bien lieu le surlendemain puisque tout était prêt. Hugh consulta sa montre et estima que le camion ne devait plus être très loin à présent. Le chauffeur avait téléphoné lors de sa dernière halte, du côté d'Orléans, estimant qu'il n'aurait pas de retard sur l'horaire prévu. Pourtant, le voyage depuis l'Allemagne avait été pénible en raison de la chaleur.

Pris d'une soudaine impatience, Hugh hâta le pas malgré sa lassitude. Le déchargement allait réclamer une extrême vigilance, pas question de courir le moindre risque avec ce couple de tigres adultes qui lui avait coûté une fortune.

Des tigres… L'idée le fit sourire. Il avait acheté des tigres, lui ! Lorsqu'il les verrait descendre tout à l'heure, il allait sûrement se sentir le roi du monde. En tout cas, il avait mené son projet à bien après presque deux années d'efforts constants, et pour l'instant il pouvait être fier de lui. Si le public se déplaçait, si le bouche à oreille fonctionnait, si aucun incident ne perturbait la saison, il aurait gagné son pari.

De loin, il vit la Mercedes et il s'arrêta net. Que faisait la voiture de sa mère devant le salon de thé ? Certes, il avait convié ses parents à venir visiter le parc un dimanche d'été à leur convenance, mais on était jeudi et l'inauguration n'avait pas encore eu lieu. Dans la version qu'il leur avait donnée, il n'était que le responsable, le gérant, engagé par une société sur laquelle il était resté très vague. Mathias avait-il vendu la mèche ? Si jamais son père apprenait le montant de ses dettes, ou même s'il découvrait que Hugh avait accepté de l'argent de son oncle, comment réagirait-il ? Quant à sa mère, mieux valait ne pas y penser, surtout pas avec trois lions dans un enclos, à moins de cent mètres, et deux tigres sur le point de débarquer.

Mal à l'aise, il se décida à rejoindre la voiture, qui était vide. Qu'est-ce qui pouvait justifier la présence de Berill ici, ou de Tomas, voire des deux ensemble ? Une simple curiosité ? Et pourquoi fallait-il que Hugh se sente tout à coup comme un gamin anxieux ? Il avait vingt-huit ans, il était temps pour lui de prouver à ses parents qu'il avait enfin trouvé sa voie, même si son destin l'éloignait considérablement de la finance. Mais après tout, on n'avait pas voulu de lui à la banque, or dix ans plus tôt il se serait damné pour travailler à l'Irish avec Mathias, et, à ce moment-là, tout ce qu'on attendait de lui était un diplôme qu'il n'avait jamais obtenu et…

Un bruit de moteur, au loin, le sortit brusquement de ses pensées. Le semi-remorque arrivait au bout de la route, soulevant un nuage de poussière. Les deux employés, qui avaient dû le guetter, sortirent aussitôt du bâtiment d'habitation et adressèrent de grands signes au chauffeur pour lui indiquer l'allée bitumée où il devait s'engager. Les transferts d'animaux sauvages avaient été bien prévus, les véhicules pouvant venir s'accoter à l'entrée de la ménagerie en toute sécurité. Après plusieurs manœuvres, le camion se plaça idéalement et le chauffeur coupa le moteur. Il descendit de la cabine et salua tout le monde dans un anglais rudimentaire, puis présenta l'homme qui l'accompagnait, un dresseur allemand chargé de surveiller les animaux durant le voyage.

Hugh s'approcha de la remorque pour jeter un coup d'œil par l'une des grilles d'aération.

— Ils sont sages, assura le dresseur avec un accent épouvantable.

Une odeur forte prit Hugh à la gorge. Il ne distinguait pas grand-chose dans l'obscurité de la remorque, mais il entendit souffler les deux fauves.

— On les fait descendre, décida-t-il.

Ses employés ajustèrent des grilles de sécurité supplémentaires, tandis que le dresseur grimpait sur le toit du camion. La porte de la trappe située à l'arrière coulissa en grinçant, ensuite ce fut le silence, chacun retenant sa respiration. Accroupi sur le toit, le dresseur frappa la tôle de la paume de sa main puis se mit à scander des ordres brefs et incompréhensibles. Presque aussitôt, l'un des deux tigres jaillit hors de la remorque et fila entre les barreaux d'acier, jusqu'à la cage de la ménagerie, où il alla s'aplatir dans un coin, babines retroussées. Son compagnon le suivit, plus calme, et la grille claqua bruyamment derrière eux.

— Doucement ! protesta une voix de femme. Inutile de les effrayer davantage…

Stupéfait, Hugh se retourna vers sa mère. Elle se tenait juste derrière lui, les yeux rivés sur les fauves, avec une expression énigmatique qu'il ne lui connaissait pas. Sans regarder le dresseur qui descendait du camion, elle lui adressa quelques mots en allemand.

L'homme eut un rire bref, il leva son pouce en signe d'approbation avant de répondre par une longue tirade.

— Le grand sage s'appelle Tobias, traduisit Berill, l'autre, c'est la femelle, Lilith, elle est plus méfiante. Ils sont absolument magnifiques, Hugh... Somptueux !

Elle éclata d'un rire heureux tout en lui ébouriffant les cheveux.

— Mon Dieu, si j'avais vingt ans de moins !

— Qu'est-ce que tu ferais ? s'enquit Tomas. Tu irais dormir dans leur cage ?

— Non, juste les caresser derrière les oreilles. Où vas-tu les installer, Hugh ?

— Dans le plus grand des enclos, celui qui est bordé d'un canal. Vous avez tout visité, papa et toi ?

— Absolument tout jusqu'au moindre recoin. Je crois n'avoir jamais vu un lieu aussi extraordinaire.

— Ta mère songe à s'installer ici pour l'été, plaisanta Tomas. Si tu as besoin d'un soigneur, ou même d'une hôtesse d'accueil, n'hésite pas à l'embaucher !

Ils semblaient aussi gais l'un que l'autre, encore sous le charme de leur expédition à travers le parc, et prêts à s'extasier sur tout.

— L'idée d'avoir un chapiteau à demeure est intéressante, poursuivit Berill.

— Il nous restait un petit bout de terrain inutilisable, alors j'ai pensé que ce serait bien de pouvoir accueillir des spectacles pour enfants.

— Tout est très bien conçu, c'est une réalisation magistrale, renchérit Tomas. Les murs de verre m'ont épaté !

À deux endroits stratégiques, les palissades cédaient la place sur une quinzaine de mètres à des parois de verre trempé et armé, qui permettaient d'avoir une vue panoramique sur les abreuvoirs des lions et sur la mare où les éléphants venaient se rafraîchir en s'aspergeant avec leur trompe.

— Parle-moi un peu de la société qui t'emploie, suggéra Tomas en posant une main ferme sur l'épaule de son fils.

— C'est un… consortium, bredouilla Hugh.

— Puissant, j'imagine ? Parce que l'entreprise est d'envergure, surtout en partant d'un terrain en friche.

Berill détacha enfin son regard des deux tigres et fit un pas vers son mari.

— Vous n'allez pas entamer une discussion d'affaires ? Tom, les convoyeurs attendent que Hugh signe leurs papiers, ils doivent être pressés de repartir.

Avec un sourire reconnaissant, Hugh hocha la tête puis rejoignit les deux hommes.

— Laisse-le tranquille ce soir, dit alors Berill à voix basse.

— Je ne crois pas qu'il soit dupe.

— Peu importe, Tom. Je veux qu'on dîne avec lui, chez lui, dans cette drôle de maison, et qu'on l'écoute nous raconter son aventure comme il l'entend. Va acheter ce qu'il faut, il doit y avoir une épicerie ou une charcuterie au village voisin…

Elle lui tendait les clefs de la voiture et il acquiesça, avec un sourire résigné.

— Je savais qu'on serait là pour un moment…

— Si tu trouves du champagne, mon bonheur sera complet ! lui lança-t-elle tandis qu'il s'éloignait.

Elle le suivit du regard, soudain attendrie. La gentillesse de Tomas ne s'était pas démentie une seule fois en trente ans. Malgré toutes les épreuves traversées ensemble, Tom était resté le même homme, celui qui avait déclaré, en guise de demande en mariage : « Je suis travailleur et j'ai bon caractère, je vais vous mettre sur un piédestal, Berill, faites-moi confiance. » Elle s'était résignée, la mort dans l'âme, croyant seulement échapper à un avenir misérable. Comment aurait-elle pu savoir qu'elle venait de saisir la véritable chance de sa vie ?

Le moteur du camion se mit à gronder, puis il démarra lentement et quitta la cour de la ménagerie. Hugh n'était en vue nulle part, il avait probablement rejoint ses employés pour leur donner les dernières consignes de la journée. À quel moment les tigres allaient-ils être lâchés ? Berill mourait d'envie de les voir s'ébattre dans cette semi-liberté qu'on leur offrait et qui était un merveilleux privilège pour des bêtes de captivité.

Elle se rapprocha de la cage, s'arrêta à un mètre. Couchés côte à côte, Tobias et Lilith semblaient somnoler, mais en réalité ils la surveillaient. Le mâle avait les yeux verts, ceux de la femelle étaient dorés. Berill eut une pensée reconnaissante pour Mathias : il l'avait avertie de cette arrivée, qu'elle n'aurait manquée pour rien au monde. Tomas avait jugé qu'il s'agissait d'un bon prétexte pour rendre visite à Hugh, mais en ce qui concernait Berill, c'était vraiment les fauves qu'elle était venue voir. Des fauves appartenant à son fils… Quel étrange retour du destin !

— J'oublie toujours que tu parles à peu près toutes les langues, dit Hugh en la rejoignant. Est-ce que l'Allemand t'a donné des détails sur ces tigres ?

— Ils ont été élevés au biberon, ils connaissent bien les hommes et ne devraient pas être trop dangereux… Ce qui ne signifie rien, car ils sont *toujours* dangereux, Hugh. Multiplie les précautions, n'oublie jamais que ce sont des animaux sauvages.

— Tout est prévu, maman. J'ai augmenté les normes de sécurité, les palissades sont hautes de cinq mètres.

— Je ne parlais pas du public mais de toi. Tu vas

t'attacher à eux, et un jour tu t'enhardiras, tu voudras leur donner toi-même leurs quartiers de viande, ou...

— Maman.

Il lui avait pris la main d'un geste tendre, rassurant.

— Je suis né à Dublin, dans la maison d'un banquier, et je n'ai aucune connaissance des fauves, je le sais. Je suis seulement fasciné, subjugué, ébloui. Mais ne t'inquiète pas pour moi, je ne ferai rien qui puisse mettre ce parc en péril, tu t'en doutes.

Implicitement, il venait de reconnaître qu'il était bien davantage qu'un simple gérant, mais elle ne fit aucun commentaire. Dans la cage, le mâle émit un feulement sourd qui les fit tressaillir ensemble.

— Ah, ce bruit..., chuchota Berill. Leur odeur, leur pelage. Je te jure que je me damnerais pour les toucher. Et aussi...

Elle dut refouler ses larmes et se racler la gorge avant de continuer.

— Pour que ton grand-père soit là, qu'il voie ça. Il les a toujours aimés, et j'étais pire que lui. Quand nous étions en piste tous les deux, la terre s'arrêtait de tourner, je me retrouvais en apesanteur. Tu n'imagines pas à quel point j'ai adoré ces moments, que rien n'a remplacé. Rien ! Pourtant, aujourd'hui, j'ai l'impression qu'il s'agit d'une autre vie, de quelqu'un d'autre que moi que j'aurais vu en spectacle ou en rêve. Ai-je vraiment été cette jeune fille qui dansait, avec son beau visage lisse ?

Machinalement, du bout du doigt, elle toucha sa joue puis laissa retomber sa main.

— Vilmos ne s'en est pas remis. Moi, si. Du moins autant que c'était possible. Mais c'est grâce à ton père. Il a fait de moi une femme digne.

Pourquoi n'avait-elle pas parlé plus tôt à Hugh ? Se confier n'était pas si difficile, les mots sortaient tout seuls, peut-être à cause de ce tigre qui s'était mis à aller et venir dans sa cage d'un mouvement régulier, hypnotique.

— Le vie emprunte de drôles de chemins, parfois à travers les pires épreuves. Toi, tu le sais déjà, tu as perdu Isabelle. Quant à ta sœur...

S'arrachant à la contemplation du fauve, elle regarda son fils.

— Je vous aurais voulu heureux, Maureen et toi.

Il semblait trop ému pour lui répondre et il secoua la tête.

— Tu vas y arriver, Hugh. Même si nous devons tous être engloutis dans ce gouffre financier, ça vaut la peine.

Avec un geste large, d'une grâce étrange, elle désigna tout ce qui les entourait.

— Oui, répéta-t-elle fermement, ça vaut la peine !

Éclairé par la lumière dorée du crépuscule, le profil de son fils lui évoqua soudain une très vieille affiche. Celle que ses frères avaient punaisée dans leur roulotte, à Budapest, où figurait Vilmos à vingt ans. Ainsi que Mathias l'avait remarqué, Hugh était bien un Károly.

Ils entendirent une portière claquer, puis le pas de Tomas sur le ciment de la cour. Berill se retourna pour l'accueillir, et se trouva ainsi à contre-jour, avec le tigre qui marchait derrière elle, offrant à Tomas la vision quasi parfaite de cette femme qu'il n'avait jamais cessé d'aimer.

Cet ouvrage a été imprimé par la
SOCIÉTÉ NOUVELLE FIRMIN-DIDOT
Mesnil-sur-l'Estrée
pour le compte des Éditions Belfond
en décembre 2005

Imprimé en France
Dépôt légal : septembre 2005
Suite du premier tirage
N° d'édition : 4168 - N° d'impression : 77152